岩波文庫

32-042-1

李商隠詩選

川合康三選訳

岩波書店

凡例

一、李商隠の詩九十四首を選んで、訳、注及び補釈を施した。

二、底本には宋版の流れを汲む清・席啓寓『唐詩百名家全集』所収(康熙四七年(一七〇八)序刊)『李商隠詩集』を用い、配列もその順に従った。底本の字を改めた場合は、語注に記した。

三、詩の本文は旧字体、訓読は通行の字体を用いた。底本が異体字を用いている場合は本字に改めた。

四、語注に李商隠の詩を引いたときは作者名を省いた。また、旧注を引くときは、注釈者名をもって示し、その書名を省略した。

五、語注の末尾に詩型・押韻を記した。押韻には『広韻』の韻目を記し、単独の韻を用いている場合は「独用」、許容される韻にまたがる場合は「同用」、それ以外にわたる場合はすべて「通押」とした。併せて『平水韻』の韻目も記した。

目　次

李商隠詩選

錦瑟

錦瑟無端五十絃
一絃一柱思華年
莊生曉夢迷蝴蝶
望帝春心託杜鵑
滄海月明珠有涙
藍田日暖玉生煙
此情可待成追憶
只是當時已惘然

錦《きん》瑟《しつ》

錦瑟《きんしつ》　端無《はしな》くも五十絃《ごじゅうげん》
一絃一柱《いちげんいっちゅう》　華年《かねん》を思《おも》う
荘生《そうせい》の暁夢《ぎょうむ》　蝴蝶《こちょう》に迷《まよ》い
望帝《ぼうてい》の春心《しゅんしん》　杜鵑《とけん》に託《たく》す
滄海《そうかい》　月明《つきあき》らかにして珠《しゅ》に涙《なみだ》有《あ》り
藍田《らんでん》　日《ひ》暖《あたた》かにして玉《ぎょく》　煙《けむり》を生《しょう》ず
此《こ》の情《じょう》　追憶《ついおく》を成《な》すを待《ま》つ可《べ》けんや
只《た》だ是《こ》れ当時《とうじ》　已《すで》に惘然《ぼうぜん》

錦の瑟、なぜかそれは五十絃。絃、ことじ、そのひとつひとつから、あの麗しい日々が蘇る。

荘子は朝の夢で蝴蝶と化した自分にとまどい、望帝《ぼうてい》は杜鵑《ほととぎす》に身を代えて春情を吐き続けた。

蒼い海に月の光りが明るく降りそそぐなか、真珠は人魚の涙を帯び、藍田に日の光が暖かく照らすもと、玉《ぎょく》からは煙が立ち上る。

この思い、いつか振り返ることができるだろうか。その時、すでに定かでなかったこの思いを。

○錦瑟　「瑟《しつ》」は弦楽器の一種。琴《きん》が五絃ないし七絃、箏《そう》が古くは五絃、のちに十三絃であるのに対して、瑟は二十五絃。『史記』孝武《こうぶ》本紀に見える伝説によれば、太古の時代、素女《そじょ》が奏でた瑟は五十絃であったが、その音が悲しすぎるので、泰帝《たいてい》(古代三皇の一人、伏羲《ふっき》のこと)が半分に減らしたという。「錦瑟」は彩りを施した瑟。「瑟」を華麗な詩語にする。**○無端**　わけもなく、これといった理由もなく。作者の理解を超える事態の意外さをあらわすが、李商隠はわざと判断を停止して、不確かな領域へ投じるためにこの語を愛用する。**○一柱**　「柱」は絃を支えることじ。**○荘生**　荘子のこと。仄《そく》声《せい》の「子」を平声《ひょうしょう》の「生」に言い換えたもの。一句は『荘子』斉物論《せいぶつろん》篇に見える話にもとづく。荘子は夢のなかで蝴蝶になっていたが、夢から覚めたら荘子のままであった、果たして荘子が蝴蝶になった夢を見たのか、蝴蝶が荘子になった夢を見ているのか、夢と現実が区別できなくなったという。**○望帝**　古代の蜀の国の王、杜宇《とう》。望帝は治水の功をあげた鼈霊《べつれい》の妻と通じ、それを恥じて死に、子規《ほととぎす》(杜鵑)に化した伝説が『太平《たいへい》御覧《ぎょらん》』巻一六六、巻九二三所引『蜀王本紀』、『太平寰宇記《たいへいかんうき》』益州などに見える。血を吐きながら啼く(段成式《だんせいしき》『酉陽雑俎《ゆうようざっそ》』羽篇など)ともいわれるように、鳴き声の凄絶さが死を連想させた。**○春心**　恋情。梁・元帝「春別応令《しゅんべつおうれい》」詩に「花朝　月夜　春心を動かす、誰か忍ばんや相い思うも相い見《あ》わざるに」。「荘生」「望帝」の二句はどちらも人と動物の間の変化《へんげ》を語る故事によって対をなす。**○珠有涙**　「珠」は真珠。真珠は鮫人《こうじん》(人魚)の流す涙の粒といわれる(晋・張華《ちょうか》『博物志』など)。また真珠は貝の中で作られるものでもある。『呂氏春秋』精通《せいつう》に「月　望なれば則ち蚌蛤《ほうこう》(貝の一種)実《み》ち、群陰《ぐんいん》盈つ。月　晦なれば則ち蚌蛤虚《むな》しく、群陰虧《か》く」、それを受けて晋・左思《さし》「呉都賦《ごとふ》」(『文選』巻五)に「蚌蛤は珠胎して、月とともに虧全《きぜん》す」、貝が真珠を胎むのは月の満ち欠けと連動する、というように「月」と「珠」も関わりがある。**○藍田**　長安の東南三十キロあたりに藍田県があり、南方に行く要路に当たる。その藍田山は玉の産地として知られた。ここでは地名であるとともに「蒼海」の句と対をなして色をあらわしてもいる。**○玉生煙**　玉が煙となって消えた悲恋の故事がある。呉王夫差《ふさ》の娘の紫玉《しぎょく》(玉とする本もある)は韓重《かんちょう》と愛し合ったが、夫差は結婚を許さず、紫玉は悲痛のあまり死んだ。遊学から帰った韓重が墓前で悲しんでいると紫玉があらわれ、二人は夫婦の契りを交わす。別れに際して径一寸の珠を贈られたが、夫差は盗掘したものと疑って韓重を捕らえた。そこへ紫玉があらわれて、韓重のぬれぎぬを晴らすが、夫人が娘を抱きしめようとすると、煙のように消えてしまった(『捜神記《そうじんき》』、『録異伝《ろくいでん》』など)。その故事とは別に、詩が具象性を超えたイメージを現出することをいうのに「藍田日暖、良玉生煙」の比喩が使われた例もある。晩唐・司空図《しくうと》が詩を論じた「極浦《きょくほ》に与うる書」に「戴容州《たいようしゅう》(戴叔倫《たいしゅくりん》)云う、詩家の景は、藍田　日暖かくして、良玉　煙を生ずるが如く、望むべくも眉睫《びしょう》の前(目の前)に置くべからず、と。象外《しょうがい》の象、景外の景、豈に容易に譚《かた》るべけんや」。戴叔倫は李商隠より八十年ほど前の人(七三二―七八九)。南宋・王応麟《おうおうりん》『困学紀聞《こんがくきぶん》』巻一八では李商隠の句はそれにもとづくとしているが、戴叔倫のことばは司空図の引用にしか見られず、疑わしい。逆に李商隠のこの句がもとになったか、あるいは誰の言ともわからぬまま通行していたのか。「滄海」「藍田」の二句は、ともに光をいいながら、「滄海」の冷たく澄みきった感じと「藍田」の暖かくもやもやした感じとが対比される。
○此情一句　従来の解釈は過去のことを今の時点で追憶できない、とするが、現在の思いが将来追憶できるものになるだろうか、と解する。すると次の句の「当時」は過去とも現在ともとることができる。　**○惘然**　茫然自失の様子。　**○詩型・押韻**　七言律詩。下

平一先(絃《げん》・年《ねん》・鵑《けん》・煙《えん》・然《ぜん》)の独用。平水韻、下平一先。

李商隠の詩集、本来の編次では巻頭の一首。代表作と早くから見なされていたことを示している。思い出のこもる瑟を前にして様々なイメージを繰り広げ、失われた愛の悲しみをうたう。実際の事柄を直接語ることを避け、典故を用いてそれに代えるところ、過去・現在・未来の時間が入り乱れるところ――李商隠独特の韜晦的な詩法が集中し、代表作とするにふさわしい。愛する人を失った悲哀を語るには違いないが、その悲しみを一句ごとに鮮烈なイメージに昇華しつつ、全体は模糊とした情調のなかに包み込まれている。それは発語者自身が胸の思いを悲哀というかたちでは捉えきれない、茫漠たるものと感じているためか。背後の事象が何であれ、形象と悲傷とが渾然と一つになった詩的世界が表現されている。解説参照(三四〇頁)。

重過聖女祠

重《かさ》ねて聖女祠《せいじょし》を過《よ》ぎる

白石巖扉碧蘚滋
白石《はくせき》の巌扉《がんぴ》　碧蘚《へきせん》　滋《しげ》し

上清淪謫得歸遲
上清《じょうせい》より淪謫《りんたく》されて帰《かえ》るを得《う》ること遅《おそ》し

一春夢雨常飄瓦
盡日靈風不滿旗
萼綠華來無定所
杜蘭香去未移時
玉郎會此通仙籍
憶向天階問紫芝

一春《いっしゅん》の夢雨《むう》　常《つね》に瓦《かわら》に飄《ひるがえ》り
尽日《じんじつ》の霊風《れいふう》　旗《はた》に満《み》ちず
萼緑華《がくりょくか》の来《き》たるは　所《ところ》を定《さだ》むる無《な》く
杜蘭香《とらんこう》の去《さ》るは　未《いま》だ時《とき》を移《うつ》さず
玉郎《ぎょくろう》　会《かなら》ず此《こ》こに仙籍《せんせき》を通《つう》ぜん
憶《おも》う　天階《てんかい》に向《お》いて紫芝《しし》を問《と》いしことを

白い岩の扉は緑に苔生《こけむ》し、そこに天界から流謫《るたく》された仙女がいつまでも帰れずにいる。春の間ずっと、夢か幻か、細かな雨が絶え間なく祠《ほこら》の瓦に躍っている。終日そよ吹く不思議な風は、祠の旗を揺らめかせる力もない。

萼緑華はどこからともなく降臨し、杜蘭香はすぐに人の世から去ってしまった。

――わたしを仙界に戻すために、玉郎はきっとここで仙界の名籍に名を録してくれるでしょう。懐かしく思い起こすのは、天宮のきざはしで紫芝のありかを訊ねた、あのころのこと。

○聖女祠　陳倉《ちんそう》(陝西省宝鶏《ほうけい》市東)と大散関《だいさんかん》の間にある道教の祠。崖に女の顔のような模様があるために聖女神として祀られた。『水経注《すいけいちゅう》』漾水《ようすい》の条に見える。李商隠にはほかに二首「聖女祠」と題する詩がある(そのうち一首は一七五頁)。本詩は後に再び同じ場所を通った時の作。○**碧蘚**　緑の苔。岩の扉が閉じられて久しい年月を経ていることをあらわす。○**上清**　神仙が住まう天空の世界。玉清・上清・太清のうちの一つ。○**淪謫**　罪を得て追放される。底本は「論謫」に作るが誤り。○**一春**　一春の間じゅう。○**夢雨**　神女の化身であるかに思われる雨。宋玉《そうぎょく》「高唐《こうとう》の賦」(『文選』巻一九)に見える巫山《ふざん》神女の故事を用いる。楚の懐王《かいおう》が夢で巫山の神女と交わり、別れに際して神女は「旦《あした》には朝雲と為り、暮れには行雨(通り雨)と為らん。朝朝暮暮、陽台の下」と告げた。○**霊風**　神霊の来臨を思わせる風。○**萼緑華**　仙女の名。年は二十あまりの美女で、東晋の穆帝《ぼくてい》の時、羊権《ようけん》の家に降り立ち、尸解、すなわち魂が肉体を離れて仙人になる薬を授けた。道教の書、陶弘景《とうこうけい》『真誥《しんこう》』に見える。○**杜蘭香**　仙女の名。朱鶴齢《しゅかくれい》注に引く『墉城仙録《ようじょうせんろく》』によると、湘江の漁夫が水辺で泣いている幼女を拾って育てた。美しい少女に成長すると、空から降りてきた童子に連れ去られ、昇天しながら少女は、「わたしは仙女ですが罪を得て人間世界に流謫されました。これでお別れいたします」と告げて去った。また『芸文類聚《げいもんるいじゅう》』巻七一が引く『杜蘭香別伝』には、杜蘭香は晋の張碩《ちょうせき》の家に降臨して結婚したが、姿をくらます。のちに車に乗っているのを見かけて張碩は思わず車に乗ろうとしたが、おつきの者に阻まれて果たせなかった、という話が見える。蕚緑華も杜蘭香も人間世界にしばらく逗留した仙女だが、場所も時間も確たるものではなく、はかなくも天界に戻ってしまったことをいう。**〇玉郎** 天界で仙人の名簿を司る仙官。道教の書『雲笈七籤《うんきゅうしちせん》』に見える。**〇通仙籍** 仙人の名簿に登録する。今は下界に落とされている仙女が天上に復帰できることを願う。**〇天階** 天宮の階段。**〇紫芝** 仙草の名。仙人が服用する食物。かつて天界にあって玉郎と言葉を交わした時のことを回想する。**〇詩型・押韻** 七言律詩。上平六脂(遅《ち》)と七之(滋《じ》・旗《き》・時《じ》・芝《し》)の同用。平水韻、上平四支。

祠《ほこら》に祀られた仙女の悲哀をうたう。天界から地上の世界に落とされた仙女、古くからあちこちにあった伝説がこの祠の主にも伝えられていたのだろう。奥深く祀られているのも、彼女にとっては幽閉にほかならない。そこに降り込める雨、そよ吹く風によって、天界と俗界、現実と夢幻とのあわいを思わせる情景を描き出している。最後の二句は、祠の仙女の言葉として解したが、「玉郎」との最初の出会いを懐かしく思い起こしているところには、ここにも男女の関係が投影しているように見える。

霜　月

初聞征雁已無蟬
百尺樓南水接天
青女素娥俱耐冷
月中霜裏鬪嬋娟

霜《そう》月《げつ》

初《はじ》めて征雁《せいがん》を聞《き》けば已《すで》に蟬《せみ》無《な》し
百尺楼南《ひゃくしゃくろうなん》　水《みず》　天《てん》に接《せっ》す
青女《せいじょ》　素娥《そが》　俱《とも》に冷《つめ》たきに耐《た》え
月中《げっちゅう》　霜裏《そうり》　嬋娟《せんけん》を闘《たたか》わす

初雁の声を聞く時には、蟬はもういない。百尺もの高さにそびえる楼閣の南、一面に拡がる水面《みなも》は天空と触れ合う。

青女《せいじょ》と嫦娥《じょうが》はともに寒さに耐え、月のなか、霜のなかで、そのあだっぽさを競い合う。

○**霜月**　霜をかぶった月。霜は空中に飛散しているものとも考えられた。○**征雁**　雁は渡り鳥なので「征」の字が添えられる。「征」は遠く旅するの意。『礼記《らいき》』月令《げつれい》の仲秋（陰暦八月）に「鴻雁来たる」。○**蟬**　同じく月令の孟秋（陰暦七月）に「寒蟬鳴く」。すなわち蟬は初秋の、雁は中秋の景物とされる。○**百尺楼**　高い楼閣をいう。「南」は「高」に作る本もある。それならば「百尺楼高くして」。○**青女**　霜や雪を司る女神。『淮南子《えなんじ》』天文訓に「秋三月（陰暦九月）に至りて、……青女乃ち出で、以て霜雪を降らす」。『礼記』月令でも同じく九月に「霜始めて降る」。○素娥　不死の薬を盗んで月の精となった嫦娥《じょうが》のこと。「常娥」詩参照(二一一頁)。「素」は白の意。月光の白さをあらわし、青女と対をなす。○嬋娟　女性のあでやかな様子をいう畳韻《じょういん》の語(同じ母音をもつ二字を重ねた擬態語)。○詩型・押韻　七言絶句。下平一先(蟬《せん》・天《てん》・娟《けん》)の独用。平水韻、下平一先。

秋の冷たく透明感のある景物を詠じながら、それを霜と月の女神の美として捉える。秋の深まりを蟬から雁へ変化する聴覚でまず捉え、空と水が拡がる視覚で捉えた光景へと続ける。「百尺の楼」という垂直方向、「水　天に接す」る水平方向、二つを交差させた雄大な景を提示する。しかし目で見た叙景に終わらず、そこに満ちる月光と霜の気から、月と霜に関わる女神・女仙に連想を拡げるところが李商隠らしい奇想。ここでは女性の濃艶な美のみならず、凛として冴えわたった美しさも含んでいるが、霜や月の精でありながら「冷たきに耐え」て競い合っているところはおかしみも帯びている。

異俗二首　時従事嶺南

其一

鬼瘧朝朝避
春寒夜夜添
未驚雷破柱
不報水齊簷
虎箭侵膚毒
魚鉤刺骨銛
鳥言成諜訴
多是恨彤襜

異《い》俗《ぞく》二《に》首《しゅ》　時《とき》に嶺南《れいなん》に従事《じゅうじ》す

其《そ》の一《いち》

鬼瘧《きぎゃく》　朝朝《ちょうちょう》避《さ》け
春寒《しゅんかん》　夜夜《やや》添《そ》う
未《いま》だ雷《かみなり》の柱《はしら》を破《やぶ》るに驚《おどろ》かず
水《みず》の簷《のき》に斉《ひと》しきを報《ほう》ぜず
虎箭《こせん》　膚《はだ》を侵《おか》す毒《どく》
魚鉤《ぎょこう》　骨《ほね》を刺《さ》す銛《もり》
鳥言《ちょうげん》　諜訴《ちょうそ》を成《な》す
多《おお》くは是《こ》れ彤襜《とうせん》を恨《うら》む

朝な朝なおこりを呪《まじな》いで封じ込めるこの地、夜な夜な余寒が身にしみる。柱を裂く雷もどこ吹く風、水が軒まで達しても知らぬ顔を決め込む。虎を射る毒矢は肌を侵し、魚を捕る鉤針はもりのごとく骨まで突き通す。

あの声は鳥の騒ぎか、言葉も通じぬ訴えの群れ、それも太守への恨み言ばかり。

○嶺南　中国南部の五つの山脈(五嶺)より南、広西・広東省一帯を指す。唐代には嶺南道が置かれていた。題下の自注にいうように、李商隠は桂管観察使《けいかんかんさつし》の鄭亜《ていあ》に招かれ、その掌書記《しょうしょき》として大中元年(八四七)五月、桂林(広西壮族自治区桂林市)に赴任、翌年二月まで勤めた。自注の下に更に「偶たま昭州に客す」四字がある本に従えば、桂林在任中に昭州(広西壮族自治区平楽県)に出張した折の作。**○鬼瘧**　南方の風土病、マラリア。古代の帝王顓頊《せんぎょく》氏の子が死んで「瘧鬼」になったという伝説がある(『後漢書』礼儀志《れいぎし》の注などが引く『漢旧儀』)。鬼瘧を避けるとは、病気よけの呪術をすること。**○未驚一句**　『世説新語《せせつしんご》』雅量篇に夏侯玄《かこうげん》が柱にもたれて書き物をしているところに、雷が柱に落ち衣冠が焦げたが、平然として書き続けたという話が見える。**○不報一句**　「簷」は「檐」に同じ。のき。杜甫「江漲《みなぎ》る」詩に「江は漲る柴門の外、児童　急流を報ず。牀《しょう》を下れば高さ数尺、杖に倚《よ》れば中洲を没す」。二句は桂州の異様な気候風土、それに平然としている人々に対する奇異の念をいう。**○虎箭一句**　「箭」は矢。『太平御覧』巻七八九に引く『南夷志』に望蛮《ぼうばん》という種族は矢に毒薬を塗り、人に当たればたちどころに死ぬという。**○魚鉤一句**　「魚鉤」は釣り針。「銛」はもり、またもりのように鋭いもの。〇鳥言　異民族の話すことばを鳥にたとえる。韓愈「区冊《おうさく》を送る序」に陽山（広東省陽山県）に左遷された時のことを「小吏十余家、皆な鳥言夷面。始めて至るときは言語通ぜず、地に画きて字を為す」。古くは『孟子』滕文公《とうぶんこう》篇上に「今や南蛮鴃舌《げきぜつ》の人、先王の道を非とす」と、南方方言をモズの声にたとえる。〇諜訴　「訴」の字、底本は「詐」に作るが諸本によって改める。「諜」は「牒」に通じ、訴状をいう。南斉・孔稚珪《こうちけい》の「北山移文」（『文選』巻四三）に「牒訴倥偬《こうそう》として其の懐《おも》いを装《つつ》む」。〇彤襜　地方長官の車を覆う赤いとばり。そこから地方長官を指す。〇詩型・押韻　五言律詩。下平二十四塩（簷《えん》・銛《せん》・襜《せん》）と二十五添（添《てん》）の同用。平水韻、下平十四塩。

其二

戸盡懸秦網
家多事越巫
未曾容獺祭
只是縱豬都
點對連鼇餌

其《そ》の二《に》

戸《と》は尽《ことごと》く秦網《しんもう》を懸《か》け
家《いえ》は多《おお》く越巫《えつふ》に事《つか》う
未《いま》だ曾《かつ》て獺祭《だっさい》を容《い》れず
只《た》だ是《こ》れ猪都《ちょと》を縦《ほし》いままにす
点対《てんたい》す　鼇《ごう》を連《つら》ぬる餌《えさ》

捜求縛虎符
賈生兼事鬼
不信有洪爐

捜求《そうきゅう》す　虎《とら》を縛《しば》る符《ふ》
賈生《かせい》　兼《か》ねて鬼《き》に事《つか》え
洪爐《こうろ》有《あ》るを信《しん》ぜず

どの家にも秦の法網ならぬ魚網が掛かり、どの家もこぞって南蛮の迷信を信じている。かわうそに魚を祭る暇《いとま》も与えずに貪り食らい、妖怪猪都《ちょと》さながら、狼藉のし放題。おおがめを一度に何匹も釣ろうと餌を調べるかと思えば、虎を退治するおふだはないかと探しまわる。そら、あの文人賈誼《かぎ》までも鬼神に仕え、世界に正しい法則の存在することなど思いもしない。

○**秦網**　一句の意味は戸ごとに漁網を掛けていることだが、全土を覆った秦の苛酷な法網をいう「秦網」という語を用いて「越巫」と対にしたもの。同時に中原の支配がこの地までは及んでいないことも暗示する。○**越巫**　「越」は長江の南の異民族及びその地域。広西、広東まで含み、百越と総称される。『史記』孝武本紀に「越人の俗は鬼を信ず」(封禅書にも同じ記事が見える)。○**獺祭**　かわうそが取った魚を祭るかのように並べること。『礼記《らいき》』王制に「獺《かわうそ》は魚を祭りて然る後に虞人《ぐじん》(山沢監督の役人)沢梁《たくりょう》に入る」。また月令《げつれい》にも「孟春の月、……獺は魚を祭る」。王制では自然の恵みを大切にする教えをいうが、この地の人々はかわうそが魚を陳列する間もなく食べてしまうの意。ちなみに典故を多用する李商隠の手法は獺祭魚と称された。**○猪都**　いのししに似た怪物。『酉陽雑俎《ゆうようざっそ》』諾皐記《だくこうき》下に見える。程夢星《ていぼうせい》の注では「検点」を意味する方言かと推測する。ならば「点検」の意。**○連鼇**　「鼇」はおおがめ。『列子』湯問に「龍伯の国に大人有り、……一たび釣りて六鼇を連ぬ」。**○虎符**　虎よけのためのおふだ。**○賈生一句**　「賈生」は前漢の文人賈誼《かぎ》。李商隠は不遇のまま夭折した才人賈誼を哀惜し、しばしば詩にうたう。流謫された長沙《ちょうさ》から都に召還され、文帝に乞われて鬼神について語ったことがある(『史記』屈原賈誼伝)。「賈生」詩では、「憐れむべし夜半虚《むな》しく席を前《すす》めしを、蒼生《そうせい》を問わず鬼神を問う」と、政治上の意見よりも怪奇譚を聞こうとして御前に呼び出されたことに同情している。**○洪爐**　大きな溶鉱炉。世界全体を比喩する。『荘子』大宗師篇に「今一たび天地を以て大鑪(鑪は爐に同じ)と為し、造化を以て大冶《だいや》と為す」。賈誼「鵩鳥《ふくちょう》の賦」(『文選』巻一三)に「且つ夫れ天地を鑪と為し造化を工と為す」。二句は世界の運行には法則があることなど無視して、超自然にのめり込んでいるの意。**○詩型・押韻**　五言律詩。上平十虞(巫《ふ》・符《ふ》)と十一模(都《と》・爐《ろ》)の同用。平水韻、上平七虞。

鄭亜《ていあ》のもとで桂州の幕下《ばっか》にあった時、その地の異様な風俗を描く。中原から隔絶した地に赴いた文人は、流謫された悲哀、帰還したいという思い、それを詠じるのがふつうだったが、中唐のあたりからその地の風俗に関心を注いで詩の題材に取り上げるようになる。李商隠の桂林滞在中の詩も習俗を書いているのだが、しかし珍奇な物への好奇心よりも、文化果つる地に身を置いた違和感、嫌悪感の方が強い。「桂林」と題する詩ではその山水の異様さが描写されたあとに、「殊郷　竟《つい》に何をか禱《いの》る、簫鼓　曾《かつ》て休《や》まず」と、中原の人から見たら邪教としか思われない習俗に熱狂する人々をうたっている。この二首も奇異で荒くれた暮らしぶりに嫌悪を覚えながらも、当時の桂林もしくは昭州の風気をありありと記している。

蟬

本以高難飽
徒勞恨費聲

蟬《せみ》

本《もと》より高《たか》きを以《もっ》て飽《あ》き難《がた》く
徒《いたず》らに労《ろう》す　恨《うら》みて声《こえ》を費《ついや》すを

五更踈欲斷
一樹碧無情
薄宦梗猶汎
故園蕪已平
煩君最相警
我亦擧家清

五更《ごこう》 踈《そ》にして断《た》えんと欲《ほっ》するも
一樹《いちじゅ》 碧《みどり》にして情無《じょうな》し
薄宦《はっかん》 梗《こう》 猶《な》お汎《うか》び
故園《こえん》 蕪《あ》れて已《すで》に平《たい》らかなり
君《きみ》を煩《わずら》わせて最《もっと》も相《あ》い警《いまし》む
我《われ》も亦《ま》た家《いえ》を挙《あ》げて清《きよ》らかなり

もともと高い木の上で節義高く暮らしているのだから、腹を満たすことなどできはしない。なのにそれをあだに悲しみ、せんなく声を上げ続けている。

空が白むころには声も間遠になって消え入りそうだが、身を寄せる一本の木は青いままで、何の情けもない。

しがない宮仕えのこの身は今も水に漂う木の人形、どこへ流れゆくとも知れない。ふるさとの庭は、荒れ果ててもはや原っぱになり果てているだろう。

君には誰よりも強く警告してもらった。わたしもまた一族挙げて清らかそのものなのだから。

○五更　日没から日の出までの時間を五等分した最後の区分。夜明けに近い時間。○薄宧　身分の低い官。「宧」は「官」に同じ。○梗　やまにれの木。『戦国策』の寓話にもとづいて、桃梗《とうこう》という木で作った人形をいう。その斉策《せいさく》に、木の人形が土の人形に対して「君は雨が降れば溶けてしまう」とけなすと、土の人形は「僕は溶けても元の土に戻る。桃梗から作られた君は雨が降れば流されてどこかへ行ってしまう」と言い返す。趙策《ちょうさく》にも同じような問答がある。ここでは下級の官人として地方を転々とさすらう自分を、あてどなく水に浮かんで流される「梗」の木の人形にたとえる。○蕪　手を入れる人がなく、農地が荒れ果てる。陶淵明「帰去来《ききょらい》の辞」に「田園将《まさ》に蕪れなんとす　胡《なん》ぞ帰らざる」。○煩君一句　「煩君」は面倒をかけて頼む。「君」は蟬を指す。「相警」は相手に警告する。○詩型・押韻　五言律詩。下平十二庚(平《へい》)と十四清(声《せい》・情《せい》・清《せい》)の同用。平水韻、下平八庚。

「蟬」と題して本文には蟬の語を出さない詠物詩。「詠蟬《えいせん》」は南朝の詠物詩によく見える。それが宮廷の歌妓などを蟬に擬する遊戯的な詩であったのに対して、ここでは自分の悲惨な境遇を寓意する。一般に中国の蟬は露しか飲まない高潔な生き物と考えられ、清廉であるがゆえに不如意を余儀なくされる士大夫の生き方になぞらえられる。したがって真夏にかしましく鳴き立てる蟬よりも、秋になってか細い声をたてている蟬として形象化されることが多い。自身の不幸を蟬に托してうたう文学は後漢の賦から見られ、初唐・駱賓王《らくひんのう》の「獄に在りて蟬を詠ず」が名高い。「高い」のは蟬の住む木が高いのとともに、精神の高さでもある。精神の高さを保持する者が物質的に恵まれないのはわかっているのに、それでも「恨み」の声を挙げつづけざるをえない。実際の蟬は夜中は鳴かないという批評もあるが、この詩の蟬は夜を徹して鳴き続けて夜明けに至って声も消え入りそうになると描き出されている。「無情」の木は詩人が頼りにしている有力者が何の恩顧も与えてくれないことを含んでいるだろう。地方を転々として終わる下級官員の悲哀は、唐になって詩の抒情として定着したものの一つ。そこに抱かれるのは都への帰還か、この詩のように故郷へ帰りたいという思いであった。

潭州　　　　　　潭《たん》州《しゅう》
潭州官舎暮樓空　　潭州《たんしゅう》の官舎《かんしゃ》　暮楼《ぼろう》空《むな》し
今古無端入望中　　今古《きんこ》端《はし》無《な》く　望中《ぼうちゅう》に入《い》る

湘涙浅深滋竹色　　湘涙《しょうるい》　浅深《せんしん》として竹色《ちくしょく》に滋《しげ》く
楚歌重疊怨蘭叢　　楚歌《そか》　重畳《ちょうじょう》として蘭叢《らんそう》を怨《うら》む
陶公戰艦空灘雨　　陶公《とうこう》の戦艦《せんかん》　空灘《くうたん》の雨《あめ》
賈傅承塵破廟風　　賈傅《かふ》の承塵《しょうじん》　破廟《はびょう》の風《かぜ》
目斷故園人不至　　故園《こえん》を目断《もくだん》するも　人至《ひといた》らず
松醪一醉與誰同　　松醪《しょうろう》の一酔《いっすい》　誰《たれ》と同《とも》にせん

潭州の役所、夕闇深まる楼台はひっそり静まり、今と昔のできごとが混じり合い目に映る。

湘水のほとりで舜《しゅん》帝の死に泣いた二人の妃、その涙を写すまだらの竹が、雨に濡れて鮮やかに浮かび上がる。楚の国を追われた屈原《くつげん》が悲しみを托した蘭、その茂みに繰り返し怨みの風が吹き付ける。

この地でかつて陶侃《とうかん》は、戦艦を建造して勝利を収めたが、その早瀬に今はただ雨降り注ぐ。この地にかつて賈誼《かぎ》は太傅《たいふ》として流され、死の影に怯えて鵩鳥《ふくちょう》の賦を作ったが、その屋敷の崩れかけた廟に今は風吹き寄せる。

ふるさとの方に目を凝らせど何も見えず、待つ人は来ない。松の酒に酔いたくとも、誰とこの酒酌み交わそうか。

○潭州　唐代の行政区分では江南西道に属する州。その中心の長沙《ちょうさ》を指す。今の湖南省長沙市。李商隠が潭州を経過した可能性があるのは、大中元年(八四七)、桂州《けいしゅう》(広西壮族自治区桂林市)に赴く途次、桂州在職中に江陵《こうりょう》(湖北省江陵県)へ往復した途次、そして大中二年(八四八)、桂州を離任して長安へ戻る途次などがあるが、そのいずれであるかは定めがたい。○官舎　役人の住宅だけでなく、役所そのものも含む。後出の陶侃《とうかん》が初めて江夏太守に取り立てられた時、「母を官舎に迎え、郷里　之を栄えとす」(『晋書』陶侃伝)。○無端　境界なく混じり合っている状態をいう。晋・孫綽《そんしゃく》「喩道論《ゆどうろん》」(『弘明集』巻三)に「千変万化、渾然《こんぜん》として端無し」。「錦瑟」詩(一五頁)の「無端」のように、「わけもなしに」の意味でも読むことができる。○湘涙一句　娥皇《がこう》と女英《じょえい》の故事にもとづく。古代の帝王舜《しゅん》は南方巡行の途中、蒼梧《そうご》(湖南省寧遠県付近の山)で歿した。二人の妃、娥皇と女英は舜を追い求めて湘江のあたりまで来たが、二人の涙がこぼれた竹はまだらに染まった。そのためこの地の竹には斑紋がついているという(『博物志』、『述異記』)。湘江は長沙の西を通って洞庭湖《どうていこ》に注ぐ。「浅深」はあるいは浅くあるいは深く、まだらになっていることをいう。この句は次の聯の「雨」に繋がる。〇**楚歌一句**　屈原・宋玉などの『楚辞』のなかには蘭《らん》をはじめとする香り高い植物がよくうたわれ、おおむねは美徳を備えた人を喩える。「重畳」は幾重にも重なり合って。この句は次の聯の「風」に繋がる。〇**陶公一句**　晋の陶侃は異民族から身を起こし、東晋が南方に勢力を築くのに貢献した武将。陶淵明《とうえんめい》の曾祖父でもある。陳敏《ちんびん》の乱では「運船を以て戦艦と為し」、その弟の陳恢《ちんかい》を破った。また杜弢《とどう》を長沙まで追いつめて撃破し、のちに長沙郡公に封じられた(『晋書』陶侃伝)。「灘」は早瀬。「空」はあるべき物がない空虚な感じをあらわす。〇**賈傅一句**　前漢の文人賈誼は長沙太傅に左遷されたことがあるので「賈傅」という。「異俗二首」其の二注参照(二九頁)。賈誼が長沙にいた時、「鵩鳥　其の承塵に集まる」。鵩鳥はふくろうに似た鳥というが、詩文のなかのみにあらわれ、その家の主人の死を予兆する不吉な鳥とされる。賈誼はその出現におびえ、「鵩鳥の賦」(『文選』巻一三)を著した(『西京雑記』巻五)。「承塵」は天井板。宋代の地理書『方輿《ほうよ》勝覧《しょうらん》』長沙の条に、長沙の南六里に「賈誼廟」があり、賈誼の旧宅であるという。ただし先立って北魏の『水経注《すいけいちゅう》』湘水の長沙の記述では、役所の西に「陶侃廟」があり、もとは賈誼の家であったといわれると記す。唐代の記録としては『元和《げんな》郡県志』長沙に、「賈誼の宅は県南四十歩に在り」、「陶侃の墓は県南二十三里に在り」。李商隠の時代にも二人の遺跡がのこっていたと思われる。○**目断**　視界が途切れる果てまで、まなこを凝らして見る。○**故園**　故郷。○**人不至**　誰一人来ない、ではなく、特定の人が来ない。異土にある心細さゆえに、心通い合う友への思いを募らせる。○**松醪**　松の香りをつけた濁り酒。唐の貞元年間(七八五―八〇五)に長沙の男が舟人に「松醪春」という酒をふるまう話が『太平広記』巻一五二、「鄭徳璘」の条に見えるなど、長沙にまつわって語られることが多い。○**詩型・押韻**　七言律詩。上平一東(空《くう》・中《ちゅう》・叢《そう》・風《ふう》・同《どう》)の独用。平水韻、上平一東。

潭州(長沙)にゆかりの故事、人物、それと眼前の景とをだぶらせてうたう。冒頭二字を詩題とするが、それが全体の主題でもある。詩のなかの地名は昔の名を用いて、現実とは位相の異なる詩的世界としてうたうのが通例だが、この詩ではあえて当時の行政区分としての地名を使う。「官舎」も詩語としての性格が薄い。それによって「今」の地点を強調したうえで、長沙に関わる過去の事跡を重ねていく。対句を用いる中二聯の四つの故事は、どのような抒情を帯びるのだろうか。「湘涙」は夫を亡くした妃の悲しみ、「楚歌」は王に追われた臣の悲しみ、夫君・君主を喪失した悲しみで共通する。この地で武功を挙げた「陶公」、ここに流謫された「賈傅」、この聯は成功と失敗が対比されるが、いずれも今はあとかたもない。故事の選択に作者の心情が反映されているとするならば、人間の営みの空しさに自己の不遇を重ねているといえようか。古今の映像を映した詩も、自らの不遇と孤独の悲傷に収束する。

哭劉司戸二首
其一
離居星歳易
失望死生分
酒甕凝餘桂
書籤冷舊芸
江風吹雁急
山木帯蟬嚖
一叫千廻首
天高不爲聞

劉司戸《りゅうしこ》を哭《こく》す二首《にしゅ》
其《そ》の一《いち》
離居《りきょ》して星歳《せいさい》易《か》わり
望《のぞ》みを失《しっ》す　死生《しせい》分《わ》かるるに
酒甕《しゅよう》　余桂《よけい》凝《ぎょう》し
書籤《しょせん》　旧芸《きゅううん》冷《ひや》やかなり
江風《こうふう》　雁《かり》を吹《ふ》きて急《きゅう》に
山木《さんぼく》　蟬《せみ》を帯《お》びて嚖《く》る
一《ひと》たび叫《さけ》び千《せん》たび首《こうべ》を廻《めぐ》らすも
天高《てんたか》くして為《ため》に聞《き》かず

離ればなれに暮らす間に年月は移り、生死は分かたれ再会の望みは絶たれてしまった。かめにはのこった桂酒が凝《こご》り、書物に挟んだしおりも古びた芸香《うんこう》が冷たくなっている。長江の風は旅行く雁に激しく吹き付け、山の木々は蟬の声を響かせながら暮れていく。ひとたび大きく叫び、千たび彼のいた方を振り返っても、天はあまりにも高く、この悲痛な声を耳に入れてくれない。

○劉司戸　劉蕡《りゅうふん》、字《あざな》は去華《きょか》。当時の硬骨の士。宝暦二年(八二六)進士及第ののち、大和二年(八二八)に賢良方正能直言極諫科《けんりょうほうせいのうちょくげんきょくかんか》に応じた時、権勢をほしいままにしていた宦官勢力を激しく攻撃する対策を呈し、試験官たちは感服したものの宦官を恐れて落とした。合格者のなかには劉蕡が落ちて自分が合格した厚顔には堪えられないと授けられた官職を辞退する者まであらわれた。劉蕡は令狐楚《れいこそ》、牛僧孺《ぎゅうそうじゅ》らの幕下で大切に扱われたが、宦官の恨みはすさまじく、結局柳州《りゅうしゅう》(広西壮族自治区柳州市)司戸《しこ》参軍《さんぐん》に流謫されてその地で歿した。死後六十数年を経た唐末に至って左諫議大夫《さかんぎたいふ》を追贈されたことが示すように、権力を恐れない義人として名声は伝えられた。李商隠はおそらく令狐楚を介して知り合ったのだろうが、その人となりを敬慕し、劉蕡が柳州に流される時には「劉司戸に贈る」送別詩を作り、その死に際してはこの二首のほか、「劉蕡を哭す」、「劉司戸蕡を哭す」の計四首を作っている。○**離居**　離ればなれに住む。語は『礼記《らいき》』檀弓《だんぐう》の「離《り》群索居《ぐんさっきょ》」(ひとりぼっちで暮らすこと)に出る。○**星歳**　時間をいう。○**酒甕**　酒を入れたかめ。○**余桂**　「桂」は桂酒。桂を浸した上等の酒。次の句の「芸」とともに香り高いものでもある。○**書籤**　書物の間に夾むふだ。○**旧芸**　芸は芸香という香草。書物の虫除けに用いる。○**天高一句**　「天高きも卑《ひく》きを聴く」(『史記』宋微之《そうびし》世家など)といわれるのに、低い所から発する声を天は聞いてくれない。○**詩型・押韻**　五言律詩。上平二十文(分《ふん》・芸《うん》・曛《くん》・聞《ぶん》)の独用。平水韻、上平十二文。

其二

有美扶皇運
無誰薦直言
已爲秦逐客
復作楚冤魂
湓浦應分派
荊江有會源

其《そ》の二《に》

有美《ゆうび》は皇運《こううん》を扶《ふ》するも
誰《だれ》の直言《ちょくげん》を薦《すす》むるも無《な》し
已《すで》に秦《しん》の逐客《ちっかく》と為《な》り
復《ま》た楚《そ》の冤魂《えんこん》と作《な》る
湓浦《ぼんぽ》　応《まさ》に派《は》を分《わ》かつべし
荊江《けいこう》　源《みなもと》を会《かい》する有《あ》り

併將添恨淚　　併《あわ》せて将《もっ》て恨涙《こんるい》を添《そ》え
一洒問乾坤　　一《ひと》たび洒《そそ》ぎて乾坤《けんこん》に問《と》わん

徳高き人は王朝の行く末を支えるもの、だが直言するその人を推挙する人は誰もいなかった。

秦の追放令を食らったかのように長安を追われたうえに、濡れ衣を着せられて死んだ屈原と同じく、楚の地に非業の死を遂げた。

湓浦《ぼんぽ》に至ると長江はいくつにも分かれるだろう。上流の荊江《けいこう》では多くの水流が一つに集まっていたというのに。

せめて長江の水に嘆きのこの涙を添え、そのすべてを地に注いで乾坤に是非を問いただそう。

○**有美**　『詩経』鄭風《ていふう》・野有蔓草《やゆうまんそう》に「美なる一人有り、清揚《せいよう》にして婉《えん》たり」とある「有美一人」の最初の二字を取った語。人格、能力を備えた人をいう。○**皇運**　皇帝の命運。○**直言**　諫言を呈する臣。一句は劉蕡が賢良方正能直言極諫科に落第させられたことをいう。○**秦逐客**　秦の始皇帝がまだ秦王であった紀元前二三七年、各地から秦に入っていた遊説の士を捜索して追放したことがあった。のちに丞相となる李斯《りし》は自分も楚の人であったので、上書して人材は広く集めるべきであると論じ、そこで「逐客令」は廃止された(『史記』秦始皇本紀)。ここでは秦の地である長安と結びつけて、劉蕡が長安から追われたことと重ねる。**○楚冤魂**　楚の屈原は冤罪を着せられて楚の国から追放され、汨羅《べきら》に身を投じた。杜甫《とほ》「天末に李白を懐う」詩に李白がすでに死んだかと思い、「応に冤魂と共に語るべし、詩を投じて汨羅に贈らん」、黄泉の国で屈原と語り合っていることだろうという。ここでは劉蕡が都を遠く離れた南方の地で無実のまま死んだことと重ねる。**○湓浦**　江州潯陽《じんよう》(江西省九江市)の地名。湓水《ぼんすい》が長江に合流するあたり。「劉蕡を哭す」詩に「湓浦より書来たりて秋雨翻《ひるがえ》る」とあるのを劉蕡の訃報とし、湓浦で没したとする説がある。とすれば柳州から召還されて都に戻る途上で死んだことになる。**○分派**　派は支流。長江は潯陽に至って九つの流れに分かれる(『漢書』地理志)。**○荊江**　江州より上流の荊州《けいしゅう》(湖北省荊州市)付近を流れる長江の称。**○会源**　長江は荊州のあたりで洞庭湖《どうていこ》からの流れ込みをはじめとして、湖南省を流れてきた諸川が合流する。この二句は、劉蕡のまわりに集まっていた人々が次第に遠ざかっていくことをいう。**○併将一句**　幾つもの流れが一つに合わさったり、また分流しながら流れゆく長江の水に、劉蕡の死を悼む涙を添えようの意。**○乾坤**　天地。「乾坤に問う」とは、劉蕡が正しいか否かを天地に問いただしたいの意。○詩型・押韻　五言律詩。上平二十二元(言《げん》・源《げん》)と二十三魂(魂《こん》・坤《こん》)の同用。平水韻、上平十三元。

友人の劉蕡《りゅうふん》が宦官の恨みをかったために業半ばにして死んだのを悼む。恋愛詩では模糊とした世界を描く李商隠が、政治詩では逆に率直明快、まったく別の面を見せる。この時期の政界に隠然たる勢力をもっていた宦官に対して、朝臣は憎悪しながらもそれを公然と言明することはないが、李商隠は憚ることがない。時局に対して常に直截な批判をするのは、官界における地位が低かったことが表現を自由にしていたこともあるだろうが、かといって同じように下層の官僚たちの間にこのような厳しい舌鋒が見られるわけではないから、やはり李商隠の個性と考えてよい。宦官に殺されたも等しい劉蕡の死を悼むことは、宦官に対する攻撃にほかならない。その死を悼む詩を四首も作っているのは、いかに大きな悲痛を受けたかを物語っている。また一般に士人の政治に関わる詩文には、官界における自己の利害が計算されていることが往々にしてあるが、この詩などはまさに真情を吐露した以外のなにものでもない。

樂遊

向晚意不適
驅車登古原
夕陽無限好
只是近黄昏

楽《らく》遊《ゆう》

晩《くれ》に向《なん》んとして意適《いかな》わず
車《くるま》を駆《か》りて古原《こげん》に登《のぼ》る
夕陽《せきよう》　無限《むげん》に好《よ》し
只《た》だ是《こ》れ黄昏《こうこん》に近《ちか》し

たそがれるにつれて、心は結ぼれる。車を走らせ、いにしえの跡がのこる楽遊原《らくゆうげん》に登る。

夕日は限りなく美しい。ひたぶるに日暮れに迫りゆくなかで。

○**楽遊**　長安の東南に位置する行楽の地、楽遊原。周囲を一望できる高台にあった。李商隠にはほかにも「楽遊」と題する五言律詩、「楽遊原」と題する七言絶句がある。○**向晩**　日暮れに近づいていく。王維「晩春閨思《ばんしゅんけいし》」詩に「晩に向んとして愁思多し、閑窓桃李の時」。李商隠には「向晩」と題された五言律詩もある。○**古原**　楽遊原は漢代の廟があったので古原という。○**只是**　ただひたすらに。○**詩型・押韻**　五言絶句。上平二十二元(原《げん》)と二十三魂(昏《こん》)の同用。平水韻、上平十三元。

落日を詠じた絶唱。夕暮れに近づくにつれて鬱屈する詩人は、心を解き放とうと見晴らしのいい場所に向かう。楽遊原を「古原」と呼ぶことによって、過去から長い間続いてきた人の営みへの思いにも誘われる。そこで目にした落日、その美しさを説明することもなく、「好」という一番単純な、しかし何もかも含まれた、感嘆詞に近い語だけを発する。「只是」は「ただしかし」という逆接の意味で読まれることもあるが、「只管」と同じように「ひたすら」の意がよい。そして前の句とのつながりに転折を認める必要もない。やがて地平に没し、夕闇に閉ざされるであろうことを知りながら、刻々と変化していく夕陽に目も心も奪われているのだ。

北齊二首

其一

一笑相傾國便亡
何勞荊棘始堪傷
小憐玉體横陳夜

北斉《ほくせい》二首《にしゅ》

其《そ》の一《いち》

一笑《いっしょう》して相《あ》い傾《かたむ》くれば国便《くにすなわ》ち亡《ほろ》ぶ
何《なん》ぞ労《ろう》せん　荊棘《けいきょく》にして始《はじ》めて傷《いた》むに堪《た》うるを
小憐《しょうりん》の玉体《ぎょくたい》　横陳《おうちん》する夜《よる》

已報周師入晉陽　已《すで》に報《ほう》ず　周師《しゅうし》　晉陽《しんよう》に入《い》ると

美しき人が一笑すれば、一つの国など即、滅ぶもの。都がいばらだらけになってから滅亡を悲しむ、そんな手間などいらない。

ほら、後主《こうしゅ》の寵姫小憐《しょうりん》の話もあるだろう。艶やかな肢体を横たえたその夜、早くも北《ほく》周《しゅう》の軍勢が晋陽に侵入との知らせが来たではないか。

○北斉　北朝の王朝の一つ。五五〇年に鮮卑族の高氏が東魏から政権を奪って樹立、三十年たらずのちの五七七年に北周によって滅ぼされた。事実上の最後の帝、後主高緯《こうしゅこうい》は政治に関心も能力もなく、歌舞音曲を愛した。みずから「無愁の曲」を作って合唱させたので「無愁天子」(脳天気の君)と称された(『北斉書』後主紀)。李商隠にはそれをうたった「愁い無く果たして愁い有るの曲　北斉歌」と題する詩もある。皇帝の荒淫によって国が滅ぶのは、李商隠がよく取り上げる題材の一つ。**○一笑**　笑みは美女の蠱惑的な表情。周の幽王《ゆうおう》は寵愛する褒姒《ほうじ》が笑ったことがないので、危急を知らせる烽火を燃やして諸侯を集めた。馳せ参じた人々が何事もないのにきょとんとしているのを見て褒姒が初めて「大笑」した。それを喜んでたびたび烽火を焚いたがもはや誰も集まらなくなって滅亡を招いたという話がある(『史記』周本紀)。白居易「長恨歌」にも楊貴妃について「眸《ひとみ》を廻らせて一笑すれば百媚《ひゃくび》生ず」。○**相傾**　前漢・李延年《りえんねん》は「北方に佳人有り、絶世にして独立す。一たび顧みれば人の城を傾け、再び顧みれば人の国を傾く」とうたって、自分の妹を漢の武帝に薦め、妹は李夫人《りふじん》となって寵愛を受けた(『漢書』孝武李夫人伝)。「傾城」「傾国」の語の出処であるが、歌の本来の意味は、美しい人を見ようとして町中、国中の人が一箇所に集中し、そのために町や国が文字通り傾いてしまうこと。
○**荊棘**　「荊」も「棘」もとげのある雑木。二字合わせると子音が重なる双声の語となる。呉の忠臣伍子胥《ごししょ》が呉王夫差《ふさ》に向かって諫めた言葉に、姦臣に囲まれていたら「城郭は丘墟《きゅうきょ》となり、殿《ごてん》には荊棘生ぜん」(『呉越春秋』夫差内伝)とある。都城の荒廃をいう。
○**小憐**　北斉の後主高緯が寵愛した馮淑妃《ふうしゅくき》の名。憐は同音の蓮とも書かれる。もとは穆《ぼく》皇后《こうごう》の侍女であったが、聡明で琵琶、歌舞に巧みなのが気に入られて後宮に入った。その寵愛ぶりを『北史』后妃伝の馮淑妃の伝は「後主　之に惑い、坐すれば則ち席を同じくし、出ずれば則ち馬を並べ、生死一処を得んことを願う」と記す。○**玉体**　貴人の体をいうこともあるが、ここではもちろん美女の肉体。○**横陳**　横たわる。もっぱら女性についていう。徐陵「玉台新詠序」に「西子《せいし》(西施)微《かす》かに顰《ひそ》め、甲帳に横陳するを得」など、「玉体」も「横陳」も南朝の艶詩を集めた『玉台新詠』によく見える。○**周師入晋陽**　武平七年(五七六)冬、北周の宇文邕《うぶんよう》が北斉に攻め入って、その本拠地である晋陽（山西省太原市）を奪った。後主は都を置いていた鄴《ぎょう》（河北省臨漳県）に逃げたが、人心離反し、やむなく退位した。年明けて鄴も奪取され、後主は帝位を継いでいた八歳の子高恒《こうこう》や馮淑妃とともに南朝の陳に逃げようとしたが途中で捕らえられた。〇詩型・押韻　七言絶句。下平十陽（亡《ぼう》・傷《しょう》・陽《よう》）の独用。平水韻、下平七陽。

其　二

巧笑知堪敵萬機
傾城最在著戎衣
晉陽已陷休迴首
更請君王獵一圍

其《そ》の二《に》

巧笑《こうしょう》は万機《ばんき》に敵《あ》たるに堪《た》うと知《し》る
傾城《けいじょう》は最《もっと》も戎衣《じゅうい》を着《ちゃく》するに在《あ》り
晋陽《しんよう》　已《すで》に陥《お》つるも首《こうべ》を廻《めぐ》らすを休《や》めよ
更《さら》に請《こ》う　君王《くんのう》　一囲《いちい》を猟《りょう》せんことを

ほほえみは天子の政務に太刀打ちできるほどのものなのか。城をも傾けるというその色香、いかめしい軍服に身を包んだまさにその時に最も威力を揮うのだ。
——晋陽はもう陥落したのね、でも振り返ったりなどなさらないで。ねえ天子さま、もう一度囲みを作って狩りをしましょうよ。

○**巧笑**　女性の魅力的な笑み。『詩経』衛風《えいふう》・碩人《せきじん》に「巧笑倩《せん》たり、美目盼《はん》たり」。毛伝によれば荘公が愛人にうつつを抜かしていてもけなげに振る舞う正妻荘姜《そうきょう》の美しさをうたった詩。『論語』八佾《はちいつ》篇にも子夏がこの句を引く。のちの艶詩では女性の蠱惑的な表情として使われる。○**敵万機**　「万機」は天子の職掌にかかる多くの仕事。『尚書』皐陶謨《こうようぼ》には「万幾」と表記され、その偽孔伝によれば「幾」は「微」の意。よろずの細々した事柄。「敵」は匹敵する。○**傾城**　美女。「其の一」の注参照。○**戎衣**　いくさのいでたち。猟をするための服装でもある。○**猟一囲**　周りを包囲してそのなかの獣をしとめること。『北史』后妃伝の馮淑妃の伝に、後主が猟をしていた時、北周の軍勢が晋陽に迫ったという知らせを受けて戻ろうとしたが、馮淑妃が「更に一囲を殺さんことを請う」とねだり、後主はその言に従った、晋陽に帰ると町はすでに陥落したあとだった、と見える。○**詩型・押韻**　七言絶句。上平八微(機《き》・衣《い》・囲《い》)の独用。平水韻、上平五微。

君王が女色に惑溺したために国が滅んだという話は古くからあり、近く唐代では安禄山の乱は玄宗が楊貴妃に夢中になったために引き起こされたといわれた。この詩が題材とする北斉の滅亡もそんな事例の一つ。「其の一」の横臥する女体と侵入する兵士との対比、「其の二」の陥落の危機とそれを無視した狩りの逸楽、いずれも国家の大事と女色の快楽とを対峙させ、その対比は「巧笑は万機に敵《あ》たる」という一句に端的に示される。そこから女色を誡める教訓を導く読み方も可能だが、李商隠が君王の正しいあり方を主張しようとしていると思われないのは、万機にもまさる艶麗な魅力を描き出す方に力がこめられているからだ。国家滅亡の場面をたびたび取り上げる李商隠の詠史詩には、価値観の転倒、滅びゆくものへの特別の愛着がうかがわれる。「傾城は最も戎衣を着するに在り」、この句は快楽の対象である艶治で柔弱な女性に無骨無粋で実用的な軍服を着せるという、最もかけ離れた二つを結びつけた、一種の倒錯したエロティシズムを帯びている。

南朝

玄武湖中玉漏催
雞鳴埭口繡襦廻
誰言瓊樹朝朝見

南《なん》朝《ちょう》

玄武《げんぶ》湖中《こちゅう》　玉漏《ぎょくろう》催《うなが》し
鶏鳴埭口《けいめいたいこう》　繡襦《しゅうじゅ》廻《まわ》る
誰《だれ》か言《い》う　瓊樹《けいじゅ》　朝朝《ちょうちょう》に見《あら》わるるは

不及金蓮歩歩來　　金蓮《きんれん》　歩歩《ほほ》に来《き》たるに及《およ》ばずと
敵國軍營漂木柹　　敵国《てきこく》の軍営《ぐんえい》　木柹《ぼくし》を漂《ただよ》わし
前朝神廟鏁煙煤　　前朝《ぜんちょう》の神廟《しんびょう》　煙煤《えんばい》に鎖《とざ》さる
滿宮學士皆顏色　　満宮《まんきゅう》の学士《がくし》　皆《み》な顔色《がんしょく》あり
江令當年只費才　　江令《こうれい》　当年《とうねん》　只《た》だ才《さい》を費《ついや》す

玄武湖での行楽、玉《ぎょく》の水時計に急かされ時を惜しんで遊び耽った宋の文帝。鶏鳴埭《けいめいたい》への行幸、宮女たちの短い繡衣が旋舞するのに興じた南斉の武帝。光り輝く玉樹が朝な朝な立ち現われる、そううたわれた陳後主の張貴妃《ちょうきひ》や孔貴嬪《こうきひん》。誰が言うのか、その美しさは、一足ごとに黄金《こがね》の蓮が咲きにおった南斉東昏侯《とうこんこう》の潘妃《はんひ》に劣るなどと。

敵国隋の陣営は、木くずを流して戦艦建造中と警告したのに、対する陳朝では、先帝の霊廟もすすけるにまかせた。

宮廷にあふれた女学士はいずれ劣らぬ美貌揃い。あわれ尚書令の江総《こうそう》は、当時その賛辞にひたすら詩才を乱費したと。

○南朝　建康(江蘇省南京市)に都を置いた東晋・宋・南斉・梁・陳の王朝。西晋末の五胡十六国の乱から隋が統一するまで三百年近く、中国は漢民族による南朝と北方民族による北朝とに分裂した時期が続いた。北朝の質実剛健、南朝の繊細華美という対比で捉えられる。李商隠にはほかにも「南朝(地険《ちけん》は悠悠《ゆうゆう》)」と題する七言絶句がある(一七三頁)。**○玄武湖**　南京市北郊の湖。南朝宋の文帝が開鑿《かいさく》し、行楽の場とした。「陳の後宮(玄武)」詩にも「玄武　新苑を開き、龍舟　燕幸《えんこう》(御幸して宴を催すこと)頻《しき》りなり」。**○玉漏催**　玉でできた漏刻(水時計)がせき立てるように時を刻む。相い次ぐ土木工事や夜まで遊行する帝に対して諫言した家臣がいたが(『宋書』何尚之伝)、文帝は時を忘れて享楽に耽ったことをいう。**○鶏鳴埭**　玄武湖の北の堰《せき》の名。南斉の武帝はしばしば宮女を引き連れて琅邪城《ろうやじょう》に行幸し、宮廷を早朝に発って玄武湖の堰まで来ると鶏が鳴いたのでそこを「鶏鳴埭」と呼んだという(『南史』后妃伝・武穆裴《ぶぼくはい》皇后伝)。「埭」は堰の意。**○繍襦廻**　「繍襦」は刺繍を施した、膝上までの短衣。お供の宮女たちを指す。「廻」は短衣が舞いながら回転する。**○瓊樹**　宝玉のように美しい木。陳の後主が張貴妃《ちょうきひ》、孔《こう》貴嬪《きひん》の美貌を讃えて作った「玉樹後庭歌《ぎょくじゅこうていか》」に「璧《へき》のごとき月　夜夜満ち、瓊のごとき樹朝朝新たなり」(『陳書』後主沈皇后伝論)にもとづく。「瓊」も「璧」も美しい玉。**○不及一句**　南斉の末期の帝東昏侯《とうこんこう》は金で蓮の花をこしらえて地面に敷き、その上を愛姫の潘妃《はんひ》に歩ませて、「此れ歩歩に蓮華を生ずるなり」といった(『南史』斉本紀)。○**敵国**　隋を指す。『南史』陳本紀に、宣帝が崩ずると隋は弔問の使者を送り、「敵国の礼を修む」。○**漂木柹**　隋の文帝は戦艦を建造した際、秘密裡に進めるようにという忠告に対して、天誅を施そうとしているのだから隠すまでもない、川に船の木くずを流せ、戦艦が攻めてくると知って陳が放埒を改めるならばそれでよい、と語った(『南史』陳本紀)。「柹」は木くず。以下、詩の後半は陳王朝に絞ってうたわれる。○**前朝一句**　先帝の霊を祀った御廟が祭祀も行われずに放置されている。陳の後主は先祖の祀りを怠って酒食に溺れたが、それをとがめた章華《しょうか》を斬殺した(『陳書』章華伝)。「煙煤」はすすけむり。○**満宮一句**　陳の後主(陳叔宝《ちんしゅくほう》)は宮女のなかで筆がたつものを「女学士」に命じ、宴遊に際して詩を書かせた。「顔色」は美貌。○**江令**　陳の宮廷の御用文人江総《こうそう》。尚書令であったので「江令」という。『陳書』江総伝に、「(江)総は権宰に当たるも、政務を持せず、但だ日び後主と後庭に遊宴す。陳暄《ちんけん》・孔範《こうはん》・王瑳《おうさ》ら十余人と共にし、当時これを狎客《こうきゃく》(お追従もの)と謂う。是れに由りて国政日びに頽《くず》れ、綱紀立たず」と見える。この句も国政に与る身でありながら享楽の詩にのみ才を注いだの意。○**詩型・押韻**　七言律詩。上平十五灰(催《さい》・迴《かい》・煤《ばい》)と十六咍《かい》(来《らい》・才《さい》)の同用。平水韻、上平十灰。

南朝の諸帝が耽った逸楽の数々を繰り広げる詠史詩。耽溺に対する批判を含んでいるが、しかしそれは枠組みに過ぎず、快楽から破滅へという過程の危うい美しさをうたうことが作者の本意ではないか。李商隠が南朝や隋を取り上げた詩はおおむねそうした破滅するものの美しさが妖しげな光を放っている。

夜雨寄北

君問歸期未有期
巴山夜雨漲秋池
何當共翦西窗燭
却話巴山夜雨時

夜雨《やう》　北《きた》に寄《よ》す

君《きみ》　帰期《きき》を問《と》うも未《いま》だ期《き》有《あ》らず
巴山《はざん》の夜雨《やう》　秋池《しゅうち》に漲《みなぎ》る
何《いつ》当か共《とも》に西窓《せいそう》の燭《しょく》を翦《き》り
却《かえ》って話《はな》さん　巴山夜雨《はざんやう》の時《とき》

君は帰る日を尋ねてきたね、だが、帰る日はわからない。巴《は》の国の山間《やまあい》のこの地では池の水もあふれんばかり、秋の夜の冷たい雨が降りしきる。
いつになれば、あの西の窓辺で、ともにろうそくの芯を切りながら語り合えるだろう、巴山に夜雨降りしきる、今この時のことを。

○**巴山**　「巴」は四川省東部一帯を指す古名。巴の国に属する山といえば巫山《ふざん》があり、楚の懐王《かいおう》が巫山の神女と夢のなかで交わった故事を連想させる。「重ねて聖女祠を過ぎる」詩注参照(二一頁)。○**何当**　いつ。未来の時についての疑問詞。いつになればと願う気持ちを伴う。○**翦西窓燭**　「燭を翦る」は、ろうそくの芯についた燃えかすを切り取って明るくする。時間が経過したことをあらわす。また燃えかすが花のようになった「灯花」ができるのは待ち人が来るなど、吉兆とされる。「西窓」は女性の居室がしばしば西にあることに関わる。○**却**　思いや動きが反対の向きに変わることを示す。ここでは過去を振り返る意。○**詩型・押韻**　七言絶句。上平五支(池《ち》)と七之(期《き》・時《じ》)の同用。平水韻、上平四支。

ひとり巴《は》の地にあって、遠い都で帰りを待っている女性に寄せた作。大中二年(八四八)、巴蜀にいた時の作とする説があるが、果たしてその時期巴蜀に行ったか疑わしい。大中五年から九年まで梓州《ししゅう》(四川省)の柳仲郢《りゅうちゅうえい》の幕下にいた時期とするのが妥当か。後者とすれば妻王《おう》氏はすでに没している。従来、妻に寄せた詩と解されることが多いが、「北」に妻の意味はない。高麗本などで「内」に作るのに従えば、妻。しかしそれは妻に送った詩とする解釈から生まれた字の異同かもしれない。友人に寄せたとする解釈は、巴山が古来名高い楚の王と巫山神女の情事を連想させることから不適当。「北」という方角だけをいうところからも、秘められた恋人に寄せた詩とするのがふさわしい。相手は定かでないものの、場所、時間などの状況ははっきりして、李商隠の恋愛詩のなかでは極めてわかりやすく、実際に手紙に代えて送ったものとも考えられる。絶句、律詩などの近体詩では同じ字を重ねて使ってはならない規則があるが、敢えて「期」「巴山夜雨」を繰り返す。前の「期」は再会を期待する期日であり、後の「期」はそれがいつかなえられるかもわからない期日。前の「巴山夜雨」は今現在の気持ちに似つかわしく冷たく寂しい光景であり、後の「巴山夜雨」は枕物語として語ることができる過去となったそれである。夜雨が秋の池に漲るのは、切ない思いが胸にあふれそうになる心象を映してもいる。短い詩ではあるが、そのなかで現在と未来が錯綜する。現在から未来を想定して、その未来の時点からすでに過去となっている現在を振り返る、そのことを今現在の時点から想う。

陳 後 宮

陳《ちん》の後宮《こうきゅう》

茂苑城如畫
閶門瓦欲流
還依水光殿
更起月華樓
侵夜鸞開鏡
迎冬雉獻裘
従臣皆半醉
天子正無愁

茂苑《もえん》　城《しろ》は画《え》の如《ごと》し
閶門《しょうもん》　瓦《かわら》　流《なが》れんと欲《ほっ》す
還《ま》た水光殿《すいこうでん》に依《よ》り
更《さら》に月華楼《げっかろう》を起《た》つ
夜《よる》を侵《おか》して　鸞《らん》　鏡《かがみ》を開《ひら》き
冬《ふゆ》を迎《むか》えて　雉《きじ》　裘《かわごろも》を献《けん》ず
従臣《じゅうしん》　皆《み》な半《なか》ば酔《よ》い
天子《てんし》　正《まさ》に愁《うれ》い無《な》し

茂苑《もえん》が広がる都は絵のように美しく、閶門《しょうもん》の瓦は水が流れるようにつやつやと耀《かがや》いていました。

水光殿から水と光の戯れを愛でたかと思うと、月の光を賞美する月華楼まで建てたのです。

夜の更けるまで鸞《らん》を刻した鏡を開いてお化粧が続き、冬になると雉の首の裘《かわごろも》という奇態な物も献上されました。

家来どもはみな酔い心地、無愁天子《むしゅうてんし》さまはその名の通り何の愁いもありませんでした。

○陳後宮　「後宮」は政治を営む場とは異なる、天子の私的生活の場。陳の後主（陳叔宝《ちんしゅくほう》）が歓楽に溺れて国を亡ぼしたことは、「南朝（玄武湖中）」（五〇頁）、「隋宮」（九四頁）など、李商隠のしばしばうたうところ。同じく「陳の後宮」と題した五言律詩もある。**○城**町のこと。**○茂苑**　左思「呉都賦《ごとふ》」（『文選』巻五）に「朝夕の濬《ふか》き池を帯び、長洲の茂れる苑を佩《お》ぶ」とあって以来、呉の都建業《けんぎょう》の庭園としてなかば固有名詞として扱われる。**○閶門**　呉の都の西の門。**○水光殿・月華楼**　この名の宮殿楼閣は史書に見えず、水光、月華を楽しむ宮殿、楼閣の意か。陳の後主が次々と宮廷を造営し、そのために様々な税を課したことは『南史』陳本紀に記される。**○鸞開鏡**　南朝宋・范泰《はんたい》の「鸞鳥詩序」（『芸文類聚《げいもんるいじゅう》』巻九〇所引）に見える話を用いる。昔、罽賓《けいひん》の国の王が一羽の鸞を捕らえたが、鳴かない。夫人が鸞は仲間を見ると鳴くといいますから鏡を置いたらどうでしょうと言った。鸞は鏡のなかの姿を見ると、悲痛な声を発して鳴き続け、夜中に身を震わせるとそのまま息絶えた、という。李商隠頻用の故事。ここでは鸞鏡（鸞の模様が刻まれている鏡）を指す。「鸞開鏡」は「開鸞鏡」を倒置したもの。**○雉献裘**　西晋・武帝の時、雉の頭の裘が献上されたが、武帝は珍奇な衣服は典礼に禁じられているとして宮殿の前で焼き捨てた(『晋書』武帝紀)。「雉献裘」は「献雉裘」を倒置したもの。○無愁　北斉の後主高緯《こうい》は琵琶の演奏を好み、みずから「無愁の曲」を作曲した。そこで世間では彼を「無愁天子」と称したという。「北斉二首」参照(四五頁)。○詩型・押韻　五言律詩。下平十八尤(流《りゅう》・裘《きゅう》・愁《しゅう》)と十九侯(楼《ろう》)の同用。平水韻、下平十一尤。

「南朝(玄武湖中)」詩と同じく、陳とは別の王朝の故事も使いながら、南朝、ことに陳王朝の、快楽に溺れて存亡の危機にも気づかないありさまをうたう。都の全体の俯瞰から城門、宮殿、そして室内へとしだいに焦点が絞られていくそれぞれの句は麗しく表現されているが、「夜を侵して」の二句は常軌を逸するまでに快楽が追求されるのをいう。

石榴

榴枝婀娜榴實繁
榴膜輕明榴子鮮
可羨瑤池碧桃樹
碧桃紅頰一千年

石《せき》榴《りゅう》

榴枝《りゅうし》は婀娜《あだ》として榴実《りゅうじつ》は繁《しげ》し
榴膜《りゅうまく》は軽明《けいめい》として榴子《りゅうし》は鮮《あざや》かなり
羨《うらや》むべし　瑶池《ようち》　碧桃《へきとう》の樹《じゅ》
碧桃《へきとう》の紅頰《こうきょう》は一千年《いっせんねん》

たおやかに延びるザクロの枝、たわわに熟《う》れるザクロの実。透き通るように薄いザクロの皮、色鮮やかなザクロの種。

でも羨ましいのは仙界瑶池《ようち》に植わる碧桃《へきとう》の木。三千年に一度実をつける碧桃は、その頬の赤さも一千年とか。

○石榴　ザクロ。漢の張騫《ちょうけん》が西域の安石《あんせき》国(安息《あんそく》国。すなわち西アジアのパルティア王国。漢字はそのアルサケス朝を音訳したもの)から持ち帰ったと伝えられるので安石榴ともいう。**○婀娜**　女性のたおやかな様子をいう畳韻の語。ここのように木の枝のしなやかさにも用いられる。**○榴膜**　用例を見ないが、ザクロの種子を包む薄い皮膜をいうのだろう。それが紙のように薄いことは、『酉陽雑俎《ゆうようざっそ》』木篇にも「南詔《なんしょう》の石榴は、子《み》大きく、皮は薄くして藤紙の如し」と見える。**○軽明**　薄くて透明。赤い色の紙箋をうたった梁・江洪《こうこう》の詩に「灼爍《しゃくしゃく》として蕖《はす》の開くに類し、軽明として霞の破るに似る」(「紅箋を詠ず」)。**○榴子**　榴実がザクロの果実をいうのに対して、果実のなかの種子をいう。**○瑶池**　中国の西の果て、西王母《せいおうぼ》の住まう崑崙山《こんろんざん》の山頂にある池の名。『穆天《ぼくてん》子《し》伝』に「(穆)天子　西王母を瑶池の上に觴《しょう》し(酒を勧め)、西王母　天子の為に謡う」というように、西王母が穆天子と会した場。穆天子は周の穆王が伝説化された存在。仙界の女王である西王母と地上の帝王とが交歓する故事は、穆天子のほかに、次の注に見えるように、漢の武帝の話もある。〇**碧桃**　三千年に一度実が生《な》るという仙界の桃。老子が西王母と一緒に碧桃を食べたという話がある（『芸文類聚《げいもんるいじゅう》』巻八六などが引く『尹《いん》喜内伝《きないでん》』）。『漢武故事』には、西王母が七月七日に漢の武帝のもとを訪れ、持参した桃を食べさせた、武帝がその種を取っておこうとすると、西王母がこの桃は三千年に一度実を結ぶものだから地上で植えても無駄だと笑った、という話が見える。〇**紅頰**　若々しく美しい頰。桃の赤い果皮を若い女性の頰になぞらえる。韓愈が女道士を詠った「華山女」詩に「白き咽《のど》　紅き頰　長眉青し」。〇**詩型・押韻**　七言絶句。下平一先（年《ねん》）、二仙（鮮《せん》）、上平二十二元（繁《はん》）の通押。平水韻、下平一先と上平十三元。近体詩の第一句にあえて別の韻に属する、音の近い字を用いる技法は、中晩唐以後増えていく。

ザクロの美しさと碧桃の長寿を対比して、女性の若さが長く続かないことを寓する。「榴」の字を重ねながら魅惑的なザクロの諸相を、枝から種に至るまでしだいにズームアップして列挙していくが、そこに花だけが除外されている。ザクロの花ははかないものとして、たとえば柳宗元《りゅうそうげん》「始めて白髪を見て、植える所の海石榴の樹に題す」詩などにうたわれる。それに対比されるのが、長寿の碧桃。ザクロの花の命の短さをいうにしても、そこに感傷に浸った気分はない。むしろ軽い揶揄を含んでいるかのようだ。石榴という名の若い妓女と碧桃という名の年増とを並べてからかった、とでもいった背景を想定してよいかもしれない。

初起

想像咸池日欲光
五更鐘後更廻腸
三年苦霧巴江水
不爲離人照屋梁

初《はじ》めて起《お》く

想像《そうぞう》す　咸池《かんち》　日《ひ》光《かがや》かんと欲《ほっ》するを
五更《ごこう》の鐘《かね》の後《あと》　更《さら》に腸《ちょう》を廻《めぐ》らす
三年《さんねん》の苦霧《くむ》　巴江《はこう》の水《みず》
離人《りじん》の為《ため》に屋梁《おくりょう》を照《て》らさず

目に浮かぶのは、朝日が湯浴みするという咸池《かんち》から太陽が光を投げかける光景。眠られぬまま五更の鐘を聞き、いっそう悲痛は募る。三年もの間、暗い霧に閉ざされ、巴江の水音とともにこの地に居続ける。こんな孤独なわたしのために、太陽が明るく屋根を照らしてくれることもない。

○**初起**　起きがけ。「初＋動詞」は……したばかりの意。　○**想像**　映像が目に浮かぶ。

同音の字をならべて、像が浮かび上がるようすをあらわす語。〇**咸池**　太陽が昇る時に湯浴みするというところ。『淮南子《えなんじ》』天文訓に「日は暘谷《ようこく》より出で、咸池に浴し、扶《ふ》桑《そう》を払《す》ぐ、是れを晨明《しんめい》と謂う」。〇**五更**　夜明けに近い時刻。「蟬」詩注参照(三二頁)。〇**廻腸**　はらわたがねじれるほどの悲痛。宋玉《そうぎょく》「高唐《こうとう》の賦」(『文選』巻一九)に「腸を廻らし気を傷《そこ》なう」。「廻」と「迴」は通じる。〇**苦霧**　深くたちこめた霧。重苦しい心象でもある。鮑照《ほうしょう》「舞鶴賦《ぶかくふ》」(『文選』巻一四)に「厳厳たる苦霧、皎皎《きょうきょう》たる悲泉」。実際に巴蜀の地は「蜀犬　日に吠ゆ」といわれるように陽ざしが乏しい。〇**巴江水**　巴の地を流れる長江の支流。〇**離人**　ふつうは思う男性と離ればなれになっている女性を指す。「代わりて贈る二首」其の二参照(一七〇頁)。しかしここでの離人は詩の主体である男性を指す。〇**照屋梁**　太陽の出現を待望しつつ、思う女性に会いたい気持ちを重ねる。「無題(梁《はり》を照らして)」詩注参照(一二八頁)。杜甫《とほ》「李白を夢む」二首の一に「落月　屋梁に満ち、猶お疑う顔色を照らすかと」とあるのは、明るい日光ではなくて冷たい月の光、来訪ではなくて辞去、というように対照的であるが、李白が夢にあらわれたことを描いているように、この句も思う女性が夢にすらあらわれなかった意味を含むかもしれない。〇**詩型・押韻**　七言絶句。下平十陽(腸《ちょう》・梁《りょう》)と十一唐(光《こう》)の同用。平水韻、下平七陽。

一人眠れないまま、重苦しい霧に閉ざされた朝を迎え、明るい日の光を切望する。異土の生活の無聊、孤独、そうした日々への嫌悪に浸されているが、陽光への期待は思う女性への懇願とも聞こえる。

宿駱氏亭寄懐崔雍崔袞　駱《らく》氏《し》亭《てい》に宿《やど》り懐《おも》いを崔雍《さいよう》・崔袞《さいこん》に寄《よ》す

竹塢無塵水檻清　竹塢《ちくお》塵《ちり》無《な》く　水檻《すいかん》は清《きよ》し
相思迢遞隔重城　相思《そうし》迢遞《ちょうてい》として重城《ちょうじょう》を隔《へだ》つ
秋陰不散霜飛晩　秋陰《しゅういん》散《さん》ぜず　霜《しも》飛《と》ぶこと晩《おそ》く
留得枯荷聴雨聲　枯荷《こか》を留《とど》め得《え》て雨声《うせい》を聴《き》く

竹の茂った堤には塵もなく、あずまやのおばしまもせいせいしているこの宿から、幾重もの城壁を隔てたあなた方に、はるかな思いを寄せています。秋の空は低く垂れこめ、霜もまだ降りません。すがれた蓮を打つ雨の音にじっと耳をすませています。

○駱氏亭　長安の東の城門、春明門の外にあったという楼台。中唐の駱浚《らくしゅん》という人が建てたという。**○崔雍・崔袞**　李商隠がその幕下に仕えた崔戎《さいじゅう》の二人の子供。**○竹塢**　「塢」は土塁、また土塁に囲まれた村やそのような地形をいうが、水辺の光景を述べるここでは土を盛り上げた堤防を指す。**○水檻**　水辺の欄檻。**○相思**　動詞の前の「相」はその動作が及ぶ対象をもつことを際立たせる。日本語の「相思」が、互いに思うであるのと違って、相手を思う。**○迢遞**　はるか隔たっている。**○重城**　都を囲む幾重にも重なった城壁。**○秋陰**　秋の曇天。**○霜飛晩**　『礼記《らいき》』月令《げつれい》では季秋（旧暦九月）に「霜始めて降る」。霜には「風厲《はげ》しく霜飛ぶ」（西晋・張載《ちょうさい》「七命」『文選』巻三五）のように「飛」という動詞がよく使われる。**○詩型・押韻**　七言絶句。下平十四清（清《せい》・城《せい》・声《せい》）の独用。平水韻、下平八庚。

長安城内にいる友人を思いながら、郊外の宿の静寂に浸る。水辺の亭の清浄で静謐な雰囲気が心地よい。友人への思いも穏やかで、今身を置いている場所の清澄な雰囲気と溶け合っている。末句は枯れた蓮が風に吹かれて立てる音を雨の音に聞きなした、と解することもできる。たとえば落ち葉の音を降りしきる雨の音に聞きなす詩句は和歌のみならず中国の詩にも多い。しかしここでは雨そのものが枯れた蓮の葉に降りそそいで乾いた音を立てると読んでいいだろう。「枯荷」のほかに「敗荷」「衰荷」など、李商隠は枯れのこった蓮の葉をうたうことを好み、後の時代に詩語として愛用されていく。そのなかでもこの一句はとりわけ名高く、『紅楼夢』のなかに女主人公林黛玉《りんたいぎょく》が口ずさむ場面がある。また蘇州の名園拙政園《せっせいえん》にはこの句にちなんで「留聴閣」と名付けられた建物もある。

風雨

淒涼寶劍篇
羇泊欲窮年
黄葉仍風雨
青樓自管絃
新知遭薄俗
舊好隔良緣
心斷新豐酒
銷愁斗幾千

風雨《ふうう》

淒涼《せいりょう》たり　宝剣《ほうけん》の篇《へん》
羇泊《きはく》　年《とし》を窮《きわ》めんと欲《ほっ》す
黄葉《こうよう》　仍《な》お風雨《ふうう》
青楼《せいろう》　自《おのずか》ら管絃《かんげん》
新知《しんち》　薄俗《はくぞく》に遭《あ》い
旧好《きゅうこう》　良縁《りょうえん》を隔《へだ》つ
心《こころ》は断《た》つ　新豊《しんぽう》の酒《さけ》
愁《うれ》いを銷《け》すは　斗《と》幾千《いくせん》ならん

郭震《かくしん》に抜擢をもたらした「宝剣篇」、それを読むと胸はさいなまれる。この身は抜擢どころか、さすらいのうちに今年も終わりに近づくのに。

黄色に枯れゆく葉をさらに痛めつける風雨、青楼にはお構いなしの楽《がく》の音《ね》。

新しい友からは薄情さを見せつけられ、昔なじみは遠ざかる。

馬周《ばしゅう》をまねて失意の酒をあおっても、心はずたずた。この愁い、一斗いくらの酒なら消せるものか。

○宝剣篇　初唐期の郭震の詩。郭震(六五六―七一三)は字《あざな》元振《げんしん》、県尉の時に武則天《ぶそくてん》に「宝剣篇」を呈して賞賛され、出世のいとぐちをつかんだ。辺境で武功を立て睿宗《えいそう》、玄《げん》宗《そう》の時に宰相。のちに玄宗の怒りをかって左遷され、失意のうちに卒した(『新唐書』郭震伝)。「宝剣篇」は精魂込めて作られた名剣が埋もれながらも気を発していることをうたい、才をいだきながら用いられない我が身を寓した詩。**○羇泊**　「羇」は「羈」と同じ。旅。**○欲窮年**　人生が終わりに近づくこともいうが、ここでは一年が終わりに近づく。**○黄葉一句**　「黄葉」は黄ばんで枯れていく葉。漢武《ぶ》帝《てい》「秋風の辞」(『文選』巻四五)に「草木黄落して雁は南に帰る」。「仍」はただでさえ枯れ落ちる葉がそのうえにの意。**○青楼**　色鮮やかに塗られた豪奢な建物。妓女の館。曹植《そうしょく》「美女篇」に「青楼大路に臨み、高門　重関を結ぶ」。**○新知**　新たに知り合った人。**○薄俗**　人情の薄さ。**○旧交**　古くからのなじみ。**○良縁**　良好な人間関係。韋応物《いおうぶつ》「張協律《ちょうきょうりつ》に酬ゆ」詩に「時に遭うに早晩無し、器を蘊《たくわ》えて良縁を俟《ま》て」。**○新豊酒**　唐初の人馬周《ばしゅう》の故事を用いる。馬周は芽の出ぬまま新豊(陝西省臨潼《りんどう》県)の宿屋でやけ酒をあおっていたが、のちに唐の太宗《たいそう》に抜擢された(『旧唐書』馬周伝)。微賤の身から栄進した典型として、不遇をかこつ詩によく用いられる。**○斗幾千**　王維「少年行」四首の一に「新豊の美酒　斗十千」、一斗の酒の値が一万もする、とあるのをふまえる。**○詩型・押韻**　五言律詩。下平一先(年《ねん》・絃《げん》・千《せん》)と二仙(篇《へん》・縁《えん》)の同用。平水韻、下平一先。

中国古典詩におきまりの賢人失志の詩に属する。「宝剣篇」、馬周「新豊」の酒など習用の故事を用いる首聯、尾聯はいささかおざなりにみえるが、中の二聯は凡庸ではない。風雨に打たれて朽ちていく落ち葉、その寂寞に対して、青楼では自分と無関係に相い変わらず管弦のにぎわい。「自」の一字が作者のやるせなさをよくあらわしている。「新知」、「旧交」は人の世の常として一般化したものではなく、当然しかるべき具体的人物が背後に揺曳するがゆえに、痛切さを帯びている。

夢澤

夢澤悲風動白茅
楚王葬盡滿城嬌
未知歌舞能多少
虛滅宮廚爲細腰

夢《ぼう》沢《たく》

夢沢《ぼうたく》の悲風《ひふう》　白茅《はくぼう》を動《うご》かし
楚《そ》王《おう》葬《ほうむ》り尽《つ》くす　満城《まんじょう》の嬌《きょう》
未《いま》だ知《し》らず　歌舞《かぶ》能《よ》く多少《たしょう》なるを
虚《むな》しく宮廚《きゅうちゅう》を減《へ》らして細腰《さいよう》を為《な》す

雲夢《うんぼう》の沢《たく》を覆い尽くすチガヤの白い穂波、冷たい風が悲しげに揺り動かす。この湿原の泥の中には、むかし楚の王が死に至らしめた町中の美女のむくろが埋められているのだ。

彼女たちの歌や舞いは、どれほどのものだったのか。ほっそりした腰を好む王に気にいられようと、餓死するまで食を減らしたというが。

○**夢沢**　「雲夢の沢」を二字につづめたもの。楚の地にあったという広大な沼沢地。司《し》馬相如《ばしょうじょ》「子虚賦《しきょふ》」(『文選』巻七)に「臣聞く楚に七沢有りと。嘗《かつ》て其の一を見る。……名づけて雲夢と曰《い》う」。○**白茅**　チガヤ。白い穂をのばし湿原を一面に覆う。楚の国が周王朝に貢いだその地の特産品。祭祀の時に酒を漉すのに用いた。白は葬式、死を連想させる色。 ○**楚王** ここでは春秋、楚の霊王《れいおう》(在位、前五四〇—前五二九)を指す。瘦せ型の美人を好み、そのために食を節して餓死者が増えたと伝えられる。『韓非子』二柄《にへい》篇に「楚の霊王は細腰を好み、国中餓《が》する人多し」。 ○**満城嬌** 町じゅうの美女。「嬌」はあでやか、またあでやかな女性をいう。 ○**能多少** 「多少」はどのくらい。「能」は「できる」ではなく、数量の疑問詞の前に置かれて疑問の語気をあらわす。また疑問詞の前に置かれた「不知」「未知」などは、「知らない」ではなくて「……かしら」の意味。 ○**詩型・押韻** 七言絶句。下平四宵(嬌《きょう》・腰《よう》)と五肴(茅《ぼう》)の通押。平水韻、下平二蕭と三肴。

楚の王のために宮女たちが命を落とした故事と雲夢《うんぼう》の沢《たく》にチガヤが群生する風景とを結びつけた詠史詩。晩唐には歴史上の一齣《ひとこま》を取り上げ、それを一ひねりした絶句の詠史詩が流行する。この詩の前半二句、果てなく広がる雲夢の沢に白茅が風になびく荒涼とした風景、その下に美女たちが埋められているのを想像するのは、景と情が悲痛なかたちで溶け合っている。後半では王に気にいられようと餓死するまでに瘦せたのでは、本来歌舞を仕事とする宮女たちなのに、その歌舞すらできなかったのではないかという皮肉を添える。しかしそのひねりよりも、この詩の鮮烈さは泥の中に美女たちが埋められていうイメージにある。美女の屍体を泥中に埋める、つまり艶麗この上ないものと汚《けが》らわしく醜悪なものとを結びつける残酷なエロティシズムは李商隠の好むところで、「景陽井」詩にも「腸は断つ呉王宮外の水、濁泥《だくでい》猶《な》お西施を葬るを得たり」と、泥の中に埋められた美女西施をうたっている。

七月二十八日夜與王
鄭二秀才聽雨後夢作

初夢龍宮寶焰然
瑞霞明麗滿晴天
旋成醉倚蓬萊樹
有箇仙人拍我肩
少頃遠聞吹細管
聞聲不見隔飛煙
逡巡又過瀟湘雨

七月《しちがつ》二十八日《にじゅうはちにち》の夜《よる》　王《おう》・鄭二秀才《ていにしゅうさい》と
雨《あめ》を聴《き》きし後《のち》の夢《ゆめ》の作《さく》

初《はじ》めて夢《ゆめ》む　龍宮《りゅうぐう》に宝《たから》　焰然《えんぜん》たりて
瑞霞《ずいか》　明麗《めいれい》として晴天《せいてん》に満《み》つるを
旋《たちま》ち酔《よ》いを成《な》して蓬萊《ほうらい》の樹《き》に倚《よ》れば
箇《ひとり》の仙人《せんにん》の我《わ》が肩《かた》を拍《たた》く有《あ》り
少頃《やや》して遠《とお》く細管《さいかん》を吹《ふ》くを聞《き》く
声《こえ》を聞《き》くも見《み》えず　飛煙《ひえん》に隔《へだ》たる
逡巡《しばらく》して又《ま》た過《す》ぐ　瀟湘《しょうしょう》の雨《あめ》

雨打湘靈五十絃　雨《あめ》は打《う》つ　湘霊《しょうれい》の五十絃《ごじゅうげん》
瞥見馮夷殊悵望　馮夷《ひょうい》を瞥見《べっけん》すれば殊《こと》に悵望《ちょうぼう》す
鮫綃休賣海爲田　鮫綃《こうしょう》売るを休《や》めて海《うみ》は田《はたけ》と為《な》る
亦逢毛女無憀極　亦《ま》た毛女《もうじょ》に逢《あ》えば無憀《ぶりょう》の極《きわ》み
龍伯擎將華嶽蓮　龍伯《りゅうはく》は擎《ささ》げ将《も》つ　華嶽《かがく》の蓮《はす》
恍惚無倪明又暗　恍惚《こうこつ》として倪《はて》無《な》く　明《めい》にして又《ま》た暗《あん》
低迷不已斷還連　低迷《ていめい》として已《や》まず　断《た》えて還《ま》た連《つら》なる
覺來正是平堦雨　覚《さ》め来《き》たれば正《まさ》に是《こ》れ堦《きざはし》に平《たい》らかなる雨《あめ》
未背寒燈枕手眠　未《いま》だ寒燈《かんとう》を背《そむ》けずして手《て》に枕《まくら》して眠《ねむ》る

夢の始まりは、燦然と宝物の輝く龍宮だった。晴れ渡る空いっぱいに、めでたい錦の雲が拡がっていた。

たちまち酒がまわって蓬萊山《ほうらいざん》の木にもたれていると、わたしの肩を叩く仙人がいる。しばらくすると遠くから笛の音《ね》が聞こえてきた。音《おと》は聞こえるが靄《もや》に遮られて姿は見えない。

ほどなくさらに瀟湘《しょうしょう》に雨が通り過ぎた。湘霊《しょうれい》が奏でる五十絃の瑟《しつ》のような音をたてて。水神馮夷《ひょうい》を見やれば、悲しげに遠くを眺めている。絹を売る人魚の姿も消え、みるみるうちに海が畑に変わっていく。

華山《かざん》の仙女毛女《もうじょ》にも出会ったが、なんともうつろなおももち。巨人龍伯《りゅうはく》が華山の蓮花《れんげ》峰《ほう》を手にささげている。

果てなく続くおぼろな世界、明るんだかと思えば暗くなる。朦朧としたまま、夢は途切れたかと思うとまた続く。

目覚めれば、なんと降り続けた雨がきざはし一面を浸し、ほの暗いともしびもそのまま、手枕をして寝ていたのだった。

〇**王鄭二秀才**　王と鄭の二人、名は未詳。「秀才」は郷試(地方試験)を経て進士の受験資格をもつ者の名称だが、一般に進士に合格する前の人に対する敬称として用いられる。

〇**龍宮**　龍王が住む海底の宮殿。　〇**焰然**　燃えるように輝く様子。　〇**瑞霞**　めでたいしるしをあらわす色鮮やかな雲。　〇**蓬萊**　方丈《ほうじょう》、瀛洲《えいしゅう》とともに、神仙の住む東海の島の一つ。　〇**有箇**　一人の、或る、を意味する口語的表現。唐詩に至って用いられる語法。

〇**少頃**　短い時間の経過を示すことば。　〇**細管**　筆をいうこともあるが、ここでは長細い管楽器。○**逡巡**　これも少しの時間の経過を示す。○**瀟湘雨**　瀟水・湘水は南から洞庭湖に注ぐ川。○**湘霊**　湘水の神。『楚辞』遠遊に「湘霊をして瑟を鼓せしむ」。○**五十絃**　五十絃をもつ伝説のなかの瑟。「錦瑟」詩注参照(一六頁)。○**瞥見**　ちらっと見る。○**馮夷**　水神の名。『楚辞』遠遊の先の句に続いて「海若《かいじゃく》をして馮夷を舞わしむ」。海若は海の神。○**帳望**　悲しい思いで眺める。杜甫「詠懐古跡」其の二に「千秋を帳望して一たび涙を灑《そそ》ぎ、蕭條たる異代　時を同じくせず」。○**鮫綃**　人魚の織った絹の織物。晋・左思《さし》「呉都賦《ごとふ》」(『文選』巻五)の劉淵林《りゅうえんりん》の注が引く伝説に、人魚が水から出て人の家に寄寓し、毎日綃を売った。立ち去る時に主人に器を求め、涙をこぼすと真珠になった、という。○**海為田**　海が農地となる変化。地上では地殻変動を起こすほどの長い時間が神仙世界ではほんの束の間のことであるのをいう。晋・葛洪《かっこう》『神仙伝《しんせんでん》』に仙女の麻姑《まこ》が言う、「接待して以来(おもてなしをしてから)、已に東海の三たび桑田と為るを見る」。「桑田滄海」の成語として使われる。「一片」詩にも「人間《じんかん》桑海　朝朝変ず、佳期をして更に期を後《おく》らしむること莫かれ」。○**毛女**　仙女の名。始皇帝の宮女だったが、秦の滅亡のあと華山に入り仙人となった。体中が体毛に覆われていたので「毛女」という(劉向《りゅうきょう》『列仙伝』)。○**無憀**　無聊と同じ。頼りなげで、うつろな感じ。○**龍伯**　『列子』湯問《とうもん》に見える伝説上の大人国の名。ここではその巨人。○**華嶽蓮**　華山は五嶽の一つ。陝西省華県にある。その嶺の一つは蓮の花に似ているので蓮花峰と呼ばれる。○**恍惚**　朦朧とした様子をいう双声の語。○**無倪**　果てしがない。○**低迷**　意識がぼんやりする様子をあらわす畳韻の語。嵆康《けいこう》「養生論」(『文選』巻五三)に「夜分にして坐せば、則ち低迷して寝《い》ねんことを思う」。ぼおっとしたなかで夢が切れたかと思うと続く。この二句のみが対を成し、夢とうつつのはざまの朦朧とした状態にたゆたうありさまをあらわす。○**平堦雨**　「堦」は「階」と同じ。部屋から外に降りる階段。そこに降った雨水が一面にたまっている状態をいう。○**未背寒燈**　「背燈」は寝る時に灯火の向きを変えて暗くすること。「未」を「独」に作る本もある。それならば「独り寒燈を背けて」となる。○**詩型・押韻**　七言排律。ふつうは七言古詩に分類されるが、銭鍾書は李商隠が創始した散体(対句のない)の七言排律とする。下平一先(天《てん》・肩《けん》・煙《えん》・絃《げん》・田《でん》・蓮《れん》・眠《みん》)と二仙(然《ぜん》・連《れん》)の同用。平水韻、下平一先。

夢のなかで体験した神話的世界を、光、音の豊かなイメージを繰り広げながら描き出す。詩題に個人的な日付が書き込まれるのは杜甫に始まる。李商隠にも数首の例があるが、この詩の「七月二十八日」が作者にとって特別な意味をもつものか、単に記録として記入したのか、わからない。旧注は前者を採り、妻の死と結びつける説が多い。これとは一日違いの「七月二十九日、崇譲《すうじょう》の宅の讌《うたげ》の作」と題する詩もあるので、何か特別な意味がありそうではあるが、どちらの詩も妻の死に直接関わる詩句はない。個人にまつわる事象は追求する手がかりがないが、夢とうつつとのたゆたいのなかで生じた様々な幻想を、視覚と聴覚を駆使して繰り広げた希有の作ではある。「旋」「少頃」「逡巡」など時間の経過を示すことばによって夢の展開が夢の時間を追いながら記されていること、実際に降っていた雨の音を媒介として夢と現実が交叉していること、夢そのものを主題とした詩にふさわしい。神話、伝説の人物が次々登場するが、最初の華やいだ幻想もしだいに寂しげなものに変わっていく。そして夢から覚めた時、おそらくは王・鄭《てい》の二人もいつの間にか立ち去っていて、なお降りしきる雨の夜に一人のこされている自分に気付いた寂寞の思いで締めくくられる。

漫成三首

其一

不妨何范盡詩家

漫成三首《まんせいさんしゅ》

其《そ》の一《いち》

何范《かはん》 尽《ことごと》く詩家《しか》たるを妨《さまた》げざるも

未解當年重物華
遠把龍山千里雪
將來擬並洛陽花

未《いま》だ解《かい》せず　当年《とうねん》　物華《ぶっか》を重《おも》んずるを
遠《とお》く龍山千里《りゅうざんせんり》の雪《ゆき》を把《と》り
将《も》ち来《き》たりて洛陽《らくよう》の花《はな》に並《なら》べんと擬《ぎ》す

何遜《かそん》と范雲《はんうん》、ともに立派な詩人であるのは間違いない。わからないのはなぜ当時、二人はかくも景物に心奪われたのか。遥か千里も隔たった龍山の雪、それをわざわざもってきて、都洛陽の花と並べようとは。

○漫成　ふとできあがった詩の意。杜甫に五律の「漫成二首」、七絶の「漫成一首」があるのが「漫成」と題する詩の最も早いもの。杜甫に始まり、李商隠がそれを受け継いだ例の一つ。李商隠にはこの三首のほか、七言絶句の「漫成五章」(二四〇頁)がある。そのなかの二章もこの連作三首と同じく過去の詩を論評している。七言絶句という詩型のなかで詩を批評するのは杜甫の「戯《たわむ》れに六絶句を為《つく》る」に始まり、のちの金・元好問《げんこうもん》「論詩三十首」が名高い。この「漫成三首」の場合、あとの二首は五言絶句であるが、やはり詩によって詩を論じている。**○何范**　梁の詩人、何遜《かそん》(?―五一八?)と范雲《はんうん》(四五一―五〇三)。何遜が秀才に挙げられた時の答案を見て范雲が称賛したと伝えられるように、范雲が年長であるが、二人は「忘年の交好(年齢の差を気に掛けない交友)を結ぶ」(『梁書』何遜伝)間柄であった。後世の詩名は何遜の方が高く、景物の描写にすぐれた詩人として知られる。**○尽**　日本語のみな、すべてと異なり、文語の「皆」、現代語の「都」と同様、二人、二つに対しても用いる。**○物華**　景物の美。**○遠把二句**　龍山は『楚辞《そじ》』「大招」に見える逴龍《たくりゅう》という山。北方の寒冷の地にあるとされる。二句は范雲と何遜の聯句にもとづく。「范広州(范雲)の宅にての聯句」の范雲の手になる四句に「洛陽城の東西、却って作《な》す　経年の別れ。昔去りしとき雪、花の如きも、今来たれば雪、花に似たり」。すなわち雪の舞う時期に別れ、花の舞う時期に再会したことを、花と雪の比喩を入れ替えて表現している。そこでは龍山の雪とは言っていないが、南朝宋・鮑照《ほうしょう》「劉公幹体《りゅうこうかんたい》に学ぶ」詩(『文選』巻三一)に「胡風　朔雪を吹き、千里　龍山を度《わた》る」とあるのを併せて用いる。范雲・何遜のこの聯句、李商隠は「王十三校書分司を送る」詩、「韓冬郎　即席に詩を為《つく》り相い送る」詩二首の二にも用いているごとくお気に入りの句だったようで、ここでも理解できないと言いながら、実際は称賛している。

○詩型・押韻　七言絶句。下平九麻(家《か》・華《か》・花《か》)の独用。平水韻、下平六麻。

其二
沈約憐何遜
延年毀謝荘
清新倶有得
名譽底相傷

其《そ》の二《に》
沈約《しんやく》は何遜《かそん》を憐《あわ》れみ
延年《えんねん》は謝荘《しゃそう》を毀《そし》る
清新《せいしん》　倶《とも》に得《う》る有《あ》るも
名誉《めいよ》　底《なん》ぞ相《あ》い傷《そこな》わん

沈約《しんやく》は何遜《かそん》の詩に心惹かれ、顔延之《がんえんし》は謝荘《しゃそう》の作をおとしめた。しかし何遜も謝荘も言葉は清新、その誉れは軽々に損なわれるものではない。

○沈約一句　「沈約」(四四一―五一三)は当時の文化界の重鎮。その彼が若い「何遜」に対して、「吾れ卿《きみ》の詩を読む毎《たび》に一日に三復するも猶お已《や》む能わず」と絶賛したという(『梁書』何遜伝)。「憐」は対象に対して深く心を惹かれること。気の毒に思うの意味はその一部に過ぎない。**○延年一句**　「延年」は謝霊運《しゃれいうん》とともに南朝宋を代表する文人顔延之(三八四―四五六)の字《あざな》。「謝荘」(四二一―四六六)も南朝宋の文人。顔延之が謝荘をけなした逸話は、『南史』謝荘伝に見える。謝荘の「月の賦」の評価を孝武帝が尋ねると、顔延之は「美なるは則ち美なり。但だ、荘は始めて「千里を隔てて明月を共にす」

を知る」と答えた。孝武帝がその話を謝荘に伝えるや否や、謝荘はすかさず「延之は「秋胡の詩」を作り、始めて「生きては久しく離別することを為《な》し、没しては長《とこし》えに帰らざるを為す」を知る」と応じた。帝はそれを聞いて手を打って喜んだという。「始めて……知る」とはその句を作ってわかりきったことがはじめてわかった。それにはあきれるとそしりあったもの。謝荘「月の賦」は『文選』巻一三、顔延之「秋胡詩」は同巻二一に収められ、いずれも二人の代表作。○**清新**　表現の新鮮さをほめる言葉。杜甫《とほ》が李白《りはく》を庾信《ゆしん》になぞらえて「清新なるは庾開府《ゆかいふ》、俊逸なるは鮑参軍《ほうさんぐん》(鮑照)」(「春日　李白を憶う」)と称えた句が知られる。○**名誉一句**　「底」は「何」と同じく疑問、反語をあらわす。絶句に用いられる俗語的な語。何遜は称えられ謝荘はけなされたが、それぞれにすぐれた文学、たとえ批判を被っても真価は揺らがない、の意。作品の価値は他者から受ける批評とは関わりないという李商隠の思いが籠められているか。○**詩型・押韻**　五言絶句。下平十陽(荘《そう》・傷《しょう》)の独用。平水韻、下平七陽。

其　三

其《そ》の三《さん》

霧夕詠芙蕖

霧《む》夕《せき》　芙《ふ》蕖《きょ》を詠《えい》ず

何郎得意初
此時誰最賞
沈范兩尚書

何郎《かろう》　得意《とくい》の初《はじ》め
此《こ》の時《とき》　誰《たれ》か最《もっと》も賞《しょう》する
沈范《しんはん》の両尚書《りょうしょうしょ》

夕霧のなかに開くハスの花を詠じた詩、これぞ何遜《かそん》が詩名を得たきっかけ。この時、誰が最も誉め称えたか、それは沈約《しんやく》と范雲《はんうん》、二人の尚書。

○霧夕一句　「芙蕖」は蓮の花の別名。『爾雅』釈草に「荷は芙蕖」。一句は何遜「伏郎の新婚を看る」詩の前半四句に「霧の夕べに蓮は水を出で、霞の朝に日は梁《はり》を照らす。何如《いかん》ぞ光燭の夜、軽扇　紅粧を掩う」と花嫁の美しさを朝日の光と蓮にたとえた句を用いる。何遜に先行して魏・曹植《そうしょく》「洛神《らくしん》の賦」(『文選』巻一九)が「遠くより之を望めば、皎《こう》として太陽の朝霞より升《のぼ》るが若く、迫りて之を察《み》れば、灼《しゃく》として芙蕖の淥(緑)波を出ずるが若し」と女神の美しさを朝日と蓮の花にたとえている。**○何郎**　何遜を指す。「郎」は男子の美称として姓のあとにつける接尾語。**○沈范一句**　沈約と范雲。沈約は尚書令、范雲は尚書右僕射の官にあったので「両尚書」という。**○詩型・押韻**　五言絶句。上平九魚(初《しょ》・書《しょ》)の独用。平水韻、上平六魚。

絶句の形式を用いて何遜を中心とした梁の詩人を論評した、いわゆる論詩絶句。杜甫に始まる文学批評の新しいスタイルであるが、李商隠のこの連作はそれに連なる早い例。詩的表現の洗練を競った南朝の文学を対象としている。絶句という軽い詩型のためもあって、正面から詩を論ずるものではなく、思いつくままに、時にいくらか斜に構えて語った感がある。

無題

白道縈廻入暮霞
斑騅嘶斷七香車
春風自共何人笑
枉破陽城十萬家

無《む》題《だい》

白道《はくどう》縈廻《えいかい》して暮霞《ぼか》に入《い》る
斑騅《はんすい》嘶断《しだん》す　七香車《しちこうしゃ》
春風《しゅんぷう》　自《おのずか》ら何人《なんぴと》と共《とも》に笑《わら》い
枉《ま》げて破《やぶ》らん　陽城十万《ようじょうじゅうまん》の家《いえ》

ひとすじの白い道がうねうねと夕映えの空に入っていく。七香《しちこう》のあでやかな馬車、あしげの馬の嘶《いなな》きが響き渡る。

春の風はわけもなく、誰とともにほほえんで、わざわざ滅ぼしたりするのか、陽城《ようじょう》十万の家を。

○無題　「陽城」と題する本もあったという。「陽城」とすれば、詩中の二字をもって題とした借題の作になり、無題と借題との近い関係を示している。**○縈廻**　くねくね曲がる。**○暮霞**　「霞」はかすみではなく、朝晩の色鮮やかな雲。**○斑騅**　あしげの馬。古楽府「神弦歌《しんげんか》」のなかの「明下童曲《めいかどうきょく》」に「陸郎《りくろう》は班(斑)騅に乗る」(『楽府詩集』清商曲辞)。それを受けて李賀「夜坐吟《やざぎん》」詩に「陸郎去れり斑騅に乗る」というように、しばしば陸郎という名の貴人と結びつく。**○七香車**　多種の香木で作られた豪奢な車。梁・簡文帝「烏棲曲《うせいきょく》」に「青牛丹轂《たんこく》七香車、憐むべし今夜　倡家に宿る」。**○枉**　ことさらに。**○陽城**　楚の国の地名。宋玉「登徒《とうと》子《し》好色《こうしょく》の賦《ふ》」(『文選』巻一九)の序に「嫣《えん》然《ぜん》として一笑すれば、陽城を惑わし、下蔡《かさい》を迷わす」。楚の美女がほほえむと、陽城や下蔡の人々を夢中にさせたという。**○詩型・押韻**　七言絶句。下平九麻(霞《か》・車《しゃ》・家《か》)の独用。平水韻、下平六麻。

艶麗な雰囲気のなかで妓女の蠱惑をうたう。薄暮の中に白々と続く道は、夢幻の世界に吸い込まれていくかのようだ。白道とあかね雲の色彩を対比させたのに続く第二句では、聴覚と嗅覚も用いて華麗な雰囲気を醸し出す。あしげの馬の引く七香車に乗っているのは、語のもとづく所では高貴な男性だが、ここでは女性か。「何人」は妓女を指し、春の日暮れの暖かな風と女性とを重ねて、その蠱惑をいう。

蠅蝶鶏麝鸞鳳等
成篇

韓蝶翻羅幕
曹蠅拂綺窗
鬬雞廻玉勒
融麝暖金釭
玳瑁明書閣
琉璃冰酒缸
畫樓多有主
鸞鳳各雙雙

蠅蝶鶏麝鸞鳳等《ようちょうけいじゃらんぽうとう》もて
篇《へん》を成《な》す

韓蝶《かんちょう》 羅幕《らばく》に翻《ひるがえ》り
曹蠅《そうよう》 綺窓《きそう》を払《はら》う
鶏《にわとり》を闘《たたか》わせて玉勒《ぎょくろく》を廻《まわ》し
麝《じゃ》を融《と》かして金釭《きんこう》を暖《あたた》む
玳瑁《たいまい》 書閣《しょかく》明《あき》らかに
琉璃《るり》 酒缸《しゅこう》氷《こお》る
画楼《がろう》 多《おお》く主《しゅ》有《あ》り
鸞鳳《らんぽう》 各《おの》おの双双《そうそう》

うすぎぬのカーテンに蝶が舞う——妻と引き裂かれた韓憑《かんぴょう》の生まれ変わりという蝶が。

あやどりした窓に蠅が飛ぶ——画家曹不興《そうふきょう》が画いて孫権《そんけん》が追い払おうとした蠅が。

闘鶏の遊びから馬を引き返し、部屋には金の灯盞《とうさん》に麝香《じゃこう》が暖かに融けていく。

鼈甲《べっこう》の窓を通す光に書斎は明るく満たされ、瑠璃のさかずきで汲む甕《かめ》には凍ったような濃厚な酒。

絢爛たる楼台に集まるあまたのまろうど、鸞《らん》と鳳《ほう》のようにそれぞれみな二人づれ。

○韓蝶　韓憑の伝説を用いる。宋の康王は家来の韓憑の妻が美しいので横取りし、韓憑は獄中で自殺した。妻は王と楼台に登った折に身を投げて夫のあとを追った。やがて二人の墓から木が生えて絡まりあい、樹上ではつがいの鴛鴦が悲しく鳴いていた。人々はその木を相思樹と呼んだ。『捜神記《そうじんき》』などに見える。『太平寰宇記《たいへいかんうき》』済州の引く『捜神記』では身を投げた妻を左右の者が引き留めようとすると蝶に化したという。敦煌変文の「韓朋賦《かんぼうふ》」のように韓朋の名で伝える本もある。李商隠は「青陵台」の詩でも「訝《いぶか》る莫かれ韓憑の蛺蝶と為《な》るを」と韓憑故事をうたう。**○曹蠅**　三国・呉の画家曹不興は屏風絵に誤って墨滴を落としが、それを蠅のかたちに画いてごまかした。孫権は本物の蠅かと思って手ではじき落とそうとした、という話にもとづく。『三国志』呉書・趙達《ちょうたつ》伝の裴松之《はいしょうし》注が引く『呉録』に見えるのをはじめ、『芸文類聚《げいもんるいじゅう》』などにも引かれ、よく知られた故事。**○綺窓**　彩り鮮やかな窓。「綺」はあやぎぬ。**○闘鶏**　貴公子たちの遊びとして古くからあった。**○玉勒**　玉でこしらえた豪華なくつわ。**○融麝**　ジャコウジカから取った麝香を燃やす。**○金釭**　「釭」はともしびの油さら、灯盞《とうさん》。「金釭」はもともと后妃の室内の装飾をいうが、班固「西都賦」(『文選』巻一)の「金釭　璧を銜む」、その五臣の注に「金釭は灯盞なり」というように、油さら、またともしびの意味にも解される。「夜思《やし》」詩に「金釭　夜光を凝す」というのも、ともしびの意。**○玳瑁**　タイマイの甲羅は鼈甲としてかんざしなど装身具に加工されることが多いが、ここでは半透明のそれを窓にはめ込んだもの。**○琉璃**　瑠璃とも表記する。双声の語。ここでは瑠璃のさかずき。玳瑁も瑠璃も稀少で豪奢なもの。**○氷酒缸**　「缸」は酒を入れる大きなかめ。「氷」はここでは氷るという動詞。かめの酒が凝結したように濃いことをいう。**○画楼**　彩り鮮やかな楼閣。**○鸞鳳**　ここでは客と妓女との組み合わせを鸞と鳳にたとえる。**○双双**　一組ずつつがいになる。**○詩型・押韻**　五言律詩。上平四江(窓・釭・缸・双)の独用。平水韻、上平三江。

貴公子たちが遊ぶ妓楼のようすをモザイク風に描く。「蠅、蝶、鶏、麝(ジャコウジカ)、鸞、鳳」と各句に動物を散りばめて一篇の詩ができあがったという詩題からして遊戯的。動物以外の語、「羅幕、綺窓、玉勒、金釭、玳瑁、瑠璃、画楼」、そこには豪勢な物の数々が華美なことばとして一つの系列を作る。こうした室内外のはでな雰囲気を重ねたあと、最後の聯に妓楼に訪れるパトロンと妓女とがそれぞれカップルとなっていることをうたう。

藥轉

鬱金堂北畫樓東
換骨神方上藥通
露氣暗連青桂苑
風聲偏獵紫蘭叢
長籌未必輸孫皓
香棗何勞問石崇
憶事懷人兼得句

薬《やく》転《てん》

鬱金堂《うっこんどう》の北《きた》　画楼《がろう》の東《ひがし》
換骨《かんこつ》の神方《しんぽう》　上薬通《じょうやくつう》ず
露気《ろき》暗《あん》に連《つら》なる　青桂《せいけい》の苑《えん》
風声《ふうせい》偏《ひと》えに猟《ふ》す　紫蘭《しらん》の叢《そう》
長《ちょう》籌《ちゅう》未《いま》だ必《かなら》ずしも孫皓《そんこう》に輸《ゆ》せず
香棗何《こうそうなん》ぞ石崇《せきすう》に問《と》うを労《ろう》せん
事《こと》を憶《おも》い人《ひと》を懐《おも》いて兼《か》ねて句《く》を得《え》たり

翠衾帰臥繡簾中　　翠衾《すいきん》　帰《かえ》りて臥《ふ》さん　繡簾《しゅうれん》の中《なか》

鬱金の香を焚きしめた堂の北側、あでやかな楼閣の東側。仙骨に変わる神秘の方法、最上の仙薬こそがそこに通ずる手段。

佳人の集う青い桂の庭園に夜露が忍び込み、紫の蘭の花むらに風がひたすら音を立てかすめていく。

長い竹べらを仏像にもたせ、侍女たちの前で仏像にゆばりしたというかの孫皓にも劣らぬ御乱行。厠にはべらせた侍女の捧げる香り高い棗《なつめ》、それは何のためかと石崇に尋ねるまでもない放縦なふるまい。

――あれやこれやの話、そして人を思ってこんな詩句ができた。刺繡のすだれの部屋に帰り、みどりのしとねにくるまることにしようか。

○薬転　薬が作用を発揮するの意か。**○鬱金堂**　鬱金の香を焚きしめた堂。南朝楽府のヒロイン莫愁《ばくしゅう》をうたった詩（『楽府詩集』では梁武帝《ぶてい》「河中之水歌」とする）に彼女の嫁いだ家を「盧家《ろか》の蘭室《らんしつ》は桂を梁と為し、中に鬱金蘇合の香り有り」とうたう。**○画楼**　彩り鮮やかな楼閣。**○換骨**　服薬によって骨が変わり仙人の肉体になる。『漢武内伝《かんぶないでん》』

に服薬して仙人になる九年の過程を述べ、「六年にして骨を易《か》う」。○神方　仙人になる方法、ないし処方。「碧城三首」其の三参照(一五三頁)。○上薬　仙薬のなかで上中下のランクの最高のもの。『抱朴子』内篇、仙薬に「上薬は人をして身安んじ命延ばしむ」。○青桂苑　青い桂の植わる庭園、とは美人のいる場所。漢の武帝と仙界の女王西《せい》王母《おうぼ》との逢い引きを連想させるものでもある。二人が会った寿霊壇《じゅれいだん》の周囲には「軟条の青桂を列べて種《う》え、風至れば、枝は自《おのずか》ら階上の遊塵を払う」と『太平御覧』巻九五七に引く郭憲《かくけん》『洞冥記《どうめいき》』に見える。「青」はしばしば神秘的な様相を帯びる。○猟　風が通っていく。宋玉「風の賦」(『文選』巻一三)に「蕙草《けいそう》を猟《へ》て、秦衡《しんこう》に離《つ》く」。李善の注に「猟は歴《ふ》るなり」。そこにいう「蕙」も「秦」も「衡」も、香り高い植物。○紫蘭叢　紫の蘭の咲き誇る草むら。美女の集う場をあらわす。「少年」詩に「別館覚め来たる雲雨の夢、後門帰り去る蕙蘭の叢」。これも武帝、西王母の逢い引きに連なる。西王母の来訪を知らせに来た使者は「西王母の紫蘭宮の玉女」であったと『漢武内伝』に見える。○長籌一句　「長籌」は厠籌《そくちゅう》、用便のあとで用いる竹べら。道世『法苑珠林《ほうおんじゅりん》』に見える呉の孫皓《そんこう》の故事を用いる。孫皓は仏像を厠に置き、厠籌を持たせた。下女をはべらせた前で仏像の頭に放尿して遊んでいると、陰部が腫れて激痛に苦しんだ。下女の一人が仏像を供養することを勧めたのに従うと、痛みは消えたという。「輪」は負けること。○香

棗一句　これも厠に関わる、『白氏六帖』に見える故事を用いる。贅を極めたことで知られる西晋の石崇《せきすう》は厠の中にも下女を数十人はべらせ、棗《なつめ》の実をもたせた。将軍の王敦《おうとん》が訪れた時、それが臭気を防ぐために鼻に詰めるものであると知らず、棗を食べてしまったので下女たちの笑いものになったという。**○詩型・押韻**　七言律詩。上平一東（東《とう》・通《とう》・叢《そう》・崇《しゅう》・中《ちゅう》）の独用。平水韻、上平一東。

快楽、淫欲の諸相を並べた作か。旧注では「題も詩も倶《とも》に解すべからず」と投げ出されたり、便所をうたった詩であるとか堕胎を詠んだ詩であるとか、さらには便秘の悩みがあった李商隠が通じ薬ですっきりした詩であるとか、奇説珍解がならぶ。要するに何を言っているのかわからないのだが、ふつうは詩に出てこない汚穢なものを故事を散りばめながら華麗な語にくるんでうたい込む超絶技法を繰り広げている、いかにも李商隠らしい詩ではある。

杜工部蜀中離席　　杜工部蜀中離席《とこうぶしょくちゅうりせき》

人生何處不離羣　　人生《じんせい》　何《いず》れの処《ところ》か群《むれ》を離《はな》れざる

世路干戈惜暫分
雪嶺未歸天外使
松州猶駐殿前軍
座中醉客延醒客
江上晴雲雜雨雲
美酒成都堪送老
當壚仍是卓文君

世路《せいろ》干戈《かんか》　暫《しばら》くも分《わ》かるるを惜《お》しむ
雪嶺《せつれい》　未《いま》だ帰《かえ》らず　天外《てんがい》の使《し》
松州《しょうしゅう》　猶《な》お駐《とど》まる　殿前《でんぜん》の軍《ぐん》
座中《ざちゅう》の酔客《すいきゃく》　醒客《せいきゃく》を延《の》べ
江上《こうじょう》の晴雲《せいうん》　雨雲《ううん》を雑《まじ》う
美酒《びしゅ》　成都《せいと》　老《ろう》を送《おく》るに堪《た》う
壚《ろ》に当《あ》たるは仍《な》お是《こ》れ卓文君《たくぶんくん》

生きている限り、離別など珍しくもないが、世に戦乱が続くこの時代、しばしの別れにも後ろ髪を引かれる。

天涯の地、雪山《せつざん》の嶺まで赴いた使者は戻ることなく、松州《しょうしゅう》には近衛軍団を名乗る一軍が居坐り続ける。

酒を飲む気にもなれないのに、酔客に引っ張り込まれた宴席。川辺の青空には雨雲もまじる。

うまい酒に恵まれた成都の地でこのまま晩年を過ごすのも悪くない。燗《かん》の番はといえば、やはり卓文君に限る。

○杜工部　杜甫は蜀に滞在中、剣南東西川節度使であった厳武《げんぶ》の庇護を受けてその参謀に取り立てられ、それに対応する朝廷の肩書きとして工部《こうぶ》員外郎《いんがいろう》の官位を得たので、杜工部と呼ばれる。**○離席**　送別の宴席。李商隠に五言律詩「離席」がある。その詩は都を離れて桂管観察使鄭亜《ていあ》のもとに判官として赴く際、送別の席での作とされる。**○離群**　仲間と別れて一人で住まう。『礼記』檀弓《だんぐう》の子夏《しか》の言葉「離群索居《りぐんさっきょ》」にもとづく。「索居」は離れて住むこと。**○干戈**　たてとほこ。戦乱をいう。杜甫の詩に頻見の語。**○雪嶺二句**　杜甫「厳公《げんこう》の庁の宴に蜀道の画図を詠ずるに同ず」詩に「剣閣　星橋の北、松州　雪嶺の東」。「松州」(四川省松潘《しょうはん》県)は蜀の北部、吐蕃《とばん》と接する地。唐太宗の時に都督府《ととくふ》が置かれ、境界の防備に当てた。そこに雪山《せつざん》(雪嶺)の山脈が横たわり、唐と吐蕃とを分ける。「殿前軍《でんぜんぐん》」は宮殿の前の軍の意味で、本来は近衛兵。辺境の武将は軍事費獲得のために朝廷の直轄であろうとしてこのように称した。**○座中一句**　世事と我が身を思えば酔う気にもなれないのに、宴会の席で酔った人に無理矢理勧められる。「延」は引き入れるの意。「酔客」—「醒客」の対《つい》は『楚辞』漁父の「衆人皆な酔いて我れ一人醒む」を思わせる。「座中」「江上」の一聯は「酔客」「醒客」、「晴雲」「雨雲」を対にした、どちらも句中の対の技法を用いる。句中の対は杜甫から顕著になるといわれる。「当句《とうく》有対《ゆうつい》」詩参照(二二八頁)。○**当壚一句**　「壚」は酒に燗をつけるいろり。卓文君の故事にもとづく。蜀の司馬相如《しばしょうじょ》は世に出る前、卓文君と駆け落ちして、生活のために臨《りん》邛《きょう》(四川省邛崍《きょうらい》県)の地で飲み屋を開き、「文君をして盧に当たらしむ」(『漢書』司馬相如伝)。「盧」は「壚」に通じる。顔師古《がんしこ》の注ではいろりではなく酒のかめを置くために土を盛った所という。○**詩型・押韻**　七言律詩。上平二十文(群《ぐん》・分《ぶん》・軍《ぐん》・雲《うん》・君《くん》)の独用。平水韻、上平十二文。

先行する詩人のある情況を設定してそこで作られたであろう詩を模擬する作は早くからある。よく知られたものに、南朝宋・謝霊運《しゃれいうん》が建安文人の詩酒の会を想定して各人の作を模擬した「魏の太子の鄴中集《ぎょうちゅうしゅう》に擬する詩八首」(『文選』巻三〇)がある。この詩は杜甫(七一二―七七〇)が蜀滞在中、送別の宴席に与った場を想定して模擬したもの。杜甫は李商隠が最も大きな影響を受けた詩人である。戦乱のなかでの別離を述べる前半は、世間の混乱と個人の不幸を重ねて憤る杜甫がしばしばうたうところ。「座中酔客」の句は酒宴のなかで一人違和感を覚える杜甫を描出するが、それは杜甫「九日　藍田《らんでん》崔氏《さいし》の荘」詩における、宴席で周囲にとけ込めない杜甫の像に連なる(ただし「九日」詩は蜀に移る以前の華州時期の作)。尾聯、卓文君とともに成都の地に骨を埋めようと収束していく心情は、杜甫から離れ、やはり李商隠のものか。

隋宮

紫泉宮殿鎖煙霞
欲取蕪城作帝家
玉璽不縁帰日角
錦帆應是到天涯
於今腐草無螢火
終古垂楊有暮鴉
地下若逢陳後主
豈宜重問後庭花

隋《ずい》宮《きゅう》

紫泉《しせん》の宮殿《きゅうでん》　煙霞《えんか》に鎖《とざ》され
蕪城《ぶじょう》を取《と》りて帝家《ていか》と作《な》さんと欲《ほっ》す
玉璽《ぎょくじ》　日角《にっかく》に帰《き》するに縁《よ》らざれば
錦帆《きんはん》　応《まさ》に是《こ》れ天涯《てんがい》に到《いた》るべし
今《いま》に於《お》いては腐草《ふそう》に蛍火《けいか》無《な》く
終古《しゅうこ》　垂楊《すいよう》に暮鴉《ぼあ》有《あ》り
地下《ちか》に若《も》し陳《ちん》の後主《こうしゅ》に逢《あ》わば
豈《あ》に宜《よろ》しく重《かさ》ねて後庭花《こうていか》を問《と》うべけんや

紫淵《しえん》の川めぐる長安の宮殿を春のもやのうちに打ち捨て、隋の煬帝《ようだい》は「蕪城《ぶじょう》の賦」のうたう荒れ果てた江都の地なんぞに都を置こうとしたのだった。

もしも玉璽が唐の大君のもとに帰さなかったら、煬帝は錦の船を走らせて天の果てまで収めただろうに。

無数の蛍で輝きわたった地も、今では枯れ草ばかりで光は見えない。変わらないのは、煬帝が植えた川端の柳に集う日暮れの鴉。

よみの国でもしも陳の後主《こうしゅ》に出会っても、「玉樹後庭歌《ぎょくじゅこうていか》」にうつつを抜かした愚を再び責めるなど、よもや煬帝にできるわけがない。

○**隋宮**　隋・煬帝が江都(江蘇省江都県)に設けた離宮を指す。○**紫泉**　「紫淵」というべきところを唐の高祖李淵《りえん》の名を避けて「淵」を「泉」に改めたもの。唐代では陶淵明も陶泉明と表記された。「紫淵」は長安を流れる川の名。司馬相如「上林の賦」(『文選』巻八)に長安の川を記して「丹水は其の南を更《へ》、紫淵は其の北を径《ふ》」。○**蕪城**　荒れ果てた町。広陵(江蘇省揚州市)を指す。南朝宋・鮑照《ほうしょう》に「蕪城の賦」(『文選』巻一一)があり、漢の呉王劉濞《りゅうび》が反乱を起こして滅ぼされた江都の地が、また宋の竟陵王《きょうりょうおう》劉誕の乱で破壊されたことを悲嘆する。○**帝家**　みやこ。李賀「沙路曲《さろきょく》」に「帝家の玉龍　九関を開き、帝前に笏を動かして南山を移す」。○**玉璽**　皇帝のしるしである玉の印。秦の時から始まる。○**日角**　皇帝の骨相。額が太陽のように突き出た相。後漢を立てた光武帝劉秀《りゅうしゅう》は世に出る前から「隆準（鼻が高い）・日角」の相があったという（『後漢書』光武帝紀）。ここでは唐の高祖李淵を指す。○**錦帆**　船を美化した語。煬帝は龍舟を建造し、江都に行幸した。一行の船列は二百里も続いたという（『隋書』食貨志《しょっかし》）。○**腐草無蛍火**　蛍は腐った草が化したものと考えられた。『礼記《らいき》』月令《げつれい》に「季夏の月（陰暦六月）……腐草　蛍と為る」。隋も末期の大業十二年（六一六）、煬帝は数斛《こく》の蛍を集めて山に放ち、周囲は光に耀いたという（『隋書』煬帝紀）。それは洛陽の景華宮《けいかきゅう》でのことと記されるが、ここでは江都の宮殿でのこととして用いる。杜牧「揚州三首」其の二にも「秋風　蛍を放つの苑、春草　鶏を闘わすの台」と煬帝の豪遊の一つとしてうたわれている。○**終古**　昔からずっと。○**垂楊**　煬帝が運河を開削させた時、「河畔には御道を築き、樹《う》うるに柳を以てす」（『隋書』食貨志）。白居易の新楽府「隋堤柳《ずいていりゅう》」にも「緑影一千三百里」の柳と煬帝の興廃がうたわれている。○**陳後主**　陳最後の皇帝陳叔宝《ちんしゅくほう》。煬帝と同じく快楽にかまけて滅亡した。「陳の後宮」詩（五六頁）・「南朝（玄武湖中）」詩（五〇頁）参照。『大業拾遺記《たいぎょうしゅういき》』『隋遺録《ずいいろく》』など後世の小説のなかには、煬帝が陳の後主と会い、後主の愛姫に「玉樹後庭歌」を舞わせた話がある。○**豈宜一句**　煬帝は晋王であった時に陳の宮殿に攻め入って陳を滅ぼした。その時、後主に亡国の責を問いただしたことがあったとしても、今や自分も同じことをして隋を滅亡させたからには、もはや問責もできないだろうの意。「後庭花」は陳後主の作った「玉樹後庭歌」。陳の宮廷が快楽に溺れた象徴。**〇詩型・押韻**　七言律詩。下平九麻(霞《か》・家《か》・鴉《あ》・花《か》)と上平十三佳(涯《がい》)の通押。平水韻、下平六麻と上平九佳。

隋の煬帝の奢侈と滅亡をうたう詠史詩。滅びゆく王朝の美は李商隠の好むところだが、ここでは隋の煬帝の豪奢、そしてその結果としての滅亡を批判を交えてうたっている。晩唐の詠史詩は詠嘆よりも知的なひねりをきかせる手法が広がるが、この詩では死後に煬帝と陳の後主が再会したら、という仮想を設けて皮肉るところに、それがうかがわれる。

二月二日

二月二日江上行
東風日暖聞吹笙
花鬚柳眼各無頼
紫蝶黄蜂倶有情
萬里憶歸元亮井

二月二日《にがつふつか》

二月二日《にがつふつか》　江上《こうじょう》を行《ゆ》く
東風《とうふう》　日《ひ》暖《あたた》かくして吹笙《すいしょう》を聞《き》く
花鬚《かしゅ》　柳眼《りゅうがん》　各《おの》おの無頼《ぶらい》
紫蝶《しちょう》　黄蜂《こうほう》　倶《とも》に情《じょう》有《あ》り
万里《ばんり》　帰《かえ》るを憶《おも》う　元亮《げんりょう》の井《せい》

三年従事亞夫營
新灘莫悟遊人意
更作風簷雨夜聲

三年《さんねん》　事《こと》に従《したが》う　亜夫《あふ》の営《えい》
新灘《しんたん》は遊人《ゆうじん》の意《い》を悟《さと》る莫《な》く
更《さら》に作《な》す　風簷雨夜《ふうえんうや》の声《こえ》

二月二日、踏青《とうせい》のこの日に川べりを歩めば、柔らかな春風、暖かな陽ざし、おや、行楽の人たちの笙の音《ね》も聞こえてくる。ひげのように伸びた花のしべ、乙女のまなこを思わせる柳の若葉、それぞれに蠱惑的。紫の羽の蝶、黄色の蜂、どちらも思いありげ。

官を捨て郷里に帰った陶淵明に倣《なら》い、万里のふるさとに帰りたいと思ってはや三年、周亜夫《しゅうあふ》に比すべき名将に仕えてきた。だが、新灘《しんたん》は異土に住まう者のこころを解さず、軒端《のきば》を揺らす夜の風雨にも似た凄絶たる水音をいやましに立てている。

○二月二日　酒肴を携えて郊外に出かけ春の景物を楽しむ、いわゆる「踏青《とうせい》」の日。宋・陳元靚《ちんげんせい》『歳事広記』では蜀の風俗と記しているが、広く行われていたことは洛陽で作られた白居易の絶句「二月二日」からもうかがわれる。その詩も「二月二日　新雨晴る」と始まり、冒頭四字をもって詩題とする。白居易も李商隠も起句が仄仄仄仄平仄平と並んで近体詩の声律を犯す拗体《ようたい》の詩。○**吹笙**　『詩経』小雅・鹿鳴《ろくめい》に「我に嘉賓有り、瑟《しつ》を鼓《こ》し笙を吹く」。宴席で奏される笙。○**花鬚**　花のしべをひげにたとえる。杜甫「李金吾に陪して花下に飲む」詩に、「軽きを見て鳥毳《ちょうぜい》を吹き、意に随いて花鬚を数《かぞ》う」。○**柳眼**　柳の若葉のかたちを少女の目にたとえる。元稹《げんじん》「春生ず二十章」詩の九に「何処《いずこ》にか春草生ず、春は生ず　柳眼の中」。○**無頼**　危うい魅力をいう俗語的表現。杜甫「絶句漫興九首」の其の一に「眼《ま》のあたりに客愁を見るも愁い醒めず、無頼の春色江亭に到る」。○**有情**　動植物が人間のような情感をもつ、さらには情愛を感じさせる。李商隠の詩に頻用。○**元亮井**　「元亮」は陶淵明の字《あざな》。「帰去来《ききょらい》の辞」が知られるように、陶淵明は官人生活を嫌悪し郷里へ帰ることを切望した人の典型。故郷を離れることを「離郷背井」というように、井戸によって故郷をあらわす。○**従事**　節度使柳仲郢《りゅうちゅうえい》の幕下に仕えていることを指す。○**亜夫営**　「亜夫」は漢の文帝に仕えた将軍周亜夫。匈奴の侵入に備えて細柳《さいりゅう》の地に軍営を設けた。慰問に訪れた文帝をすら軍律に従わせ、文帝から「此れ真の将軍なり」と称賛された（『漢書』周亜夫伝）。ここでは暗に細柳の営と柳仲郢の姓をかける。○**新灘**　そのあたりの小さな地名か。「灘」は早瀬。○**遊人**　故郷を離れている人。○**風簷雨夜声**　早瀬の水音を軒端に打ち付ける風雨の音に聞きな

す。○**詩型・押韻**　七言律詩。下平十二庚(行《こう》・笙《しょう》)、十四清(情《じょう》・営《えい》・声《せい》)の同用。平水韻、下平八庚。

春の明るい景物に触れながら、官人暮らしの違和感、望郷の思いに心を痛める。梓州《ししゅう》(四川省)で東川節度使柳仲郢の幕下に仕えていた時期の作とされる。作者の実人生に直結していること、宦遊の身の違和感と望郷の思いを述べる定型にあてはまること、いずれも李商隠の作品のなかでは一般の詩に近い作。春の陽気が一層我が身の不如意を際だたせる。新灘の水音も心沈む詩人には凄絶とした音に聞こえるというのである。

屏　風

六曲連環接翠帷
高樓半夜酒醒時
掩燈遮霧密如此
雨落月明倶不知

屏《びょう》風《ぶ》

六曲連環《りっきょくれんかん》して翠帷《すいい》に接《せっ》す
高楼《こうろう》　半夜《はんや》　酒醒《さけさ》むるの時《とき》
燈《ともしび》を掩《おお》い霧《きり》を遮《さえぎ》りて密《みつ》なること此《か》くの如《ごと》ければ
雨落《あめお》つるも月明《つきあき》らかなるも倶《とも》に知《し》らず

つなぎあわされた六枚が、翡翠のとばりに触れる。深夜の高楼、酔いも醒める頃。

部屋のともしびを包み、外の霧をこばむこの細緻さ、雨が降ろうが月が照らそうが、わかりはしない。

○六曲　六枚をつなげた屏風。○翠帷　翡翠の羽を飾りにした、あるいは翡翠色のとばり。司馬相如《しばしょうじょ》「子虚賦」に「翠帷を張り、羽蓋《うがい》を建つ」。○詩型・押韻　七言絶句。上平五支(知《ち》)、六脂(帷《い》)、七之(時《じ》)の同用。平水韻、上平四支。

室内外の物を取り上げてうたう詠物詩は南朝の宮廷で盛んに作られたが、晩唐に至って再び流行する。詠物詩ゆえに詩題に表示した「屏風」は本文中には出てこないが、すべて屏風にまつわることをうたう。屏風によって閉ざされた濃密な空間、そこには濃い香りがたちこめているかのようだ。

武侯廟古栢

蜀相階前栢
龍蛇捧閟宮
陰成外江畔

武侯廟《ぶこうびょう》の古《こ》柏《はく》

蜀相《しょくしょう》　階前《かいぜん》の柏《はく》
龍蛇《りゅうじゃ》　閟宮《ひきゅう》を捧《ほう》ず
陰《いん》は成《な》る　外江《がいこう》の畔《ほとり》

老向恵陵東
大樹思馮異
甘棠憶召公
葉彫湘燕雨
枝折海鵬風
玉壘經綸遠
金刀歴數終
誰將出師表
一爲問昭融

老《お》いて向《む》かう　恵陵《けいりょう》の東《ひがし》
大樹《たいじゅ》　馮異《ふうい》を思《おも》い
甘棠《かんどう》　召公《しょうこう》を憶《おも》う
葉《は》は彫《しぼ》む　湘燕《しょうえん》の雨《あめ》
枝《えだ》は折《お》らる　海鵬《かいほう》の風《かぜ》
玉塁《ぎょくるい》　経綸遠《けいりんとお》く
金刀《きんとう》　歴数終《れきすうお》う
誰《たれ》か出師《すいし》の表《ひょう》を将《も》って
一《ひと》たび為《ため》に昭融《しょうゆう》に問《と》わん

蜀の丞相諸葛亮《しょかつりょう》の廟、そのきざはしの前に植えられた柏。幹をくねらせ、みたまやを守る姿は、あたかも龍蛇。

成都を囲む江水のたもとにその陰《かげ》をおとし、老いてなお先主劉備《りゅうび》の恵陵《けいりょう》の東に枝を延ばす。

ここに祀られた諸葛亮、その武勲は大樹将軍馮異《ふうい》を思わせ、その治世は甘棠《かんどう》の詩に慕われた召公《しょうこう》を偲ばせる。

しかし葉は枯れた――湘江《しょうこう》の石燕《せきえん》も舞い上がる風雨に撃たれて。枝は折れた――南冥《なんめい》の鵬《ほう》も飛びたつ大風に打たれて。

その志は蜀にそびえる玉塁山《ぎょくるいざん》ほどに雄大でも、漢王朝の命数はすでに尽きていたのだった。

ああ誰か、至誠の情あふれた出師《すいし》の表をもって、天の意思を問うてはみないか。

○武侯廟　三国・蜀の諸葛亮(諡《おくりな》を忠武侯という)を祀った成都の廟。廟の前には諸葛亮手植えと伝えられる二本の柏の大木があったという。**○古柏**　杜甫のよく知られた七言律詩「蜀相《しょくしょう》」にも「丞相の祠堂　何処《いずこ》にか尋ねん、錦官城外　柏森森《しんしん》たり」と書き起こされ、廟のシンボルであったことがわかる。**○閟宮**　みたまや。「閟」は閉ざすの意。杜甫が夔州《きしゅう》の劉備・諸葛亮の廟をうたった「古柏行」のなかに成都の廟を思い出して「憶う昨　路は繞《めぐ》る錦亭の東、先主(劉備)・武侯同《とも》に閟宮」というように、成都の閟宮には劉備と諸葛亮がともに祀られていた。**○外江**　蜀の地を流れる長江の支流のうち、ふつうは綿陽から重慶に至る涪江《ふうこう》を内江、成都から宜賓を経る岷江《びんこう》を外江と呼ぶが、成都に即して錦江《きんこう》を内江、郫江《ひこう》を外江と呼ぶこともある。ここでは成都の城外を流れる後者を指すか。○**恵陵**　劉備の陵墓。『三国志』蜀書・先主伝に「秋八月、恵陵に葬らる」。○**馮異**　後漢の建国に貢献した武将。功を誇らず、ほかの将が手柄話に興ずるとひとり樹下に退いていたので「大樹将軍」と呼ばれた(『後漢書』馮異伝)。武将としての諸葛亮が大功をあげながら誇らないのをたとえる。○**甘棠一句**　「召公」は召伯《しょうはく》のこと。『詩経』召南に、召伯の徳を人々が慕い、ゆかりのある甘棠の木をうたった「甘棠」(ズミ)の詩がある。召伯は周の初めに成王を補佐した召公奭《しょうこうせき》とされてきたが、今では宣王の時の召穆公虎《しょうぼくこうこ》を指すとされる。二句は詩題の「古柏」に掛けて樹木にまつわる二つの故事を引き、諸葛亮の武将として(「大樹」)、賢臣として(「甘棠」)の功績を讃える。
○**湘燕雨**　湘江のほとり、零陵《れいりょう》(湖南省零陵県)には、風雨に遭うと燕のように飛び、雨が止むと石になる「石燕」というものがあると、『芸文類聚《げいもんるいじゅう》』巻九二などが引く『湘中記』に見える。○**海鵬風**　『荘子』逍遥遊篇の冒頭、北溟《ほくめい》(北の海)の鯤《こん》という巨大な魚は鵬《ほう》という鳥に変化し、風に乗って南溟に翔《かけ》るという話にもとづく。○**玉壘**　山の名。四川省理県の東南にある。○**経綸**　天下国家を治め正す。『周易』屯《ちゅん》の象伝《しょうでん》「雲雷は屯なり。君子以て経綸す」に出る語。○**金刀**　卯金刀《ぼうきんとう》の略。卯、金、刀の三字を合成すると漢王朝の姓、劉の字になることから、漢王朝を指す。『漢書』王莽伝の王莽のことばに見える。蜀は皇帝の姓も漢と同じく劉であり、漢王朝を正統に継承していると称していた。○**歴数**　天の定めた帝王の順序。『論語』堯曰《ぎょうえつ》篇に「堯曰く、咨《あ》あ爾《なんじ》舜、天の歴数は爾の躬《み》に在り」。○**出師表**　諸葛亮が魏を攻撃するに際して蜀の後主劉禅に奉った上表文。忠誠の念の結晶とされる。『文選』巻三七。○**昭融**　天を指す。杜甫「哥舒《かじょ》開府翰《かん》に投贈す二十韻」詩に「策行なわれて戦伐《せんばつ》を遺《のこ》し、契り合《がっ》して昭融を動かす」。『詩経』大雅・既酔の「昭明　融たる有り」に出る。○**詩型・押韻**　五言排律。上平一東(宮《きゅう》・東《とう》・公《こう》・風《ふう》・終《しゅう》・融《ゆう》)の独用。平水韻、上平一東。

歴史を詠じた詩は李商隠の場合、南朝末の頽廃と滅亡に彩られた王朝に対する関心が強いが、この詩のように治世と軍事に秀でた英雄を取り上げた詩もある。諸葛亮については、杜甫は成都と夔州《きしゅう》、いずれの廟にも詣でて、時世を救う人物の欠如を嘆いているが、基本的な結構はそれに連なる。李商隠の場合はいっそう諸葛亮の悲劇性に重心を移しているが、古人を詠じながらそこに同時代への希求を含むところは同じ。

即日　　即《そく》日《じつ》

一歳林花即日休　　一歳《いっさい》の林花《りんか》　即日《そくじつ》に休《や》む

江閒亭下悵淹留
重吟細把眞無奈
已落猶開未放愁
山色正來銜小苑
春陰只欲傍高樓
金鞍忽散銀壺滴
更醉誰家白玉鉤

江間亭下《こうかんていか》　悵《ちょう》として淹留《えんりゅう》す
重《かさ》ねて吟《ぎん》じ細《こま》やかに把《と》るも真《まこと》に奈《いかん》ともする無《な》く
已《すで》に落《お》ち猶《な》お開《ひら》きて未《いま》だ愁《うれ》いを放《はな》たず
山色《さんしょく》　正《まさ》に来《き》たりて小苑《しょうえん》を銜《ふく》み
春陰《しゅんいん》　只《た》だ高楼《こうろう》に傍《そ》わんと欲《ほっ》す
金鞍《きんあん》　忽《たちま》ち散《さん》じて銀壺《ぎんこ》滴《したた》る
更《さら》に誰《た》が家《いえ》の白玉鉤《はくぎょくこう》に酔《よ》わん

一年かかって開いた花もその日のうちに散ってしまう。もの悲しくたたずむ川沿いの亭《あずまや》。繰り返し詩を口ずさみ、そっと花を手にしても、やるかたない。はや散った花、まだ咲きのこる花、悲しみは尽きることはない。

山の緑は御苑を包みこまんほどに拡がり、春の雲は高楼に寄り添わんかに漂う。黄金《こがね》の鞍をきらめかせて遊客たちはたちまち消え、聞こえるのは銀の漏刻の水音だけ。さて、これからいずこで今ひとたびの酔いを重ねよう——白玉の鉤をつけたとばりのもとで。

○即日　その日のうちに。長い時間をあらわす「一歳」と句中で対比する。第一句のなかの二字をもって題とする。「即日」という詩題は新奇だが、李商隠には「即日」の題をもつ詩がほかに四首もある。しばしば李商隠を模倣する韓偓《かんあく》に同題の詩があるように、李商隠を特徴づける語の一つ。**○淹留**　立ち去りがたくその場に居続ける。**○無奈**　どうしようもない。「無奈何」、「無可奈何」と同じ。**○放愁**　胸中の愁いを外に向かって放つ。**○小苑**　単に小さな庭園の意ではなく、御苑に限定される。**○春陰**　春の日の雲。**○金鞍**　豪奢な馬具。富貴の遊客をいう。**○銀壺**　水時計。**○白玉鉤**　白玉で作られた簾のフック。華美な室をあらわす。ここでは酒家、妓楼を指すか。**○詩型・押韻**　七言律詩。下平十八尤(休《きゅう》・留《りゅう》・愁《しゅう》)と十九侯(楼《ろう》・鉤《こう》)の同用。平水韻、下平十一尤。

花の散る景を詠じながら、春の過ぎゆくのを痛切に惜しむ。「落花」の詩(一三六頁)が人の不在からうたい起こしているように、この詩でも花を楽しむ人たちが立ち去ったあとの寂寞とした景に詩人は捉えられている。花散り春逝くを悲しむ情感はのちに「詞」のジャンルで繰り返しうたわれるものとなる。李商隠の詩が「詞」に与えた影響は小さくない。ただ歌謡に属する「詞」では甘美で感傷的な気分そのものが抒情の中心となるのに対して、李商隠の抒情性には個人の深く鋭い悲しみが揺曳している。

無題二首
其一
昨夜星辰昨夜風
畫樓西畔桂堂東
身無彩鳳雙飛翼
心有靈犀一點通
隔座送鉤春酒暖
分曹射覆蠟燈紅
嗟余聽鼓應官去
走馬蘭臺類斷蓬

無題《むだい》二首《にしゅ》
其《そ》の一《いち》
昨夜《さくや》の星辰《せいしん》　昨夜《さくや》の風《かぜ》
画楼《がろう》の西畔《せいはん》　桂堂《けいどう》の東《ひがし》
身《み》に彩鳳双飛《さいほうそうひ》の翼《つばさ》無《な》きも
心《こころ》に霊犀一点《れいさいいってん》の通《つう》ずる有《あ》り
座《ざ》を隔《へだ》てて鉤《かぎ》を送《おく》れば春酒《しゅんしゅ》暖《あたた》かに
曹《そう》を分《わ》けて射覆《せきふく》すれば蠟燈《ろうとう》紅《くれない》なり
嗟《あ》あ余《よ》　鼓《こ》を聴《き》きて官《かん》に応《おう》じて去《さ》り
馬《うま》を蘭台《らんだい》に走《はし》らせて断蓬《だんぼう》に類《るい》す

昨夜の星、昨夜の風——その星影のもと、風の舞うなか、わたしたちはあでやかな楼閣の西、かぐわしい堂屋の東で、密かに会ったのだった。

たとえ二人の身は美麗な鳳凰が翼を連ねて飛ぶように結ばれてはいなくても、その気持ちは霊妙な犀の角《つの》に通る一筋の白い線のように通じ合っていた。

向かい合って鉤《かぎ》あて遊びをする席には、春の酒の香りが暖かく漂い、二組に分かれて当て物遊びをする部屋には、蠟燭の明かりが照り映えていた。

ああ、わたしは朝の太鼓を聞いて官衙《かんが》の勤めに出て行かなければならない。蘭台《らんだい》に向かって馬を走らせるこの身は、さながら千切《ちぎ》れてさすらう蓬《ほう》の草。

○**昨夜一句**　末二句の朝の時点から振り返った昨夜。昨夜を繰り返すことによって深い思い入れをあらわす。○**画楼**　彩り鮮やかな楼閣。○**桂堂**　桂で作られた壮麗な屋敷。漢の宮廷に昆明池《こんめいち》があり、池の中の霊波殿は梁に桂の木を用いたので、風が吹くと香りが立ったという(『三輔黄図《さんぽこうず》』)。莫愁《ばくしゅう》をうたった古楽府に「盧家《ろか》の蘭室《らんしつ》は桂を梁と為し、中に鬱金蘇合《うっこんそごう》の香り有り」。「薬転」詩注参照(八八頁)。○**彩鳳**　彩り鮮やかな鳳凰。鳳凰は男女の和合、世界の調和のシンボル。ここでは室内あるいは女性の装飾品の飾りに使われている鳳凰からの連想。「蝶三首」其の二の「為に問う翠釵《すいさ》釵上《さじょう》の鳳」ではかんざしの飾り、「七夕」詩の「鸞扇《らんせん》斜めに分かれ鳳幄《ほうあく》開く」ではとばりの絵模様。○**双飛翼**　雌雄が一体となって飛ぶ、いわゆる比翼の鳥をいう。○**霊犀**　「犀」は遥か遠方の動物ゆえに神秘性を帯び、霊妙な働きがあると考えられていた。ここでは室内の調度品に使われた犀からの連想。○**一点通**　通犀《つうさい》、通天犀《つうてんさい》などといわれる犀には角に一本の白い線が通っているといわれた。インドから西欧に渡って一角獣《ユニコーン》となった犀に性的な意味が伴うように、中国に伝わった犀にも男女にまつわる何らかの伝承があったか。○**隔座**　距離を置いて座る。ここでは対座すること。○**送鈎**　蔵鈎《ぞうこう》という遊び。「鈎」は裁縫に使うゆびぬき。二組に分かれ、誰の手の中にゆびぬきがあるか当てる。西晋・周処『風土記』には子供のゲームとして記されるが、唐代では宴席の遊びとなっていたことは、たとえば岑参《しんじん》「燉煌太守後庭歌《とんこうたいしゅこうていか》」に「酔い坐して蔵鈎す　紅燭の前、知らず鈎は若個《いずこ》の辺に在るかを」と見える。「鈎」は「鉤」に同じ。○**分曹**　二組に分かれる。「曹」はグループ。○**射覆**　器の中に隠した物の名を当てる遊び。漢武帝のもとの奇才東方朔《とうぼうさく》が得意としたことが『漢書』の東方朔伝に見える。○**嗟余**　我が身を嘆く時の感嘆詞。○**聴鼓**　底本は「故」。諸本に従い改める。町の中心にある鼓楼から打たれる、夜明けを告げる太鼓の音を聞く。○**応官**　官吏は夜明けとともに登庁しなければならなかった。○**蘭台**　秘書省を指す雅語。李商隠は開成四年(八三九)に初めて官に就いて秘書省校書郎になった。○**断蓬**　「蓬《ほう》」は秋の終わりに根が抜けて風に吹かれるままに大地を転がっていく草。あてどなくさすらう旅人、寄る辺ない人生などにたとえて転《てん》蓬《ぼう》、飛蓬《ひほう》などの詩語が常用される。ここで自分を「断蓬」になぞらえているのは、秘書省の長官である秘書監には大蓬、副官である少監には少蓬という別称があったことに関わるか。大蓬、少蓬の別称は、宋・洪邁《こうまい》『容斎随筆』四筆巻一五の「官称別名」の条に見える。〇**詩型・押韻**　七言律詩。上平一東(風《ふう》・東《とう》・通《つう》・紅《こう》・蓬《ほう》)の独用。平水韻、上平一東。

夜に出会い、歓楽の時を過ごし、朝になって別れるという過程が回想によって照らし出される。「昨夜の星辰　昨夜の風」とうたい起こすのは、二人だけに共有される大切な思いが込められている。身は結ばれていなくても心は通じ合っている、そんな関係の二人は、高貴な人の宴席で人々のなかに混じって心躍る時間を過ごす。相手はその貴人がかかえる私妓だろうか。しかし朝になって自分は宴の席から公の場へと立ち去らなくてはならない。かなわぬ恋の切なさを凄絶な抒情に結晶させている。

其二

聞道閶門萼綠華
昔年相望抵天涯

其《そ》の二《に》

聞道《きくな》らく　閶門《しょうもん》の萼緑華《がくりょくか》
昔年《せきねん》　相《あ》い望《のぞ》みて天涯《てんがい》に抵《いた》る

豈知一夜秦楼客　豈《あ》に知《し》らんや　一夜《いちや》　秦楼《しんろう》の客《きゃく》

偸看呉王苑内花　呉王苑内《ごおうえんない》の花《はな》を偸《ぬす》み看《み》んとは

聞くところでは天宮《てんきゅう》には萼緑華《がくりょくか》なる美しい仙女がいるとか。以来、天の果てを極めてでも一目見たいとあこがれてきました。

それがある晩、秦氏《しんし》の館《やかた》を訪れた折りに、呉王《ごおう》の園庭に咲きほこる、西施《せいし》にもみまがう人をかいま見ることができたのです。

〇閶門　天宮の門。閶闔《しょうこう》と同じ。『楚辞』離騒に「閶闔に倚《よ》りて予を望む」、その王逸注に「閶闔は天の門なり」。同時にまた蘇州の西の城門の名。「陳の後宮」詩(五六頁)参照。末句の「呉王」とも関わり、蘇州と天界とを重ね合わせる。**〇萼緑華**　昔の仙女の名。「重ねて聖女祠を過ぎる」詩注参照(二一頁)。**〇昔年一句**　「相望」の「相」は「望」という動詞が対象をもつ動作であることを際だたせるもので、互いに望むではない。「抵」は至り着く。ここでは「相い望む」その視線が眼路の限り、世界の果てまで至ること。「天涯」は天の果てほどに遠い地。「古詩十九首」(『文選』巻二九)其の一に「相い去ること万余里、各おの天の一涯に在り」。**〇秦楼客**　蕭史《しょうし》と弄玉《ろうぎょく》の故事を用いる。いにしえの仙人で、簫《しょう》の名手であった蕭史は、秦の穆公《ぼくこう》のむすめ弄玉と恋仲になり、妻となった弄玉に鳳凰の鳴き声を教えた。やがて鳳凰が舞い降り二人はそれに乗って天に昇っていった（『列仙伝』）。一句は秦の穆公のような貴人の邸宅に客として訪れ、弄玉のような女性と出会ったことをいう。弄玉が穆公のむすめであったように、そこで会った女性は貴人に属するものであったことを思わせる。**○呉王苑内花**　西施《せいし》を指す。会稽で敗れた越王勾践《えつおうこうせん》は呉王夫差《ごおうふさ》を女色に溺れさせようと美女西施を贈った。果たして呉王は西施に夢中になって国力が衰え、越に滅ぼされた（『呉越春秋』勾践陰謀外伝）。**○詩型・押韻**　七言絶句。上平十三佳（涯《がい》）と下平九麻（華《か》・花《か》）の通押。平水韻、上平九佳と下平六麻。

昔から評判の高い美女に、貴人の宴席の場で思いがけず出会ったことをうたう。人の口の端にのぼるならば、女は妓女か。「呉王苑内の花」が西施の比喩だけでなく、高貴な人の邸宅を意味するならば、その妓女が貴人に所有されていたことを示唆する。「豈に知らんや」には、世に轟く美貌の人に思いがけない場所で出会ったこと、それが意外に近い場所であった驚きを含む。貴人の私妓への恋、とまとめてしまえば、「無題（昨夜の星辰）」詩と連続するが、詩の情感は大きく異なり、ここには沈鬱な悲傷はない。大げさでかつ軽やかな措辞から見ると、この詩は彼女への賞賛の作、ないしは恋文めいた挨拶と受け取ることもできそうだ。

無題四首

其　一

來是空言去絕蹤
月斜樓上五更鐘
夢爲遠別啼難喚
書被催成墨未濃
蠟照半籠金翡翠
麝熏微度繡芙蓉
劉郎已恨蓬山遠
更隔蓬山一萬重

無題四首《むだいよんしゅ》

其《そ》の一《いち》

来《き》たるとは是《こ》れ空言《くうげん》　去《さ》りて蹤《あと》を絶《た》つ
月《つき》は楼上《ろうじょう》に斜《なな》めなり　五更《ごこう》の鐘《かね》
夢《ゆめ》に遠別《えんべつ》を為《な》して啼《な》くも喚《よ》び難《がた》く
書《しょ》は成《な》すを催《うなが》されて墨《すみ》未《いま》だ濃《こ》からず
蠟照《ろうしょう》　半《なか》ば籠《こ》む　金翡翠《きんひすい》
麝熏《じゃくん》　微《ほの》かに度《わた》る　繡芙蓉《しゅうふよう》
劉郎《りゅうろう》　已《すで》に蓬山《ほうざん》の遠《とお》きを恨《うら》むも
更《さら》に隔《へだ》つ　蓬山《ほうざん》　一万重《いちまんちょう》

来るというのは口先ばかり、行ってしまえば跡形もありません。高殿の上の月も傾き、眠れぬまま五更の鐘が鳴り出しました。

遠く別れる夢を見て、泣きながらあなたの名を呼べども声にはなりません。手紙を書かなくてはと焦っても、墨はなかなかすりあがりません。

屛風に描かれた金のつがいの翡翠、蠟燭がほの暗く照らしています。しとねに刺繡された蓮の花、麝香の香りがほんのり漂います。

かつて、海の向こうの蓬萊山《ほうらいざん》のように遠すぎて会えないと嘆いていたあの人なのに、そのお心はいまや蓬萊山より一万倍も遠くに離れてしまいました。

○空言　実《じつ》のないことば。**○絶蹤**　足跡を絶つ。**○五更**　夜明けに近い時刻。「蟬」詩注参照(三二頁)。**○夢為一句**　遠くに別れる夢を見て泣きながら呼びかけても声にならない。**○書被一句**　「書」は書翰。「碧瓦」詩にも「夢到りて飛魂急ぎ、書成りて即席も遥かなり」――夢を見ると魂はあなたのもとに飛んでゆく、手紙を書き終えても目の前の人が遠くに感じられる、と恋人と通行するための夢と書が対にされる。恋人との心理的距離の落差をうたうところも、この二句に似る。**○半籠**　蠟燭の光がぼんやりと屛風を包み込む。**○金翡翠**　屛風に金で画かれた翡翠の絵。「翡翠」は仲のよいつがいの鳥、男女和合の象徴。**○麝**　麝香。ジャコウジカの牡から取った高価な香料。**○繡芙蓉**　夜具に刺繡された蓮の花(芙蓉)。蓮、芙蓉は恋をうたう南朝の楽府に常用される。

「霧露　芙蓉を隠し、蓮を見るも分明ならず」(「子夜歌」)など。「芙蓉」が呼び起こす「蓮」は、同音の「憐」に通じ、「憐」は恋するの意。この二句、杜甫「李監《りかん》の宅」二首の一に「屏は開く金孔雀、褥は隠す繡芙蓉」と豪家の室内を描くのに似る。**○劉郎**　六朝志怪小説のなかではしばしば漢の武帝劉徹《りゅうてつ》が「劉郎」と呼ばれて登場する。『漢武内伝』などでは仙界の女王西王母《せいおうぼ》と地上の帝王漢武帝とが一対の男女として語られるので、恋人を指す呼称として用いる。**○蓬山**　蓬萊山。東方の海にあると伝えられる三つの仙山、蓬萊、方丈《ほうじょう》、瀛洲《えいしゅう》の一つ。**○更隔一句**　二人の隔たりを男が蓬萊山の遠さにたとえ、女にとってはさらにその一万倍も遠いという誇張表現は、楽府など歌謡的なレトリック。**○詩型・押韻**　七言律詩。上平三鍾(蹤《しょう》・鐘《しょう》・濃《のう》・蓉《よう》・重《ちょう》)の独用。平水韻、上平二冬。

李商隠の恋愛詩には、語り手の性別もわからないことが少なくないが、この詩は明らかに女性。心移りした男への断ち切れぬ思いをうたう。夜通し寝付けないまま夜明けを迎えるのは、閨怨詩の常套だが、夢の中で相手の名を叫んでも声にならない、気が急くばかりで墨もすれない、そうした様態を取り上げて女の心を表現するのが生々しい。部屋のなかの屏風、夜具は、贅をこらした華美な雰囲気を表出するとともに、かつて共に過ごした夜の思い出を誘う。男が遠いことを会えない言い訳にするのは、『論語』子罕《しかん》篇に引かれた逸詩(『詩経』に収められなかった詩篇)、「豈に爾《なんじ》を思わざらんや、室の是れ遠ければなり」が想起される。男は実際の隔たりを大げさに言いなすが、女は心理的な隔絶の方がさらに大きいことを嘆く。

其　二

颯颯東風細雨來
芙蓉塘外有輕雷
金蟾齧鎖燒香入
玉虎牽絲汲井廻
賈氏窺簾韓掾少
宓妃留枕魏王才
春心莫共花爭發
一寸相思一寸灰

其《そ》の二《に》

颯颯《さつさつ》たる東風《とうふう》　細雨《さいう》来《き》たる
芙蓉塘外《ふようとうがい》　軽雷《けいらい》有《あ》り
金蟾《きんせん》　鎖《くさり》を齧《か》み香《こう》を焼《や》きて入《い》り
玉虎《ぎょくこ》　糸《いと》を牽《ひ》き井《せい》を汲《く》みて廻《めぐ》る
賈氏《かし》　簾《れん》を窺《うかが》えば韓掾《かんえん》少《わか》く
宓妃《ふくひ》　枕《まくら》を留《とど》めれば魏王《ぎおう》才《さい》あり
春心《しゅんしん》　花《はな》と共《とも》に発《はっ》するを争《あらそ》うこと莫《な》かれ
一寸《いっすん》の相思《そうし》　一寸《いっすん》の灰《はい》

軽やかな音をたてる春の風とともに、小雨が静かに降ってきた。蓮の花咲く池の向こうでは雷鳴が低く響く。

金のがまが鎖を嚙む香炉、焚かれた香が部屋に入ってくる。玉《ぎょく》の虎を装った井戸、つるべを引き水を汲み上げながら轆轤《ろくろ》が回る。

賈充《かじゅう》のむすめが御簾《みす》からかいま見たのは、若く秀麗な韓寿《かんじゅ》。宓妃《ふくひ》が思いを籠めた枕をのこしたのは、才溢れる曹植《そうしょく》へ。

恋の心よ、なぜ花々と競い合って開こうなどとするのか。一寸《いっすん》燃え上がった恋は即、一寸の灰になってしまうのに。

○颯颯　風の吹き渡る音。『楚辞』九歌・山鬼《さんき》に「風颯颯として木蕭蕭たり」。**○東風**　底本は「東南」。諸本に従って改める。「東南」は李商隠の詩では中国の東南の地を指したり、日の出る方角を示す例があるが、艶情を誘うものとしては「東風」(春風)がふさわしい。**○細雨来**　「細雨」は李商隠の好む景物の一つ。「細雨(帷は飄る)」詩参照(二一二頁)。雨が「来る」といえば、楚の懐王と契りを交わした巫山の神女が「暮れには行雨と為らん」と告げた故事が連想される。「重ねて聖女祠を過ぎる」詩注参照(二一頁)。**○芙蓉塘**　蓮の花が咲いている池。「塘」は池も池のまわりの土手も意味する。

「芙蓉」は恋の連想を伴う。「無題(来たるとは是れ空言)」詩注参照(一一五頁)。○**軽雷**　雷の音は車の音と比喩関係にある。その比喩が最初に見える漢・司馬相如《しばしょうじょ》「長門の賦」(『文選』巻一六)では漢の武帝の寵愛を失った陳《ちん》皇后が長門宮に退けられ、「雷は殷殷として響き起こり、声は君の車の音に象《に》る」、帝のお越しを待つ気持ちが雷の音を車に聞き違える。ここでは車はほのかな連想にとどめて、雨と風に続いて遠くからかすかに響いてくる雷の音が、恋のときめきやおそれを伴いつつ聞こえる、と解する。○**金蟾一句**　「金蟾」はひきがえるの形をした黄金の香炉。李賀「栄華《えいが》楽《らく》」に「金蟾呀呀《がが》として蘭燭香る」。「鎖」は香炉のつまみ、あるいは香炉の飾りの鎖。その鎖をがまが嚙んでいるかたちをしているものか。○**玉虎**　宝玉でできた轆轤の飾りか。○**賈氏一句**　『世説新語《せせつしんご》』惑溺《わくでき》篇に見える話を用いる。西晋の元勲で権勢を誇った賈充《かじゅう》のもとに、眉目秀麗な韓寿《かんじゅ》が掾《えん》(属官)として仕えていた。賈充のむすめはかいま見た韓寿に一目惚れし、下女を介して結ばれた。その後、韓寿の身から珍しい香りが匂うことから、賈充はむすめと通じているのではないかと疑った。その香は賈充と陳騫《ちんけん》だけが晋の武帝(司馬《しば》炎《えん》)から賜った稀少なものだったから。下女に問いただして二人の仲を知ると、密通していたことは伏せたままむすめを韓寿に嫁がせた。○**宓妃一句**　「宓妃」は上古の帝王宓羲《ふくぎ》(伏羲)のむすめ、洛水で溺死して水神となった。曹植「洛神の賦」(『文選』巻一九)

に「斯の水の神は、名を宓妃と曰う」。「魏王」は魏の曹植。陳思《ちんし》王《おう》とも称される。唐以前の最もすぐれた詩人とされ、天下の才を一石《いっこく》とすれば曹植は八斗を独り占めするとまで言われた。「洛神の賦」は洛水のほとりにあらわれた宓妃の美しさを描くが、この句はその李善注が引く以下の悲恋の物語にもとづいている。曹植は甄逸《しんいつ》のむすめに恋していたが、父の曹操は長男曹丕《そうひ》の嫁とし、曹丕が文帝として即位すると妻も甄后《しんこう》となった。のちに文帝は参内した曹植に甄后の遺品の枕を賜った。それによって甄后が讒言を受けて殺されていたことを示したのである。その帰途、曹植が洛水のほとりを通りかかった時に甄后があらわれ、実はわたしはあなたに思いを寄せていたのですと告白し、言い終わると姿は消えた。一人のこされた曹植は胸に溢れる思いを綴って「甄に感ずるの賦」を作った。のちに明帝(文帝の子)が実母の秘められた恋の露見を恐れて題名を「洛神の賦」に改めた、という。**○春心**　恋心。「錦瑟」詩注参照(一七頁)。**○相思**　恋。相思相愛の意ではなく、動詞に動作の向かう対象があることを明示するのが「相」。**○詩型・押韻**　七言律詩。上平十五灰(雷《らい》・廻《かい》・灰《かい》)と十六咍《かい》(来《らい》・才《さい》)の同用。平水韻、上平十灰。

冒頭二句は風、雨、そして雷によって恋の予兆をあらわす。続く「金蟾」、「玉虎」の聯は室内外の物によって、おそらくは情事そのものを暗示する。「金蟾」の句は男、「玉虎」の句は女、と分けられるかもしれない。「賈氏」、「宓妃」の聯は男女にまつわる故事を用いるが、二つの故事に共通しているのは、いずれも禁断の愛の物語であること。賈氏と韓寿は親の目を盗んだ密通、宓妃(甄后)と曹植は兄嫁と弟の間に生じた道ならぬ恋、というように。李商隠の恋の詩にはこのように背徳の翳を帯びていることが多く、そのことがあまやかな悲傷に加えて重く凄烈な抒情を恋愛詩にもたらしている。最後の聯は実ることがない恋であることを知りながらも身を焼き尽くさずにはいられない、その悲痛さを「春心」に呼びかけるかたちでうたう。

其三

含情春晼晩
暫見夜闌干
樓響將登怯
簾烘欲過難

其《そ》の三《さん》

情《じょう》を含《ふく》みて　春晼晩《はるえんばん》たり
暫《しばら》く見《み》れば　夜闌干《よるらんかん》たり
楼《ろう》　響《ひび》きて将《まさ》に登《のぼ》らんとして怯《お》じ
簾《れん》　烘《こう》して過《よぎ》らんと欲《ほっ》するも難《かた》し

多羞釵上燕　多《た》だ羞《は》ず　釵上《さじょう》の燕《つばめ》
眞愧鏡中鸞　真《まこと》に愧《は》ず　鏡中《きょうちゅう》の鸞《らん》
歸去横塘曉　帰《かえ》り去《さ》れば横塘暁《おうとうあ》け
華星送寶鞍　華星《かせい》　宝鞍《ほうあん》を送《おく》る

胸に思いを秘めたまま、春の日は静かに暮れていく。その景をしばし眺めるうちに、夜は更ける。

高殿に登ろうにも静寂《しじま》に響く足音に心は怯《ひる》み、御簾《みす》からこぼれる眩《まばゆ》い明かりに廊下を渡ることもかなわない。

かんざしを飾る燕、そのむつまじさを前にひたすら恥じいり、鏡に彫られた鸞、その一途さにつくづく我が身を恥じる。

横塘《おうとう》からの帰り道、夜はしらじらと明け、きらめく鞍に跨るわたしを見送るのは、空に耀く一つの星。

○**含情**　思いをじっと胸に籠める。白居易「長恨歌」に「情を含み睇《まなざし》を凝《こ》らして君王に謝す」。○**晼晩**　時間がしだいに過ぎゆくさまをいう畳韻の語。『楚辞』九辯・哀時命《あいじめい》に「白日晼晩として其れ将に入らんとす」。ここでは春の一日が暮れることでもあり、春の季節が過ぎてゆくことでもある。**○闌干**　本来は物が縦横に散らばったさまをいう畳韻の語。ここでは夜の更けることをいう習用の語の「夜闌《やらん》」の「闌」を畳韻の二字に引き延ばしたものと解する。**○楼響一句**　階段を登ろうとすると足音が建物全体に響いてたじろぐ。**○簾烘一句**　「烘」は照らす。室内のあかりが簾《すだれ》を通して明るくこぼれ、通り抜けできないことをいう。二句は女性の部屋に向かう時に覚える気後れをいう。**○多羞**　恥じるばかり。**○釵上燕**　かんざしの燕の飾り。「聖女祠」詩(一七五頁)に「問いを寄す釵《さ》頭《とう》の双白燕《そうはくえん》」というように、つがいの燕であろう。その注参照。「釵」と「燕」のつながりは玉釵が白燕に化した話にもとづく。郭憲《かくけん》『洞冥記《どうめいき》』に、漢の武帝は神女から玉釵を授けられた、次の昭帝の時になって箱を開けてみると中から白い燕が飛び立った、という。**○鏡中鸞**　鏡に彫琢した鸞。「鸞」は鳳凰に類した神秘の鳥。鏡と鸞については「陳の後宮」詩注参照(五八頁)。**○横塘**　妓女の住む町の名として六朝の艶詩から見える。梁・呉均《ごきん》「蕭洗馬子《しょうせんばし》顕《けん》の古意に和す六首」其の五に「妾《わらわ》は家す　横塘の北」。**○暁**　底本は「晩」。諸本に従って改める。**○華星**　夜明けに耀く星。魏・曹丕《そうひ》「芙蓉池の作」(『文選』巻二二)に「丹霞　明月を夾み、華星　雲間より出ず」。

○詩型・押韻　五言律詩。上平二十五寒(干《かん》・難《なん》・鞍《あん》)と二十六桓(鸞《らん》)の同用。平水韻、上平十四寒。

目当ての女性のもとに赴いたものの、満たされない思いを抱いたまま帰途に就くわびしい胸中をうたう。日暮れから翌朝までの時間の経過に従って叙述されている。燕と鸞の聯は女性のかんざしや鏡の飾りから導かれたもの。恥じるといっているのは、逢瀬は果たしても燕のような和合、鸞のような激しい燃焼がないことを言うか。尾聯で夜明けの帰途をいうのは、「無題(昨夜の星辰)」詩(一〇八頁)に似る。孤独を照らしだす「華星」は恋の輝きをも象徴しているかのようだ。

其　四

何處哀箏隨急管
櫻花永巷垂楊岸
東家老女嫁不售
白日當天三月半
溧陽公主年十四

其《そ》の四《し》

何《いず》れの処《ところ》か　哀箏《あいそう》　急管《きゅうかん》に随《したが》う
桜花《おうか》の永巷《えいこう》　垂楊《すいよう》の岸《きし》
東家《とうか》の老女《ろうじょ》　嫁《とつ》がんとして售《う》れず
白日《はくじつ》　天《てん》に当《あ》たる　三月《さんがつ》の半《なか》ば
溧陽公主《りつようこうしゅ》は年十四《としじゅうし》

清明暖後同牆看
歸來展轉到五更
梁間燕子聞長歎

清明暖後《せいめいだんご》　牆《かきね》を同《おな》じくして看《み》る
帰《かえ》り来《き》たれば展転《てんてん》として五更《ごこう》に到《いた》り
梁間《りょうかん》の燕子《えんし》　長歎《ちょうたん》を聞《き》く

どこから聞こえてくるのだろう、忙《せわ》しげな笛の音《ね》に合わせた悲しい箏《こと》の音。桜桃の花咲きにおう路地の奥、楊柳の枝しだれる岸辺のあたり。

お隣の老嬢はお嫁に行くにも売れ口がない。お天道様が真上から照らす春三月の半ば。溧陽公主《りつようこうしゅ》は年十四、清明節も過ぎて日に日に暖かいこの時分、一つ垣根に夫君と寄り添って春景色を眺めていた。

家に帰ってきても、寝返りばかりうって迎えた夜明け。その深い嘆きを知るのは、はりのうえの夫婦《めおと》の燕だけ。

○哀箏　悲哀を帯びた箏の音。李商隠には「哀箏」と題する詩もある。**○急管**　切迫したリズムを奏でる管楽器。**○桜花**　ユスラウメのたぐいのバラ科の花。桜桃は仮の訳。**○永巷**　市井の奥まった小路。**○東家老女**　「東家」はお隣の意。宋玉《そうぎょく》「登徒子好色《とうとしこうしょく》の賦」(『文選』巻一九)に自分が好色でないあかしとして、「東家」の美しいむすめが「牆《かきね》に登りて」気があるそぶりをみせてもわたしは相手にしないと語るのにもとづく。「老女」は日本語のそれとは異なり、婚期を過ぎたむすめ。一般に「婦」が既婚女性をいうのに対して「女」は未婚の女性を指す。古楽府「地駆歌楽辞《ちくかがくじ》」に「老女は嫁せず、地を蹋《ふ》み天に喚《さけ》ぶ」と結婚できない身を歎く。○**嫁不售**　嫁に行こうとしても行けない。「售」の原義は売る。『戦国策』燕策に「且つ夫れ処女　媒《なこうど》無く、老いて且つ嫁せず、媒を舎てて自ら衒《う》るも、弊して售れず」。○**白日当天**　太陽が天空の真上に来る。○**溧陽公主**　梁の簡文帝《かんぶんてい》のむすめ。梁王朝の実権を握っていた侯景《こうけい》に嫁ぎ、侯景を夢中にさせた。ただし、その時十四歳であったという記録は正史には見えない。ここでは「老女」と対比される貴顕の女性をいう。○**清明**　二十四節気の一つ、清明節。春分から十五日目。春真っ盛りで行楽にふさわしい時期。○**同牆**　夫婦で一つの垣根から、の意か。侯景は義父の簡文帝に春の宴遊に出かけるように勧め、簡文帝が宮殿に帰ってくると、侯景と溧陽公主は皇帝と皇后であるかのように御座にちゃっかり坐っていたと『南史』賊臣侯景伝に記されるが、「牆」にまつわる記述はない。○**展転**　寝返りばかりうって眠られない様子。『詩経』周南・関雎《かんしょ》に思う女性と結ばれない煩悶に「輾転反側す」。「輾」は「展」と通じる。○**梁間燕子**　うつばりに巣くっている燕。「燕子」の「子」は接尾辞。盧照鄰《ろしょうりん》「長安古意」の「双燕双飛して画梁を遶《めぐ》る」のように、つがいでうたわれることが多い。○詩型・押韻　七言古詩。上声二十四緩(管《かん》)、去声二十八翰(岸《がん》・看《かん》・歎《たん》)と二十九換(半《はん》)の通押。平水韻、上声十四旱と去声十五翰。

少女が女性に成長していくすがたをうたった「無題(梁を照らして)」詩(一二七頁)、「無題(八歳)」詩(一三〇頁)がある一方、ここでは連れ合いを得られないまま若い時期が過ぎてゆく女性の悲哀をうたう。過去の中国では今とは異なる様々な不幸を女性は負わせられていただろうが、婚期を逸することもその一つ。「無題」詩群は恋の悲しみとあわせて、女性の悲しみの諸相もうたう。

無題

照梁初有情
出水舊知名
裙衩芙蓉小
釵茸翡翠輕
錦長書鄭重

無《む》題《だい》

梁《はり》を照《て》らして初《はじ》めて情《じょう》有《あ》り
水《みず》より出《い》でて旧《もと》より名《な》を知《し》らる
裙衩《くんさ》　芙蓉《ふよう》小《ちい》さく
釵茸《さじょう》　翡翠《ひすい》軽《かろ》し
錦《にしき》長《なが》くして書《しょ》は鄭重《ていちょう》

眉細恨分明
莫近彈棋局
中心最不平

眉細《まゆほそ》くして恨《うら》みは分明《ぶんめい》
弾棋《だんき》の局《きょく》に近《ちか》づくこと莫《な》かれ
中心《ちゅうしん》　最《もっと》も平《たい》らかならず

梁《はり》を照らす朝日のように耀く少女は、物思う気持ちを知りそめたばかり。水の上に花開く蓮のような姿は、つとに評判になっていた。

スカートには小さな蓮の模様。羽飾りのかんざしには軽やかな翡翠。

長い錦に織り込む恋文に、纏綿《てんめん》と思いを綴り、細く描いた眉には、恋のつらさが浮かび上がる。

——しかし弾棋《だんき》の盤には近づかない方がいいね。その中心《まんなか》は盛り上がっていて、心中平らかでいられないから。

○**照梁**　少女のういういしさを朝日がうつばりを照らす輝きにたとえる。宋玉《そうぎょく》「神女《しんにょ》の賦」(『文選』巻一九)に「其の始めて来たるや、耀《よう》として白日の初めて出でて屋梁を照らすが若し」。○**初有情**　「情」は恋心。恋を知りそめる年になったこと。○**出水**　清新な美しさを蓮の花が水面に開いたのにたとえる。曹植《そうしょく》「洛神の賦」(『文選』巻一九)に

「灼《しゃく》として芙蕖《ふきょ》の淥波《りょくは》(緑波)を出ずるが若し」。梁・鍾嶸《しょうこう》『詩品』に南朝宋・湯恵休《とうけいきゅう》が謝霊運《れいうん》と顔延之《がんえんし》を比較して、「謝詩は芙蓉の水を出ずるが如く、顔詩は彩りを錯《ま》じえ金を鏤《ちりば》めるが如し」と、詩を評した比喩にも用いられる。**○旧知名**　その美貌は早くから知られていた。**○裙衩**　すそに切り込みの入ったスカート。「衩」はスリット。**○芙蓉**　蓮の花。もすその模様としては、『楚辞』離騒《りそう》に「芰荷《しか》を製して以て衣と為し、芙蓉を集めて以て裳と為す」とみえる。**○釵茸**　ふさふさした飾りをつけたかんざし。「茸」はにこげ。**○翡翠**　翡翠の羽をかんざしの飾りとしてつけるのは、宋玉「諷賦《ふうふ》」(『芸文類聚』巻二四)に「其の翡翠の釵を以て、臣の冠纓《かんえい》(かんむりを結ぶひも)に挂《か》く」とみえる。**○錦長一句**　錦を織って回文詩《かいぶんし》を夫に送った故事を用いる。前秦の竇滔《とうとう》の妻蘇恵《そけい》は遠方にいる夫を思って、上から読んでも下から読んでも詩になる八百四十字を錦に織り込んで連綿たる思いを綴った(『晋書』列女伝)。回文詩の始まりとされる。**○眉細一句**　眉を細く描いて憂わしげな表情を作る化粧。後漢の時、外戚として権勢を振るった梁冀《りょうき》の家から始まり、都一円に流行した。『後漢書』五行志に「所謂愁眉なるものは、細くして曲折す」と説明される。**○弾棋局**　弾棋のゲームをする盤。「弾棋」は中央が鉢を伏せたように盛り上がった碁盤の両側からコマを弾《はじ》いて相手のコマにあてるゲーム(『夢渓筆談』巻一六)。同じ音の「棋」(ゲームのこま)と「期」(逢い引き、またその約束)の掛けことばは、恋をうたう南朝の楽府に習見。〇**中心一句**　盤の「中心」が盛り上がっているのと掛けて、「心中」が平らでないという。〇**詩型・押韻**　五言律詩。下平十二庚(明《めい》・平《へい》)と十四清(情《じょう》・名《めい》・軽《けい》)の同用。平水韻、下平八庚。

少女から大人になりそめて、恋の悲しみを知った女性をうたう。楽府のうたいぶりを借りた軽やかな艶詩。女性の魅力の一つとして、初めて恋心を覚えた少女が描かれるが、恋の憂いも深刻なものではなく、若い女性の魅力の一つとして捉えられている。

無題二首
其一

八歳偸照鏡
長眉已能畫
十歳去踏靑
芙蓉作裙衩
十二學彈箏

無題《むだい》二首《にしゅ》
其《そ》の一《いち》

八歳《はっさい》　偸《ひそ》かに鏡《かがみ》に照《て》らし
長眉《ちょうび》　已《すで》に能《よ》く画《えが》く
十歳《じゅっさい》　去《ゆ》きて踏青《とうせい》し
芙蓉《ふよう》　裙衩《くんさ》と作《な》す
十二《じゅうに》　弾箏《だんそう》を学《まな》び

銀甲不曾卸
十四藏六親
懸知猶未嫁
十五泣春風
背面鞦韆下

銀甲《ぎんこう》　曾《かつ》て卸《おろ》さず
十四《じゅうし》　六親《りくしん》より蔵《かく》る
懸《あらかじ》め知《し》る　猶《な》お未《いま》だ嫁《とつ》がざるを
十五《じゅうご》　春風《しゅんぷう》に泣《な》き
面《めん》を背《そむ》く　鞦韆《しゅうせん》の下《もと》

八つになって、こっそり座った鏡の前。長い眉ももう自分で画《か》けた。
十になって、春の野原へ草摘みに。はすの花柄のスカートはいて。
十二になって、箏《こと》の手習い事始め。銀の琴爪はつけっぱなし。
十四になると、家の人から隠れてばかり。きっとお嫁入りの話が出るから。
十五になって、春風のなかでこぼした涙。うつむいてぶらんこ揺らしながら。

○八歳　少女を年齢ごとに描写するのは、古楽府「焦仲卿《しょうちゅうけい》の妻」(冒頭の句を取って「孔《く》雀東南飛《じゃくとうなんひ》」とも称される)に由来する。嫁が姑によって追い出され、再婚を迫る実家に抗しきれずに入水、元の夫も後を追って首をくるという悲劇を物語る長編の楽府。そのヒロインが女性としてのたしなみを身につけた、非の打ち所ない人であることを説いて、「十三にして能く素を織り、十四にして衣を裁するを学ぶ。十五にして箜篌《くご》を弾じ、十六にして詩書を誦す。十七にして君の婦と為り、心中常に苦悲す」とうたう。以後、少女をうたう楽府で年齢を記していくのは定型化した表現になっている。○**長眉一句**　お茶目な幼女が大人のまねをして眉を画くのは、早くは西晋・左思《さし》「嬌女《きょうじょ》の詩」、唐代では杜甫「北征」詩、白居易「吾が雛」詩などにも見える。○**踏青**　春盛りの時期に野外に出る行楽の行事。男女交際の機会でもあった。○**芙蓉一句**　「芙蓉」は蓮の花。それをスリットの入ったスカートの模様にする。「無題(梁を照らして)」詩注参照(一二九頁)。○**銀甲**　箏を弾ずるための、銀色の琴爪。○**不曾卸**　「卸」ははずす。琴爪をつけたままでいるほど箏に熱中する。○**蔵六親**　「六親」は身近な六種の親族。数え方は一定しない。「蔵」はそうした親族から身を隠す。○**懸知一句**　「懸知」は事態が起こるのに先だって推測する。まだお嫁に行かないことを責められるのを予期して、の意。○**背面**　顔をそむける。○**鞦韆**　ぶらんこ。もとは北方民族から伝わった女子の遊び。ことに春、寒食・清明の時節と結びつく。○**詩型・押韻**　五言古詩。去声十五卦(画《が》・衩《さ》)と四十禡(卸《しゃ》・嫁《か》・下《か》)の通押。平水韻、去声十卦と二十二禡。

少女が成長して思春期を迎えるまでに至る過程を年齢を追って描く。楽府の口調を借りて軽やかにうたいながら、少女の愛らしさをみごとに表現している。

其　二

幽人不倦賞
秋暑貴招邀
竹碧轉悵望
池清尤寂寥
露花終裛濕
風蝶強嬌饒
此地如攜手
兼君不自聊

其《そ》の二《に》

幽人《ゆうじん》　賞《しょう》するに倦《う》まず
秋暑《しゅうしょ》　招邀《しょうよう》せんと貴《ほっ》す
竹《たけ》　碧《みどり》にして転《うた》た悵望《ちょうぼう》し
池《いけ》　清《きよ》くして尤《もっと》も寂寥《せきりょう》たり
露花《ろか》　終《つい》に裛湿《ゆうしつ》し
風蝶《ふうちょう》　強《し》いて嬌饒《きょうじょう》たり
此《こ》の地《ち》　如《も》し手《て》を携《たずさ》えれば
君《きみ》と自《おのずか》ら聊《たの》しまざらんや

飽きもせずまわりの風情を眺めるわび住まいの男。暑さののこる秋の初め、人を招きたくなる時節。

青々とした竹を眺めるほどに悲しみはつのり、清らかな池の水に切ないほどの寂しさがこみ上げる。

露を含む花はつねに湿り気を帯び、風に舞う蝶は取り繕った愛嬌を振りまく。

この地、もしもあなたと手と手を取り合って眺めることができるのならば、なんとも心弾むであろうに。

○**幽人**　『周易《しゅうえき》』履《り》の「道を履むこと坦坦たり。幽人は貞にして吉」に出る言葉で、ふつうは隠者をいうが、独り身でひっそり暮らす人を指すこともある。晋・張華「情詩」五首の二に「幽人　静夜を守り、身を回らせて空帷に入る」など。ここでは世の喧噪から離れ、友人も恋人もいない男として読む。○**不倦賞**　飽きることなく観賞する。○**秋暑**　残暑。○**貴招邀**　「貴」は欲の意。……したいと思う。「招邀」は人を招き迎える。○**悵望**　悲しい思いで眺める。「七月二十八日夜……」詩注参照(七四頁)。○**裛湿**　「裛」は浥に通ずる。湿と同じくうるおう。○**風蝶**　風のなかに舞う蝶。○**嬌饒**　なまめかしさをいう畳韻の語。『玉台新詠』に桑摘みのむすめを唱った「董嬌饒《とうきょうじょう》の詩」がある。同音の「嬌嬈」とも表記する。○**此地**　発話者の強い思い入れを込めて使われる。「曲池」詩でも「従来　此の地　黄昏に散ず、未だ信ぜず　河梁は是れ別離と」——李《り》陵《りょう》の「蘇武《そぶ》に与《あた》うる詩」(『文選』巻二九)が別離をうたった夕暮れの橋、それだけが別れの場ではない、私にとってはかつてあの人と別れたここそそれだ、とうたわれる。

○**携手**　手と手をつなぐ。『詩経』邶風《はいふう》・北風に「恵みて我れを好めば、手を携えて同《とも》に行かん」。同性どうしでも異性の間でも親密な関係を示すしぐさとして使われる。○**兼君**　「兼」は与と同じ。……といっしょに。○**不自聊**　『楚辞』招隠士《しょういんし》に「歳暮れて自ら聊しまず、蟪蛄《けいこ》(せみ)鳴きて啾啾《しゅうしゅう》たり」とあるのは「常に憂いを含む」(王逸注)意だが、ここでは反語で読む。○**詩型・押韻**　五言律詩。下平三蕭(寥《りょう》・聊《りょう》)と四宵(邀《よう》・饒《じょう》)の同用。平水韻、下平二蕭。

孤独のなかで初秋の景物を眺める男が、恋人とともに楽しむことを切望する。末句の「君」を友人と取って、作者が清秋の景を友と楽しみたいと解することも可能。美しい景色を人と一緒に味わおうというのは中国古典詩でふつうのことである。そうであるとしても「露花」「風蝶」の二句には女性的な要素が伴うので、ここでは呼びかける相手を女性として解釈した。

落花

高閣客竟去
小園花亂飛
參差連曲陌
迢遞送斜暉
腸斷未忍掃
眼穿仍欲稀
芳心向春盡
所得是沾衣

落花《らっか》

高閣《こうかく》 客《きゃく》 竟《つい》に去《さ》り
小園《しょうえん》 花《はな》 乱飛《らんぴ》す
参差《しんし》として曲陌《きょくはく》に連《つら》なり
迢逓《ちょうてい》として斜暉《しゃき》を送《おく》る
腸《ちょう》断《た》たれて未《いま》だ掃《はら》うに忍《しの》びず
眼《め》穿《うが》てば仍《な》お稀《まれ》ならんと欲《ほっ》す
芳心《ほうしん》 春《はる》の尽《つ》くるに向《む》かい
得《う》る所《ところ》は是《こ》れ衣《ころも》を沾《ぬ》らすのみ

高楼から人の姿は消え、小さな庭には花が舞い乱れる。
もつれあい小道に散りゆく花、夕日を見送らんとかなたまで飛びゆく花。
胸を裂く思いに花を払いもやらず、目を凝らせど散る花はさらに減りゆく。
うららかな思いも暮れゆく春が連れ去って、得たものはころもをぬらす涙のみ。

○**参差**　ふぞろいなさまをいう双声の語。ここでは落花が相前後しながら舞っている状態を指す。○**曲陌**　曲がりくねった小道。○**迢逓**　遥か隔たったさまをいう双声の語。○**斜暉**　夕日。○**眼穿**　穴のあくほど見つめる。○**芳心**　春を楽しむ気持ち。芳は花の芳香。○**沾衣**《てんい》　涙で着衣をぬらす。「霑巾《てんきん》」などと同じく悲哀の情をいう常套表現。○**詩型・押韻**　五言律詩。上平八微(飛《ひ》、暉《き》、稀《き》、衣《い》)の独用。平水韻、上平五微。

哀惜の情をこめながら、舞い落ちる花の景を描く。落花を詠じた中国の詩の絶唱として杜甫の「一片の花飛んで春を減却す、風は万点《ばんてん》を飄《ひるがえ》して正に人を愁えしむ」(「曲江二首」其の二)が知られるが、杜甫が春をうたった詩には常軌を逸した、物狂おしいほどの激しさが伴うのに対して、李商隠の惜春の詩は深い悲哀をうたいながらも景と情の融合を端正に表現している。たとえば南朝王朝の滅亡を取り上げた詩群のように、美しいものが滅びゆくことに特別の思いを抱く李商隠にとって、落花はいかにもふさわしい題材であった。

破鏡

玉匣清光不復持
菱花散亂月輪虧
秦臺一照山雞後
便是孤鸞罷舞時

破《は》鏡《きょう》

玉匣《ぎょっこう》の清光《せいこう》　復《ま》た持《じ》せず
菱花散乱《りょうかさんらん》して月輪《げつりんか》虧く
秦台《しんだい》　一《ひと》たび山鶏《さんけい》を照《て》らして後《のち》
便《すなわ》ち是《こ》れ孤鸞《こらん》　舞《ま》いを罷《や》むるの時《とき》

宝玉でこしらえた箱のなかには清らかな光、その輝きが蘇ることはもはやない。壁を照らす菱《ひし》の花模様も乱れ、月輪のような影も欠けた。うぬぼれ者の山鶏《さんけい》が秦台の鏡に姿を映してからは、孤独な鸞《らん》は鏡の前で舞うのを止めてしまった。

○**破鏡**　割れた鏡。男女の離別を意味するのは、『神異経』(『太平御覧』巻七一七)に見える故事による。ある夫婦が別々に住む際、鏡を二つに割って半分ずつをもち、愛情のあかしとした。のちに妻が他の男と通じた時、鏡は鵲《かささぎ》となって夫のもとへ飛び、夫は何が起こったかを知った。以来、鏡の背面に鵲の模様を施すことになった、と。また古いなぞなぞの詩(『芸文類聚《げいもんるいじゅう》』巻五六では「藁砧《こうちん》詩」、『玉台新詠』では「古絶句」と題する)では、外に出ていった夫はどこにいるのか、帰ってくるのはいつだろう、という本意を謎かけの言葉で連ねたあと、「破鏡飛んで天に上る」の句で結ばれる。欠けた月が空に上がるとは、十五日を過ぎて帰ってくる、という謎解き。そこでは「破鏡」は残月を意味するものの、やはり男女の離合に関わっている。○**玉匣**　鏡を入れる箱。○**不復持**　もはや保ち続けられない。○**菱花**　鏡で日光を反射させると壁に菱の花模様が浮かぶという。庾信《ゆしん》「鏡の賦」に「日に照らせば則ち壁上に菱生ず」。○**月輪**　鏡を月にたとえる。同じく庾信「鏡の賦」に「水に臨めば則ち池中に月出ず」。満月の団円は男女和合の象徴でもある。○**秦台**　秦の楼台の鏡の意か。『西京雑記《せいけいざっき》』巻三に漢の高祖が秦の宮殿に入ってたくさんの宝物を見付けた、そのなかに五臓を透視するなど、不思議な鏡があったという記述がある。梁・昭明太子《しょうめいたいし》の「十二月啓」蕤賓《ずいひん》五月に「蘋葉《ひんよう》風に漂い、影は秦台の鏡を乱す」のように、鏡の縁語として使われる。○**山鶏**　華美な羽をもった鳥。南朝宋・劉敬叔《りゅうけいしゅく》『異苑』に、山鶏は自分の美しい羽を愛し、水に映った姿に見とれて舞う習性があり、魏の武帝(曹操《そうそう》)の時に南方から献じられた山鶏の前に鏡を置くと、舞い続けて死んだという。「鸞鳳」詩では鳳に似て非なる鳥として対比されているが(二三七頁)、ここでは鸞と対立する存在。○**孤鸞**　鏡の前に置いた鸞は映った姿を見て鳴き続け、絶命したという故事にもとづく。「陳の後宮」詩注参照(五八頁)。

○詩型・押韻　七言絶句。上平五支（虧《き》）と七之（持《じ》・時《じ》）の同用。平水韻、上平四支。

割れた鏡に托して壊れた恋をうたう。旧注では悼亡、あるいは科挙落第など、何が破綻したかの解釈が分かれるが、鏡を題材とするからには男女関係の破綻であろう。山鶏といういわば鸞のライバルが登場するのをみれば、恋敵の出現によって破れた恋であったか。

無題

紫府仙人號寶鐙
雲漿未飲結成冰
如何雪月交光夜
更在瑤臺十二層

無《む》題《だい》

紫《し》府《ふ》の仙人《せんにん》　宝鐙《ほうとう》と号《ごう》す
雲漿《うんしょう》　未《いま》だ飲《の》まざるに結《むす》びて氷《こおり》と成《な》る
如何《いかん》ぞ　雪月《せつげつ》　光《ひかり》を交《まじ》うるの夜《よる》
更《さら》に瑶台十二層《ようだいじゅうにそう》に在《あ》るや

紫《し》府《ふ》の仙女は宝燈《ほうとう》という名。五色の雲の霊液は口にする前から凍りつく。雪の光と月の光が交わり合うこの夜、どうしてまた神山崑崙《こんろん》の十二層の瑤台《ようだい》のようなところにいるのか。

○**紫府**　道教の仙人の居所の名。『海内十洲記《かいだいじっしゅうき》』に南海にある長洲は一名青丘ともいい、その風山には「紫府宮有り。天真仙女、此の地に遊ぶ」。○**宝鐙**　本来は仏の名。『仏説仏名経』に見える。道教と仏教はしばしば語彙を共有する。また仏前に供える灯火をもいう。その名で呼ばれる女性はこの詩の発語者にとって光明となる存在であるばかりか、輝かしい人として当時広く人気があったことを意味するか。○**雲漿**　不老不死を可能にする仙界の飲み物。『太平御覧』巻八六一の引く『漢武故事』に、漢の武帝が西王母に不死の薬を尋ねた時、西王母が挙げた薬名のなかに「五雲の漿」が見える。○**雪月交光夜**　雪と月の光の交錯は李商隠に少し先立つ姚合《ようごう》の「雪を詠ず」詩に「月と光を交え瑞色《ずいしょく》を呈す」。それもこの世ならざる景が顕現したかにうたう。○**更**　地上でも雪月光を交うる清澄な夜に、何もわざわざ仙界にいなくてもよいのに、といった思いを含む。○**瑶台**　崑崙山にある神仙の居所。『拾遺記』に「崑崙山……傍らに瑶台十二有り、各おの広さ千歩。皆な五色の玉もて台の基《うてな》と為す」というように十二層の楼台。十二は道教の聖数に由来する。李商隠は仙界十二層の楼をしばしば恋人の居所としてうたう。○**詩型・押韻**　七言絶句。下平十六蒸(氷《ひょう》)と十七登(鐙《とう》・層《そう》)の同用。平水韻、下平十蒸。

仙界の女性がひとり凍てつく寒さのなかに居続けるのを思い描く。月光と雪明かり、どちらも白く冷たい二つのものが交錯する光景は、仙界が地上に現前したかのようだ。馮浩《ふうこう》が「時は蓋し元夕《げんせき》」というように、正月十五日、元宵《げんしょう》の夜を舞台とするならば、仙女に比擬される女性と会うにふさわしいハレの時である。しかし彼女は地上には来ようとしない。「霜月」詩(二三頁)の「青女」と「素娥」のように、寒さ凛冽たる世界にひとりたたずむ神女のイメージは李商隠の好むところ。

柳

曾逐東風拂舞筵
樂遊春苑斷腸天
如何肯到清秋日
已帶斜陽又帶蟬

柳《やなぎ》

曾《かつ》て東風《とうふう》を逐《お》い舞筵《ぶえん》を払《はら》う
楽遊《らくゆう》の春苑《しゅんえん》　断腸《だんちょう》の天《てん》
如何《いかん》ぞ肯《あえ》て清秋《せいしゅう》の日《ひ》に到《いた》り
已《すで》に斜陽《しゃよう》を帯《お》び又《ま》た蟬《せみ》を帯《お》ぶ

そよ風になびき、踊り子の舞う席を枝で撫でたこともあった。春の楽遊苑《らくゆうえん》、胸しめつける空のもと。

それがなぜ秋を迎え、傾きゆく陽ざしを浴びたうえに、か細い蟬の声をもまとう身になったりするのか。

○**舞筵**　歌舞音曲を楽しむ竹のむしろ。酒席をいう。○**楽遊春苑**　長安東南の高台にあった楽遊苑。楽遊原ともいう。都の人々の行楽の地。「楽遊」詩参照(四四頁)。○**断腸**　必ずしも悲痛の思いに限られず、体が反応するほど強く心を動かされる場合に使われることがある。○**如何肯到**　華やいだ春を去って蕭条たる秋に移るようなことを、好きこのんでしてしまうのか、の意。○**已……又……**　……でもあるし……でもある。同じ方向のことを重ねて述べる。○**帯蟬**　「蟬」は中国では一般に秋のうら寂しさと結びつく。「蟬」詩参照(三〇頁)。○**詩型・押韻**　七言絶句。下平一先(天《てん》)と二仙(筵《えん》・蟬《せん》)の同用。平水韻、下平一先。

柳の詠物詩。春の柳と秋の柳を対比してうたう。李商隠に柳を詠じた詩は少なくない。「柳」と題した詩だけでも五首にのぼる。五律、七律一首ずつのほかに七絶三首。そしてこの七絶は春の柳が秋に至る、その変化を対比して並べる。春景のなかに溶けこんでいた緑柔らかな柳、秋には夕日を浴びて黄金色に輝き、秋蟬の声を帯びた寂寥の中にある。転変の不条理に問いを投げかけるこの詩には、作者自身の心象も投影していよう。

爲　有

爲有雲屏無限嬌
鳳城寒盡怕春宵
無端嫁得金龜壻
辜負香衾事早朝

有《あ》るが為《ため》に
雲屏《うんぺい》有《あ》るが為《ため》に無限《むげん》の嬌《きょう》あり
鳳城《ほうじょう》　寒尽《かんつ》きて春宵《しゅんしょう》を怕《おそ》る
端無《はしな》くも金亀《きんき》の婿《むこ》に嫁《とつ》ぎ得《え》て
香衾《こうきん》に辜負《こふ》して早朝《そうちょう》に事《つと》む

雲母の屏風があるために、並びなき愛らしさがひときわ映える。花の都、冬の寒さは終わり、春の宵が過ぎゆくのを惜しむ。はからずも金亀の袋を帯びる婿に嫁いだのはいいが、夫はかぐわしい夜具に背を向けて、朝まだきから朝廷に参じてしまう。

○**為有**　詩の最初の二字を取り出して題としたもの。○**雲屏**　雲母でこしらえた屏風。豪奢な調度品。『西京雑記』巻一に、趙飛燕《ちょうひえん》が皇后になると、妹の昭儀《しょうぎ》が「雲母の屏風、琉璃の屏風」などを贈った話が見える。○**嬌**　女性の愛らしさ。○**鳳城**　都の美称。○**怕春宵**　「春宵」は底本では「春銷」に作るが、諸本に従って改める。歓楽のための時間が短いのをおそれる。白居易「長恨歌」に「春宵苦《はなは》だ短く日高くして起き、此れより

君王　早朝せず」。○無端　これといったわけもなく。○金亀婿　位階の高い婿。「金亀」は高官が身につける割り符。唐代の官員は魚をかたどった割り符(魚符)を袋にいれて登庁の際に身につけた(魚袋)。三品以上の魚符は金、五品以上は銀。武則天の一時期、魚でなく亀が用いられたことがあり、ここではそれを用いる。○辜負　そむく。背を向ける。○香衾　香り高い夜具。○早朝　朝早くの朝見。「早朝」の「朝」はあさではなく朝廷。官人は夜明けとともに参内した。「無題(昨夜の星辰)」詩の「聴鼓」「応官」の注参照(一一〇頁)。また上の「春宵」の注に引く「長恨歌」にも皇帝の立場からする「早朝」が見える。○詩型・押韻　七言絶句。下平四宵(嬌《きょう》・宵《しょう》・朝《ちょう》)の独用。平水韻、下平二蕭。

高貴な身の若い夫婦、その閨房を華麗にうたう。そこには初々しい花嫁。旧注が言うように、盛唐・王昌齢の「閨怨《けいえん》」詩――春の陽気にはしゃぐ新妻が街路の柳を見たとたん、夫を戦場に送り出して一人でいる自分に気づき悲嘆する――と似たところがある。閨怨詩は孤閨の悲哀をうたう枠に縛られるので、その中で工夫がこらされる。王昌齢は喜びから悲しみへの急転を描き、ここではきぬぎぬの別れを捉える。

無題

相見時難別亦難
東風無力百花残
春蠶到死絲方盡
蠟炬成灰淚始乾
曉鏡但愁雲鬢改
夜吟應覺月光寒
蓬山此去無多路
青鳥殷勤爲探看

無《む》題《だい》

相《あ》い見《み》る時《とき》は難《かた》く別《わか》るるは亦《ま》た難《かた》し
東風《とうふう》 力無《ちからな》く 百花《ひゃっか》残《くず》る
春蚕《しゅんさん》 死《し》に到《いた》りて 糸《いと》 方《はじ》めて尽《つ》き
蠟炬《ろうきょ》 灰《はい》と成《な》りて 涙《なみだ》 始《はじ》めて乾《かわ》く
暁鏡《ぎょうきょう》 但《た》だ愁《うれ》う 雲鬢《うんびん》の改《あらた》まるを
夜吟《やぎん》 応《まさ》に覚《おぼ》ゆべし 月光《げっこう》の寒《さむ》きを
蓬山《ほうざん》 此《こ》こより去《さ》りて多路《たろ》無《な》し
青鳥《せいちょう》 殷勤《いんぎん》として為《ため》に探《さぐ》り看《み》よ

会うのはむずかしいけれど、別れるのはもっと辛いもの。ものうい春の風、花々もくずれています。

春のかいこは死ぬまで糸を吐き続け、恋も命の限り続きます。蠟燭は燃え尽きるまで蠟を流し続け、恋の涙が乾く時はありません。

眠れぬまま朝を迎えて鏡に向かえば、髪の衰えが悲しい。やはり眠れぬ夜に詩を吟じていたあの人は、冷たい月の光を浴びていたことでしょう。
あの人のいる蓬萊山は、ここからさほどの隔たりもないはず。恋をとりもつ青鳥よ、
どうかわたしのために手を尽くして見てきてくださらないかしら。

○**相見一句**　古くから成語化していた「会うは難く別るるは易し」をひねったもの。○**東風**　春の風。『礼記《らいき》』月令《げつれい》の孟春(正月)に「東風　凍れるを解く」。○**残**　損なわれる。のこるではない。○**春蚕**　桑の新芽が出る春に養蚕が始まる。カイコはサナギの状態で糸を吐き出し、繭を作り終えると羽化するが、養蚕のカイコは繭のまま殺される。「糸《し》」は同音の「思《し》」との掛詞。南朝民間の恋歌に用いられるレトリック。○**蠟炬**　ろうそく。蠟のしたたりを涙にたとえるのは南朝宮体詩以来、習用。○**雲鬢**　雲のようにこんもり豊かな女性の髪。『詩経』鄘風《ようふう》・君子《くんし》偕老《かいろう》に「鬒髪《しんぱつ》(黒い髪)雲の如し」。○**蓬山**　蓬萊山のこと。蓬萊山は東海にある三仙山の一つ。蓬萊山は恋人のいる場として李商隠はよく用いる。「無題(来たるとは是れ空言)」詩注参照(一一六頁)。○**青鳥**　西《せい》王母《おうぼ》と漢の武帝の間を取り持った恋の使者。○**詩型・押韻**　七言律詩。上平二十五寒(難《なん》・残《ざん》・乾《かん》・寒《かん》・看《かん》)の独用。平水韻、上平十四寒。

会いたい人に会えない思いを、晩春の情景、恋心の比喩とともにうたう。典型的な恋

愛詩ではあるが、具体的な状況は一切書き込まれない。うたう主体が男性か女性かもはっきりしないが、「暁鏡」の句は女性の朝の化粧を言い、「夜吟」の句に「応に覚ゆべし」というのが推し量って言う辞であることから、女性の立場からうたわれた恋情と解するのがふさわしい。「無題(来たるとは是れ空言)」詩(一一四頁)にも見えたように、「蓬山」は実際には近いのに心理的な隔たりは大きいという、恋に伴う距離感の二重性から生まれた言い方だが、この女性はさらにそれを「多路無し」と言いなして、恋人に近づこうとする。

碧城三首
其一
碧城十二曲闌干
犀辟塵埃玉辟寒
閬苑有書多附鶴
女牀無樹不棲鸞

碧城三首《へきじょうさんしゅ》
其《そ》の一《いち》
碧城十二《へきじょうじゅうに》　曲闌干《きょくらんかん》
犀《さい》は塵埃《じんあい》を辟《さ》け　玉《ぎょく》は寒《かん》を辟《さ》く
閬苑《ろうえん》　書《しょ》の多《おお》く鶴《つる》に附《ふ》する有《あ》り
女牀《じょしょう》　樹《き》として鸞《らん》を棲《す》ましめざる無《な》し

星沈海底當窗見
雨過河源隔座看
若是曉珠明又定
一生常對水精盤

星《ほし》の海底《かいてい》に沈《しず》むは窓《まど》に当《あ》たりて見《み》
雨《あめ》の河源《かげん》を過《す》ぐるは座《ざ》を隔《へだ》てて看《み》る
若《も》し是《こ》れ暁珠《ぎょうしゅ》　明《めい》にして又《ま》た定《さだ》まれば
一生《いっしょう》　常《とこしえ》に対《たい》せん　水精盤《すいしょうばん》

碧《みどり》の館は十二層、幾重にも曲がる欄檻《らんかん》の先は、犀が塵をよけ玉が寒さを防ぐ、清らかで暖かな部屋。

仙界の苑、閬風《ろうふう》では恋文を託された鶴たちが舞い、仙界の山、女牀《じょしょう》では木という木に鸞《らん》が巣を作る。

星が海の底に沈むのを窓ごしに眺め、雨が黄河の源を通り過ぎるのをすぐ向かいに見る。もし有明《ありあけ》に輝く真珠が常に輝き不変であるならば、この真珠を載く水晶の盤に一生向きあっていきたい。

○碧城　仙女の住む建物。『太平御覧《たいへいぎょらん》』巻六七四の引く『上清経』に「元始は紫雲の闕《けつ》(宮殿)に居り、碧霞を城と為す」。「元始」は元始天尊、道教の神の名。　**○十二**　城楼が十二層であること。「九成宮」詩に「十二の層城　閬苑の西」。「無題(紫府の仙人)」

詩にも「更に瑶台十二層に在るや」。その注参照（一四一頁）。〇**曲闌干**　曲がりくねった欄檻。南朝の恋の楽府「西洲曲《せいしゅうきょく》」に「欄干十二曲、手を垂れて明らかなること玉の如し」というように、「十二」は碧城の層のみならず、欄檻の湾曲でもある。〇**犀辟塵埃**　「却塵犀《きゃくじんさい》」という犀はその角が塵を防ぐので、室内において部屋を清浄にしたという（『述異記』）。〇**玉辟寒**　部屋を暖める玉。『太平広記』巻四〇四の引く『宣室志《せんしつし》』に、会昌元年（八四一）、扶余国《ふよこく》が献じた貢ぎ物のなかに「火玉《かぎょく》」というものがあり、それを置くと冬でもあわせがいらなかったという。〇**閬苑**　崑崙山《こんろんざん》のなかの閬風苑《ろうふうえん》。西王母《せいおうぼ》の住んでいたところ。『太平広記』巻五二の引く『続仙伝』に「此の花は人間《じんかん》に在ること已に百年を逾《こ》ゆ。久しからずして即ち閬苑に帰り去らん」。〇**附鶴**　仙界では「鶴」が書翰を届けるとされた。道源注が引く『錦帯』なる書に「仙家は鶴を以て書を伝え、白雲もて信を伝う」。「附」は託すること。〇**女牀一句**　「女牀」は西方にある仙人の山。そこに住むのが「鸞」という鳥。『山海経《せんがいきょう》』西山経に「女牀の山……鳥有り。其の状は翟《てき》（鳥の名）の如くして五采の文《あや》あり。名づけて鸞鳥と曰《い》う。見《あら》われれば則ち天下安寧なり」。後漢・張衡《ちょうこう》「東京賦《とうけいふ》」（『文選』巻三）にも「女牀の鸞鳥を鳴かしめ、丹穴《たんけつ》の鳳凰を舞わしむ」。〇**星沈一句**　天界から見た空の光景。「当窓」は星の運行がすぐ間近に見えることをいう。〇**雨過一句**　これも天界から見た地上の光景。「隔座」は向かいの座席ほど近くに、の意。「無題(昨夜の星辰)」に「座を隔てて鉤を送れば春酒暖かに」。その注参照(一一〇頁)。　○暁珠二句　「水精盤」は水晶で作られた大皿。「水精」は水晶と同じ。その上の「暁珠」が何を意味するか諸説分かれるが、ここでは愛のかたちを象徴するものと解する。　○詩型・押韻　七言律詩。上平二十五寒(干《かん》・寒《かん》・看《かん》)と二十六桓(鸞《らん》・盤《ばん》)の同用。平水韻、上平十四寒。

其二

對影聞聲已可憐
玉池荷葉正田田
不逢蕭史休迴首
莫見洪崖又拍肩
紫鳳放嬌銜楚佩
赤鱗狂舞撥湘絃
鄂君悵望舟中夜
繡被焚香獨自眠

其《そ》の二《に》

影《かげ》に対《たい》し声《こえ》を聞《き》くも已《すで》に憐《あわれ》むべし
玉池《ぎょくち》の荷葉《かよう》　正《まさ》に田田《でんでん》たり
蕭史《しょうし》に逢《あ》わざれば首《こうべ》を廻《めぐ》らすを休《や》めよ
洪崖《こうがい》を見《み》て又《ま》た肩《かた》を拍《たた》く莫《な》かれ
紫鳳《しほう》は放嬌《ほうきょう》して楚佩《そはい》を銜《ふく》み
赤鱗《せきりん》は狂舞《きょうぶ》して湘絃《しょうげん》を撥《はっ》す
鄂君《がくくん》悵望《ちょうぼう》す　舟中《しゅうちゅう》の夜《よる》
繡被《しゅうひ》　香《こう》を焚《た》いて独自《ひとり》眠《ねむ》らん

その影に向かい、その声を聞くだけで、思いはつのる。蓮の葉が生い茂る仙界の玉池。蕭史《しょうし》のような男にでも出会わぬ限り、気を引かれて振り返ってはいけないよ。洪崖《こうがい》のような男を見て、親しげに肩をたたいたりもしないように。

紫の羽の鳳凰は、見るからにあだっぽく、神女が鄭交甫《ていこうほ》に授けた佩玉を口にくわえ、赤い鱗の魚は狂ったように舞い踊り、湘神の絃をつま弾く。

かつて船子と愛し合った鄂君《がくくん》も、今宵は舟からわびしく眺め、香を焚きしめた繍衾にくるまれ、ひとり眠りにつく。

○可憐　気持ちが強く惹かれること。日本語の可憐とは異なる。**○玉池一句**　「玉池」は池の美称。「歓聞歌」(『玉台新詠』では梁の武帝、『楽府詩集』では梁・王金珠の作)に「艶艶《えんえん》たり金楼の女、心は玉池の蓮の如し」。「田田」は蓮の葉が密生している様子。古楽府「江南」に「江南　蓮を採るべし、蓮の葉は何と田田たる。魚は蓮の葉の間に戯る。……」。蓮の葉の茂る池は恋の舞台。**○蕭史**　いにしえの仙人。簫の名人で、秦の穆公《ぼくこう》のむすめ弄玉《ろうぎょく》の恋人。「無題(聞道《きくな》らく)」詩注参照(一一二頁)。**○洪崖**　太古の仙人の名。晋・郭璞「遊仙詩」(『文選』巻二一)七首の三に「左に浮丘《ふきゅう》の袖を挹《と》り、右に洪崖の肩を拍く」。**○紫鳳**　紫色の鳳凰。師曠『禽経』にそれぞれの色の鳳凰を述べて「紫鳳は之を鷟《さく》と謂う」。ここでは次の句の「赤鱗」と対にして、妖しげな雰囲気を添える。○放嬌　色香を放恣にふりまくことか。○楚佩　鄭交甫と神女の故事を用いる。鄭交甫は漢水のほとりで二人の女に出会った。別れる際、二人は佩玉を鄭交甫に贈ったが、数十歩進むと懐に入れた佩玉はなくなり、振り返って見れば女の姿もかき消えていた（『列仙伝』）。○赤鱗　神秘の魚。江州刺史の桓仲《かんちゅう》なる者が廬山の霊異を見ようと人を遣わすと、湖に「赤鱗の魚」がいた。使者が水を飲もうとすると、ひれを逆立てて立ち向かってきた、という話がある（『述異記』など）。○撥湘絃　湘水の神の曲を弾く。「撥」は絃をはじく。「七月二十八日夜……」詩に「雨は打つ　湘霊五十絃」。その注参照（七四頁）。○鄂君二句　「鄂君」は楚の王族。越の国の船子を抱きかかえ、「繡被」で覆ったという男色の故事を用いる。「牡丹」詩に「繡被　猶お堆《うずたか》し　越鄂君」。その注参照（一五八頁）。「悵望」は悲しげに見やる。「七月二十八日夜……」詩注参照（七四頁）。○詩型・押韻　七言律詩。下平一先（憐《れん》、田《でん》、肩《けん》、絃《げん》、眠《みん》）の独用。平水韻、下平一先。

其三

其《そ》の三《さん》

七夕來時先有期

七夕《しちせき》　来《き》たる時《とき》　先《さき》に期《き》有《あ》り

洞房簾箔至今垂
玉輪顧兎初生魄
鐵網珊瑚未有枝
檢與神方教駐景
收將鳳紙寫相思
武皇內傳分明在
莫道人間總不知

洞房《どうぼう》の簾箔《れんばく》　今《いま》に至《いた》るまで垂《た》る
玉輪顧《ぎょくりんこ》兎《と》　初《はじ》めて魄《はく》を生《しょう》じ
鉄網珊瑚《てつもうさんご》　未《いま》だ枝有《えだあ》らず
神方《しんぼう》を検与《けんよ》して景《ひかり》を駐《とど》め教《し》め
鳳紙《ほうし》を収将《しゅうしょう》して相思《そうし》を写《うつ》す
武皇内伝《ぶこうないでん》　分明《ぶんめい》に在《あ》り
道《い》う莫《な》かれ　人間《じんかん》　総《すべ》て知《し》らずと

「七夕にうかがいます」、そう西王母が漢の武帝に伝えたように、約束はしてあった。なのに洞房の御簾は今も下りている。うさぎの住む月は欠け始めたし、鉄の網に生える珊瑚の枝はまだ伸びない。霊薬の処方を調べて時間を止めさせようか。仙界の鳳紙を手に入れて恋心を綴ろうか。仙女と人間との交わりは、『武皇内伝《ぶこうないでん》』にしかと記されているではないか。人の世で聞いたことなどないと言わせるものか。

○七夕一句　『漢武内伝』に見える話にもとづく。漢の武帝の宮殿に突然、青い衣を着た女があらわれ、西王母が七月七日に訪れるという言葉を伝えた。果たしてその日になると、雲のなかから簫鼓、人馬の音が聞こえ、西王母が来訪した。「期」は期日、会う約束。○**洞房**　奥まった居室。○**簾箔**　すだれ。「箔」もすだれ。○**至今垂**　来訪がないことをいう。○**玉輪一句**　「玉輪」は月の比喩。「顧兎」は月の中にいるウサギ。『楚辞』天問に「夜光(月)何の徳ありて、死すれば則ち又た育つ。厥《そ》の利は維《こ》れ何ぞ(何のいいことがあるのか)、而して顧兎　腹に在り」。「魄」は月が欠けた影の部分。○**鉄網一句**　鉄の網を海中に沈めて珊瑚を付着させる。「燕台詩四首」其の一注参照(二六六頁)。○**検与**　しらべる。「与」は動詞を二字の熟語とするために添えたもの。○**神方**　神仙となる薬の処方。○**教駐景**　太陽の運行を止める。時間を止めて若さを保つこと。「景」はひかり。『集仙録』(『太平広記』巻六一所引)に「道徳二経及び駐景霊丸を以て之に授けて去る」。○**収将**　おさめる。手に入れる。「将」も前の句の「与」と同用、動詞を二字にするために添えたもの。○**鳳紙**　唐代の詔勅に用いられる紙。ここでは仙界の紙。○**相思**　恋の思い。○**武皇内伝**　漢の武帝を主人公とした六朝志怪小説の名。『漢武内伝』の名で伝わる。○**分明**　はっきりと、確かに。○**人間**　人の世の中。○**詩型・押韻**　七言律詩。上平五支(垂《すい》・枝《し》・知《ち》)と七之(期《き》・思《し》)の同用。平水韻、上平四支。

「碧城」という神仙世界を舞台に、恋の思いが繰り広げられる。その夢幻的な雰囲気に多くの恋愛故事が織り込まれ、かなわぬ思いがうたわれるが、しかし「其の一」の尾聯、「其の三」の尾聯には、仙界と同じように不確かな恋の世界の実在を信じ、そこに留まろうとする恋愛肯定の態度が見られる。

牡丹

錦幃初巻衛夫人
繡被猶堆越鄂君
垂手亂翻雕玉珮
折腰爭舞鬱金裙
石家蠟燭何曾翦
荀令香爐可待熏
我是夢中傳彩筆
欲書花葉寄朝雲

牡《ぼ》丹《たん》

錦幃《きんい》　初《はじ》めて巻《ま》く　衛夫人《えいふじん》
繡被《しゅうひ》　猶《な》お堆《うずたか》し　越鄂君《えつがくくん》
手《て》を垂《た》れて乱《みだ》れ翻《ひるがえ》る　雕玉《ちょうぎょく》の珮《はい》
腰《こし》を折《お》りて争《あらそ》い舞《ま》う　鬱金《うっこん》の裙《くん》
石家《せっか》の蠟燭《ろうそく》　何《なん》ぞ曾《か》つて翦《き》りし
荀令《じゅんれい》の香炉《こうろ》　熏《かお》るを待《ま》つ可《べ》けんや
我《わ》れは是《こ》れ夢中《むちゅう》に彩筆《さいひつ》を伝《つた》う
花葉《かよう》に書《しょ》して朝雲《ちょううん》に寄《よ》せんと欲《ほっ》す

錦のとばりが巻き上げられるや姿をあらわした衛《えい》の夫人南子《なんし》。刺繡の夜具にくるまれたままの越《えつ》の鄂君《がくくん》。

しなやかに舞う手に合わせて帯び玉は乱れ揺れ、なめらかに腰をくねらせれば鬱金《うこん》たきしめた裳裾《もすそ》たなびく。

その輝きは蠟燭の芯を切らずともまばゆい石崇《せきすう》の家と同じく、その香りは香炉をくべずともかぐわしい荀彧《じゅんいく》の香気と並ぶ。

わたしは夢のなかで五色の筆を授けられた詩人。この花、この葉に詩を書きつけて、かの巫山《ふざん》の神女の化身、朝雲《ちょううん》に捧げたい。

○錦幃一句　牡丹の花がぱっと姿をあらわした比喩。この句には「典略に云う、夫子《ふうし》南子《なんし》を錦幃《きんい》の中に見る」という原注がある。そこに節録された魏・魚豢《ぎょかん》『典略』の記事は『芸文類聚《げいもんるいじゅう》』巻六七に見えるが、孔子が衛の国に行くと衛の霊公の夫人南子は挨拶に来るよう要求した。孔子が臣としての礼にもとづいて謁見したのに対して、南子は「錦の帷《とばり》」を隔てて再拝し、なかからは佩玉《はいぎょく》(帯び玉)の音のみが聞こえたという。『史記』孔子世家の記述では「錦幃」を「絺幃《ちい》(葛で織ったとばり)」とする。南子は美貌と多情の女性として知られ、『論語』雍也篇のなかでは孔子が会ったことに対して弟子の子路が不興を催している。「初巻」は巻き上げたばかり。「錦幃」が上がったとたんに姿をあらわしたことをいう。 ○繡被一句　牡丹のつぼみの比喩。越鄂君は春秋・楚の王族鄂君《がくくん》子晳《しせき》、美貌の男性。船遊びをしていた時、かじを取っていた越の国の男が「心に君を説《よろこ》ぶも君は知らず」と恋の歌を唱うと(歌の全体は『玉台新詠』、『楽府詩集』に見える)、鄂君は男を抱きかかえ「繡被」で覆ったという。劉向《りゅうきょう》『説苑《ぜいえん》』巻一一に見える男色の故事。この詩では「越鄂君」というが、元になる話では鄂君は楚の人であり、「越」は漕ぎ手の男の国。「猗堆」はずっと盛り上がったまま。 ○垂手一句　「垂手」は腕を垂らして舞う舞い方。舞曲の名に「大垂手」、「小垂手」がある。「雕玉珮」は彫琢した帯び玉。「珮」は佩と同じく腰に下げる玉。 ○折腰一句　底本は「招腰」に作るが『唐音戊籤《とうおんぼせん》』に従う。腰を折って舞う舞い方の一つ。『西京雑記』巻一に「(戚《せき》)夫人は善く袂を翹《あ》げ腰を折るの舞いを為《な》す」。戚夫人は漢の高祖劉邦《りゅうほう》の愛姫。後漢・梁冀《りょうき》の妻孫寿《そんじゅ》の「妖態」の一つに「折腰歩《せつようほ》」が挙げられているように(『後漢書』梁冀伝)、なまめかしいしぐさ。「鬱金裙」は鬱金の香を焚きしめたもすそ。 ○石家一句　西晋の石崇《せきすう》は贅沢な暮らしぶりを誇り、煮炊きにも高価な蠟燭を使ったという(『世説新語《せせつしんご》』汰侈《たし》篇)。「翦」は蠟燭の芯を切って明るくすること。芯を切るまでもなく、たくさんの蠟燭が常に明るく耀いていたことをいう。 ○荀令一句　曹操の参謀に召し抱えられた荀彧《じゅんいく》。荀令君《じゅんれいくん》と称された。

『芸文類聚』巻七〇に引く『襄陽記《じょうようき》』に「荀令君　人の家に至れば、坐する処　三日香る」。「可待薫」は香《こう》を焚くまでもなく、体からおのずと香気が発したの意。○我是一句　梁の文人江淹《こうえん》の故事を用いる。江淹の夢に東晋の文人郭璞《かくはく》があらわれ、長いこと君のもとに筆を預けてある、それを返してほしい、といわれた。江淹がふところを探ると五色の筆が見つかり、それを返したあとは詩才が枯れてしまったという(『南史』江淹伝)。○欲書一句　「朝雲」は楚の王とちぎりを結んだ巫山《ふざん》の神女の化身。「重ねて聖女祠を過ぎる」詩注参照(二一頁)。○詩型・押韻　七言律詩。上平十七真(人《じん》)と二十文(君《くん》・裙《くん》・薫《くん》・雲《うん》)の通押。平水韻、上平十一真と十二文。中晩唐の時期以後、七言律詩の首句にはわざと隣韻(十一真は十二文の隣の韻)を用いることがある。

牡丹の花の様々な美しさを一句ごとに故事をからませてうたう詠物詩。詠物詩のかたちをとった艶詩でもある。牡丹の語は一切本文に出さず、一・二句では牡丹の姿を気位高い南子、男色で知られる鄂君といった美貌の人にたとえ、三・四句は牡丹が風に揺らぐさまを舞いになぞらえる。五・六句では牡丹の輝きと香り。実際には牡丹は香りが乏しいけれども。そして末二句は牡丹を詠ずる作者そのものが登場する。朝雲と呼ばれる女性が最後にあらわれることによって、牡丹はその女性の比喩でもあることがわかる。

馬嵬二首
其一

冀馬燕犀動地來
自埋紅粉自成灰
君王若道能傾國
玉輦何由過馬嵬

馬嵬《ばかい》二首《にしゅ》
其《そ》の一《いち》

冀馬《きば》　燕犀《えんさい》　地《ち》を動《どよ》もして来《き》たり
自《みずか》ら紅粉《こうふん》を埋《う》め自《みずか》ら灰《はい》と成《な》す
君王若《くんのうも》し能《よ》く国《くに》を傾《かたむ》くと道《し》れば
玉輦《ぎょくれん》　何《なに》に由《よ》りてか馬嵬《ばかい》を過《よ》ぎらん

冀州《きしゅう》の馬、燕国《えんこく》のよろい、地を揺るがせ攻め来たる逆賊を前に、帝は麗しく粧《よそお》った姫を手ずから土に埋め、手ずから塵土に帰せしめたのだ。

もしも帝が美女は国を傾けさえするとご存じだったなら、御車《みくるま》が馬嵬《ばかい》を通るようなことにはならなかったろうに。

○**馬嵬**　玄宗《げんそう》が蜀へ落ち延びる途上、楊貴妃《ようきひ》が殺された地として知られる。陝西省興平県の西。長安から直線距離にして五十キロあまり。○**冀馬一句**　「冀馬」は冀州産の馬。冀州は古代中国の九州の一つで、河北省・山西省を中心とした一帯。古来、馬の産地とされる。『左氏伝』昭公四年に「冀の北土、馬の生ずる所」。「燕」は春秋戦国時代の国の名。河北省一帯の地。「犀」は犀の皮で作ったよろいをいう。『周礼《しゅらい》』冬官考工記に「燕の函《よろい》無きは、函無きに非ず、夫れ人ごとに能く函を為《つく》ればなり」、その鄭玄《じょうげん》の注に「燕は強胡に近く、習いて甲冑を作る」、異民族に隣接した燕の地では誰もが自分でよろいを作るので専門の職人はいない、という。一句は范陽《はんよう》(幽州。今の北京市)で反旗を挙げた安禄山《あんろくざん》の軍が都へ来寇《らいこう》したのをいう。白居易「長恨歌」にも安禄山の来襲を「漁陽の鞞鼓《へいこ》(陣太鼓)地を動かして来たる」という。**○自埋一句**　「紅粉」はべにとおしろい。美女の換喩。「成灰」は遺体が塵土と化す。陸機《りくき》「挽歌《ばんか》」三首の二(『文選』巻二八)に「昔は七尺の軀《からだ》為りしも、今は灰と塵とに成る」。楊貴妃の遺骸はその場で仮に葬られた。殺されたのみならず、正式に埋葬されなかったことは、いっそう痛々しいことと考えられた。**○道**　ふつうは「言う」とよむが、ここでは「知る」の意味。**○傾国**　漢の李《り》延年《えんねん》の歌からその妹李夫人《りふじん》を指す。「北斉二首」其の一注(四七頁)参照。玄宗と楊貴妃の関係はしばしば漢の武帝と李夫人の関係と重ねられる。「長恨歌」の冒頭にも「漢皇色を重んじて傾国を思う」。**○玉輦**　皇帝の乗り物。**○詩型・押韻**　七言絶句。上平十五灰(灰《かい》・嵬《かい》)と十六咍《かい》(来《らい》)の同用。平水韻、上平十灰。

其二

海外徒聞更九州
他生未卜此生休
空聞虎旅鳴宵柝
無復雞人報曉籌
此日六軍同駐馬
當時七夕笑牽牛
如何四紀爲天子
不及盧家有莫愁

其《そ》の二《に》

海外《かいがい》　徒《いたず》らに聞《き》く　更《さら》に九州《きゅうしゅう》ありと
他生《たしょう》未《いま》だ卜《ぼく》せずして此《こ》の生《しょう》休《や》む
空《むな》しく聞《き》く　虎旅《こりょ》の宵柝《しょうたく》を鳴《な》らすを
復《ま》た鶏人《けいじん》の暁籌《ぎょうちゅう》を報《ほう》ずる無《な》し
此《こ》の日《ひ》　六軍《りくぐん》　同《とも》に馬《うま》を駐《とど》む
当時《とうじ》　七夕《しちせき》　牽牛《けんぎゅう》を笑《わら》う
如何《いかん》ぞ四紀《しき》　天子《てんし》と為《な》りて
盧家《ろか》に莫愁《ばくしゅう》有《あ》るに及《およ》ばざる

この世界を囲む海の外側には、同じような世界がなお九つもあるという。しかしそれは話に聞くだけ、確かめようもない。来世を占う暇《いとま》もなく、今生《こんじょう》の命は尽きてしまった。近衛兵が打ち鳴らす夜の拍子木が空しく響き、歓楽の時は尽きたと夜明けを告げる鶏《けい》人《じん》も今やいない。

この日、六月十四日、禁軍の兵士は一斉に馬を止めて動こうとしなかった。あの時、七月七日、年に一度の逢瀬しかかなわぬ牽牛《けんぎゅう》を二人で笑い、とわに離れずにいようと誓いあったのに。

天子として半世紀も君臨しながら、盧家《ろか》に嫁いだ莫愁《ばくしゅう》のささやかな幸福に及ばぬとはどうしたことか。

○**海外一句**　この句には「鄒衍《すうえん》云う、九州の外に復た九州有りと」の原注がある。中国は九つの州に分かれ、周囲は海に囲まれているとされたが、戦国時代の陰陽家である鄒衍は、その中国(赤県神州)は一つの州に過ぎず、同じように海に囲まれた州が九つあり、その外側が大きな海に囲まれていると考えた(『史記』孟子荀卿列伝)。この句は玄宗が道士を遣わして世界の隅々まで楊貴妃を捜求させたこと(白居易「長恨歌」)のむなしさをいう。○**他生一句**　仏教の観念と言葉を用いる。「他生」は来世。「此生」は今生。玄宗と楊貴妃が来世も一緒でありたいと誓いあったこと(これも「長恨歌」)のむなしさをいう。○**虎旅**　『周礼《しゅらい》』夏官に見える官名、王の警護に当たる虎賁氏《こふんし》と旅賁氏《りょふんし》にもとづき、宮中の警備兵のこと。長安を出た玄宗のお供をした近衛兵を指す。○**宵柝**　夜の見回りの拍子木。○**鶏人**　『周礼』春官に見える官名。宮中で漏刻(水時計)の管理をする。○**暁籌**　夜明けの時刻。「籌」は時刻を数える竹の棒。○**此日一句**　「六軍」は『周礼』夏官に王は六軍をもつというのにもとづいて、天子直属の軍をいう。「長恨歌」にも「六軍発せず奈何《いかん》ともする無し」。六月十四日、馬嵬まで至った兵士たちは禍の元は楊貴妃にあるとして歩を進めようとしなかった。**○当時一句**　幸福の絶頂にあった時、年に一度七夕にしか会えない牽牛を笑ったの意。「長恨歌」にもとづく。「七月七日長生殿、夜半人無く私語の時。天に在りては願わくは比翼の鳥と作《な》り、地に在りては願わくは連理の枝と為らん」。**○四紀**　「紀」は歳星(木星)の周期十二年。四紀は四十八年。玄宗の在位四十五年をあらわす。**○盧家有莫愁**　「莫愁《ばくしゅう》」は南朝の楽府にうたわれたヒロイン。「河中の水の歌」(『玉台新詠』、『楽府詩集』では梁の武帝の作、『芸文類聚』巻四三は無名氏の作とする)に「洛陽の女児名は莫愁、……十五にして嫁して盧家の婦と為る」。以下、豊かな家に嫁いで恵まれたものの、近所の人と結ばれていればよかったとうたうが、ここでは民間の女性が幸福な愛情生活を得た例として、玄宗・楊貴妃と対比する。**○詩型・押韻**　七言律詩。下平十八尤(州《しゅう》・休《きゅう》・籌《ちゅう》・牛《ぎゅう》・愁《しゅう》)の独用。平水韻、下平十一尤。

安禄山の乱によって断ち切られた玄宗・楊貴妃の悲劇をうたう。天宝十五載(七五六)、安禄山の反乱軍は潼関《どうかん》を破り、都に迫った。玄宗は宰相の楊国忠《ようこくちゅう》、寵姫の楊貴妃とともに宮廷を脱出し、蜀へ向かった。同行した兵士たちの不穏な動きを収めるために、馬嵬まで至ったところで楊貴妃を縊死《いし》させざるをえなかった。玄宗と楊貴妃の愛情物語は、白居易「長恨歌」をはじめとして、唐の詩人が繰り返してうたった題材であった。李商隠にもこの二首のほか、「龍池」、「驪山《りざん》感有り」、「華清宮」二首などがあり、「馬嵬」其の二以外はすべて七絶。李商隠のこの二首は明らかに「長恨歌」を下敷きにしている。「其の二」に見える、玄宗が楊貴妃の霊魂を幽界に求めさせたり、七月七日の誓いの言葉を交わしたりしたことは、「長恨歌」が作り出した虚構である。だが、「長恨歌」が悲劇のアリアを高らかにうたいあげているのに比べると、李商隠の詩にはアイロニカルな態度が濃厚で、幽界の捜求もむなしく、来世の契りも頼れるものではないと否定する。すべての権力を握った皇帝が庶民の平凡な夫婦にも及ばないと対比して詩を結ぶのは、何よりの皮肉だろう。

可歎

歎《なげ》くべし

幸會東城宴未廻

幸《さいわ》いに東城《とうじょう》に会《あ》い宴《えん》より未《いま》だ廻《かえ》らず

年華憂共水相催
梁家宅裏秦宮入
趙后樓中赤鳳來
冰簟且眠金鏤枕
瓊筵不醉玉交杯
宓妃愁坐芝田館
用盡陳王八斗才

年華《ねんか》　水《みず》と相《あ》い催《うなが》すを憂《うれ》う
梁家《りょうか》の宅裏《たくり》に秦宮《しんきゅう》入り
趙后《ちょうこう》の楼中《ろうちゅう》に赤鳳《せきほう》来たる
氷簟《ひょうてん》　且《しばら》く眠《ねむ》る　金鏤《きんろう》の枕《まくら》
瓊筵《けいえん》　酔《よ》わず　玉交《ぎょっこう》の杯《さかずき》
宓妃《ふくひ》は愁《うれ》い坐《ざ》す　芝田《しでん》の館《やかた》
用《もち》い尽《つ》くす　陳王八斗《ちんおうはっと》の才《さい》

幸運にも東の町で出会って、ともに与《あずか》った宴《うたげ》はまだ続いているのに、時間は流れる水とせき立て合うように過ぎてゆくのがうらめしい。

——梁冀《りょうき》の邸内ではその妻のもとに下僕の秦宮《しんきゅう》が入り込み、趙飛燕《ちょうひえん》の楼には召使いの赤鳳《せきほう》が出入りした。

涼やかな敷布に金細工の枕で眠りをむさぼり、瓊玉《けいぎょく》の敷物に宝玉の杯を手にとめどなく飲み続ける富貴の輩《やから》。

——かたや洛水の女神宓妃《ふくひ》は遥か崑崙の山の芝田《しでん》の館《やかた》に一人蕭然とたたずむ。八斗の才と称された詩才あふれる曹植《そうしょく》が、その才を傾けて描いた恋もかいなく。

○**可歎**　なげかわしい。　○**東城**　都の東西に分かれた東側の町。　○**宴未廻**　「宴廻」は宴会から返る。白居易「渭村に退居し礼部崔侍郎《さいじろう》・翰林銭舎人《せんしゃじん》に寄す詩一百韻」に「宴より廻りて御陌《ぎょはく》を過《よ》ぎり、行くゆく歇《いこ》いて僧房に入る」。　○**年華**　時間、歳月。　○**共水相催**　孔子の川上の歎以来、水の流れは時の推移の比喩。「催」はせきたてる。陶淵明「雑詩」其の七に「日月肯えて遅《ま》たず、四時相い催し迫る」。　○**梁家一句**　後漢・梁冀《りょうき》の妻の故事を用いる。梁冀は監奴《かんど》(下僕の長)の秦宮《しんきゅう》をかわいがっていたが、梁冀の妻の孫《そん》寿《じゅ》のもとに出入りするうちに孫寿に気に入られ、密通した。『後漢書』梁冀伝にも見えるが、『太平御覧』巻二三二、巻五〇〇の引く『梁冀別伝』のような小説にも語られる。
○**趙后一句**　漢・成帝の皇后趙飛燕《ちょうひえん》とその妹の故事を用いる。趙飛燕は寵愛されて皇后になり、妹も昭儀《しょうぎ》に取り立てられた。趙飛燕が私通していた下僕の赤鳳《せきほう》は昭儀とも通じていて、姉妹のいさかいを招いた(『趙飛燕外伝』)。　○**氷簟**　氷のように冷たいたかむしろ。「簟」は涼を取るための敷物。　○**金鏤枕**　黄金をちりばめた枕。曹植「洛神《らくしん》の賦」(『文選』巻一九)の李善の注が引く「記」に、「東阿王(曹植)朝に入り、帝(文帝＝曹丕《そうひ》)は植に甄后《しんこう》の玉鏤金帯枕を示す」。ここでは豪奢な物として言うのみで、尾聯のようには曹植と甄后の悲恋への連想は伴わない。〇**瓊筵**　玉でこしらえた豪華な敷物。〇**不酔**　いくら杯を重ねても酔うことなく飲み続ける。〇**玉交杯**　いくつかの種類の玉が組み合わさった杯か。〇**宓妃**　曹植「洛神の賦」に登場する洛水の女神。宓妃は実は曹丕の妻甄后であり、二人は密かに愛し合っていたものの結ばれなかった。「無題（颯颯たる東風）」詩注参照（一一九頁）。〇**芝田**　崑崙山《こんろんざん》にある農地の名。『拾遺記』崑崙山に「第九層……下に芝田・蕙圃《けいほ》有り。皆な数百頃《けい》。群仙種耨《しゅどう》す（耕作する）」。〇**陳王八斗才**　「陳王」は陳思王曹植。天下のすべての才を一石とすれば曹植が八斗を占めるという謝霊運のことばが古くから伝えられた。この二句は、曹植が「洛神の賦」で文才を駆使して宓妃（＝甄后）を描出しても、二人の恋は実ることなく、宓妃は仙女となって孤独に沈むほかなかったことをいう。〇**詩型・押韻**　七言律詩。上平十五灰（廻《かい》・催《さい》・杯《はい》）と十六咍《かい》（来《らい》・才《さい》）の同用。平水韻、上平十灰。

何を「歎」いているのか捉えにくいが、高貴の人々が快楽にうつつを抜かしているのと対比して実らぬ純愛を歎いているかに見える。発語者の表出は首聯のみ。たまたま出会ってもともに過ごす時間はほどなく終わってしまう。そんなはかない関係に対して、悦楽をほしいままにした男女の故事を並べる。尾聯も故事を用いるが、結ばれない関係として発語者が投影される。旧注は当時の乱れた風紀を歎くとするが、曹植の表現力をもってしても甄后と結ばれることはなかったように、実際の恋を実らせることのできない詩の無力を歎くのか。

代贈二首　代《か》わりて贈《おく》る二首《にしゅ》

其一　其《そ》の一《いち》

楼上黄昏欲望休　楼上《ろうじょう》　黄昏《こうこん》　望《のぞ》まんと欲《ほっ》して休《や》め
玉梯横絶月中鉤　玉梯《ぎょくてい》　横絶《おうぜつ》す　月中《げっちゅう》の鉤《かぎ》
芭蕉不展丁香結　芭蕉《ばしょう》は展《の》びず　丁香《ていこう》は結《むす》ぶ
同向春風各自愁　同《とも》に春風《しゅんぷう》に向《む》かいて　各自《かくじ》愁《うれ》う

たそがれゆく楼の上で、あなたがおいでくださらないか、外を眺めようとしては、せんないこととやめてしまいます。楼閣を結ぶ歩廊が横切る空に浮かんでいるのは、鉤のように細い月。

硬く丸まった芭蕉の葉、硬く結ぼれた丁子《ちょうじ》のつぼみ、ともに春風に吹かれながらそれぞれの悲しみをかかえているのでしょうか。

○**欲望休** 『才調集』では「望欲休(望休《や》まんと欲す)」に作る。語法としては安定するが、「欲望休」の場合の心のたゆたいが失われる。○**玉梯** はしごを華やかな妓楼にふさわしく美化した語。梁・江淹《こうえん》「娼婦自ら悲しむ賦」に「網羅(蜘蛛の網)生じて玉梯虚し」。○**横絶** 横に渡る。「絶」は渡るの意。この句、解しがたく旧注はさまざまな説を立てるが、通路のようなものが空中で楼閣を結んでいると捉えておく。○**月中鉤** 細い月を簾を巻き上げて止める鉤にたとえる。梁・簡文帝「烏棲曲《うせいきょく》」に「浮雲は帳《とばり》に似て月は鉤の如し」。李商隠のこの詩も「月如鉤」に作る本があり、その方が穏当だが、「月中鉤」ならば鉤のかたちをした新月を、月の中に鉤があると表現したもの。○**芭蕉不展** バショウの若葉が丸まったまま。男の心が開かぬことをいう。○**丁香結** 「丁香」はチョウジ。香気の強い植物。「結」はつぼみ、つぼみがつく。つぼみが硬く閉ざしたままであることと、女の気持ちが結ぼれていることを掛ける。「柳枝五首」其の二参照(二五八頁)。○**詩型・押韻** 七言絶句。下平十八尤(休《きゅう》・愁《しゅう》)と十九侯(鉤《こう》)の同用。平水韻、下平十一尤。ただし第一句冒頭の「楼《ろう》」も同じ韻の字(十九侯)で病《へい》を犯している。

其 二

其《そ》の二《に》

東南日出照高樓
樓上離人唱石州
總把春山掃眉黛
不知供得幾多愁

東南《とうなん》　日《ひ》出《い》でて高楼《こうろう》を照《て》らす
楼上《ろうじょう》の離人《りじん》　石州《せきしゅう》を唱《うた》う
総《すべ》て春山《しゅんざん》を把《と》って眉黛《びたい》を掃《はら》う
知《し》らず　幾多《いくた》の愁《うれ》いを供《きょう》し得《え》たるかを

東南から昇った太陽が高い楼閣を照らし出す。楼の上に一人のこされた女は、別離の悲しみをうたった「石州《せきしゅう》」の歌を口ずさむ。

あげくに春の山のかたちにまゆずみを引いてみる。なだらかに引かれたその眉はいかほどの悲しみを生んできたことか。

○東南一句　後漢の楽府「陌上桑《はくじょうそう》」(「日出東南隅行」「艶歌羅敷行《えんからふこう》」ともいう)の冒頭「日は出ず東南の隅、我が秦氏の楼を照らす」を用いる。「秦氏の楼」にいるのは朝日に照らされて輝くように美しいヒロインの羅敷《らふ》。周囲の誰からも好かれる羅敷が夫の留守をけなげに守るのをうたう。李商隠にはその楽府を用いた「東南」と題する七絶もある。

○石州　唐代無名氏の楽府に「石州」がある。辺境の地に出征した男を待ちわびる妻の思いをうたったもの。**○総**　結局、最後に。会えない悲しみに思い悩むのをうち捨てて。○**春山**　眉を春の山のかたちに描く。『西京雑記』巻二に司馬相如の妻卓文君《たくぶんくん》について「眉の色は遠山を望む如し」。○**掃眉黛**　まゆずみを画く。「眉」は李白の「怨情」に「美人　珠簾を巻き、深く坐して蛾眉を顰《ひそ》む」というように、悲哀の感情があらわれるものでもある。○**不知一句**　「不知……幾多」は、どれほど……だろうか。「供」は提供する。動詞に付いた「得」は、そのような結果をもたらしたことを示す口語的用法。春の山のような美しいかたちの眉が美しいがゆえにかえって恋の悲しみをもたらした、の意。○**詩型・押韻**　七言絶句。下平十八尤(州《しゅう》・愁《しゅう》)と十九侯(楼《ろう》)の同用。平水韻、下平十一尤。

妓女に成り代わって遊客に贈るというかたちを取った詩。実際に妓楼の場にあって、つれない主を怨む妓女の思いをうたったものだろう。情況は同じでも「其の一」は妓女の口吻を直接借り、「其の二」は妓女を対象化して詠じている。「其の二」の後半二句は難解だが、春山のごとき眉がかえって愁いを供するというところに、機知を帯びている。艶情の詩の題に「代」の字を冠するのは、古く魏・曹丕《そうひ》「劉勲《りゅうくん》が妻王氏《おうし》を出《い》だすに代わりて作る」詩が早い例。孤閨の女性に成り代わってうたうところは、閨怨詩に通じるところがある。李商隠にはほかにもう一首「代贈」と題する五言律詩の閨怨詩があるが、この詩題は、李白に「代わりて遠きに贈る」と題する閨怨詩が見られる程度で、定着したものではない。

南朝

地險悠悠天險長
金陵王氣應瑤光
休誇此地分天下
只得徐妃半面粧

南《なん》朝《ちょう》

地《ち》険《けん》は悠悠《ゆうゆう》　天険《てんけん》は長《なが》し
金陵《きんりょう》の王気《おうき》　瑶光《ようこう》に応《おう》ず
誇《ほこ》るを休《や》めよ　此《こ》の地《ち》　天下《てんか》を分《わ》かつと
只《た》だ徐妃《じょひ》の半面《はんめん》の粧《しょう》を得《え》たるのみ

はるかに続く地の険害、天の険害に守られた地。昔から王気立ち上るといわれためでたき金陵は、天界の斗宿《としゅう》ともきっちり対応している。だがうぬぼれるなかれ、ここに都して天下を二分したなどとは。徐妃《じょひ》が顔の半分だけに化粧を施したと同様、全土の半分しか持ち得なかったのだから。

○**南朝**　七律の「南朝(玄武湖中)」詩(五〇頁)は宋・南斉・陳の宮廷における逸楽を繰り広げるが、この「南朝」詩は梁を舞台とする。○**地険一句**　「天険」、「地険」は国を守る自然の要害。『周易』に出ることば。その習坎《しゅうかん》の彖伝《たんでん》に「天険は升《のぼ》るべからず、地険は山川丘陵なり。王公は険を設けて、以て其の国を守る」。「悠悠」は「長」と同じく、時間的空間的に長いこと。**○金陵**　南朝が歴代みやこを置いた建康(江蘇省南京市)の雅称。『太平御覧』巻四一が引く『金陵地記』、『太平寰宇記《たいへいかんうき》』昇州が引く『金陵図経』によると、戦国時代、楚の威王がこの地に「王気」あるのを見て金を埋め、金陵と称した。秦の時に、江東に天子の気があると言われたのを恐れた始皇帝は地脈を断ち、「秣《まつ》陵《りょう》」と名を改めた、という。**○王気**　王者の出る気配を示す気。**○応瑶光**　「瑶光」は北斗七星の柄の端にあたる星の名。北斗七星全体もあらわす。天空全体は二十八の星座(宿《しゅう》)によって区分され(分野)、それが中国全土を区分する「分野」と対応すると考えられた。金陵を含む呉の地は北斗七星を含む斗宿《としゅう》と対応しているので「応ず」という。**○分天下**　中国が南朝と北朝に二分されていたことを指す。**○徐妃**　梁・元帝の后、徐《じょ》昭佩《しょうはい》。容姿すぐれず、元帝は二、三年に一度しか房に入らなかった。その時には元帝の片眼が見えないのをよいことに、顔の半面だけに化粧して待った。帝はそれに気付き、怒って出て行ってしまった、という(『南史』后妃伝下。この記事は『梁書』には見えない)。淫乱な性格で疎まれ、のちに自殺に追い込まれた。**○詩型・押韻**　七言絶句。下平十陽(長《ちょう》・粧《しょう》)と十一唐(光《こう》)の同用。平水韻、下平七陽。

南朝が要害堅固な建康に都しながら、中国の半分しか領有できなかったことを揶揄する。晩唐に流行した詠史詩は短い絶句のなかに機知を織り込む。この詩も天下の半分を領有したことと、徐妃が顔の半分だけに化粧したこととを掛け、国家の領土と皇后の化粧というかけはなれた二つを「半面」を媒介に繋げたウィットが眼目となっている。

聖女祠

松篁臺殿蕙香幃
龍護瑤窗鳳掩扉
無質易迷三里霧
不寒長著五銖衣
人間定有崔羅什
天上應無劉武威
寄問釵頭雙白燕
毎朝珠館幾時歸

聖女祠《せいじょし》

松篁《しょうこう》の台殿《だいでん》　蕙香《けいこう》の幃《とばり》
龍《りゅう》は瑤窓《ようそう》を護《まも》り　鳳《おおとり》は扉《とびら》を掩《おお》う
質《しつ》無《な》くして迷《まよ》い易《やす》し　三里《さんり》の霧《きり》
寒《さむ》からずして長《つね》に著《き》る　五銖《ごしゅ》の衣《ころも》
人間《じんかん》　定《さだ》めて有《あ》り　崔羅什《さいらじゅう》
天上《てんじょう》　応《まさ》に無《な》かるべし　劉武威《りゅうぶい》
問《と》いを寄《よ》す　釵頭《さとう》の双白燕《そうはくえん》
毎《つね》に珠館《しゅかん》に朝《ちょう》して幾時《いくとき》か帰《かえ》る

松と竹に囲まれたやしろ、香り高い幔幕。玉の窓には祠《ほこら》を守護する龍が彫られ、扉には鳳凰が一面に刻まれている。

実体を持たぬ像はあちらこちらをさまよい、三里に立ちこめた霧のように捉えどころがない。人ならぬゆえに寒さもこたえず、薄い五銖《ごしゅ》の衣《ころも》を始終まとっている。

人の世には異界の女性と楽しく語らった崔羅什《さいらじゅう》のような才子がいるはずだ。だが天上世界には劉武威《りゅうぶい》のような凛々しい武将など見つかるべくもない。

教えておくれ、かんざしを飾るつがいの白つばめよ。仙界の御殿にいつも参内されている聖女さまは、いつここへ帰ってみえるのか。

〇**聖女祠**　道教の神女を祀ったほこら。「重ねて聖女祠を過ぎる」詩注参照(二一〇頁)。〇**松篁**　「篁」は竹林、竹。仄声の竹《ちく》の代わりに平声の篁《こう》を用いる。〇**蕙香幃**　「蕙」は香草の名。「幃《い》」はとばり。〇**龍護一句**　ほこらの窓、扉に龍や鳳凰が刻まれている壮麗さをいう。「瑶窓」は玉で飾った窓。〇**無質**　聖女は像であるために形をとどめるだけで実体はそこにはない。〇**三里霧**　いわゆる五里霧中の状態。語は『後漢書』張楷《ちょうかい》伝に出る。「性　道術を好み、能く五里の霧を作る。時に関西の人裴優《はいゆう》亦た能く三里の霧を作る。自ら以《おも》えらく楷に如《し》かず、従いて之に学ばんと。楷は避けて肯えて見《あ》わず」。

○不寒　聖女は肉体がないので寒さを感じない。　**○五銖衣**　仙人の着る薄くて軽い服。『太平広記』巻四〇五などが引く『博異志』に以下の話が見える。唐初の重臣岑文本《しんぶんぽん》のもとへ仙界の童子があらわれた。軽そうな服を着ているのでどこの産かと尋ねると、「これは上清(天界)の五銖衣《ごしゅい》です」と言う。「天衣は六銖と聞いているが」と尋ねると、「とりわけ軽いのは五銖です」と答えた。「銖」は重さの単位。一両の二十四分の一。**○人間**　人の世の中。　**○崔羅什**　墳墓のなかの女性に歓待された男の話。段成式《だんせいしき》『酉陽《ゆうよう》雑俎《ざっそ》』冥跡に見える。北魏の時、崔羅什が長白山のふもとにさしかかった時、ふいに豪壮な邸宅があらわれた。中に招かれて女主人と歓談したのち、十年後にまた会うことを約して辞し、振り返ってみるとそこには大きな墳墓があるだけだった。　**○劉武威**　仙女との交歓を語る武将の物語にもとづくであろうが、確実な典拠は未詳。道源《どうげん》の注では、漢の武威《ぶい》(甘粛省武威県)太守劉子南《りゅうしなん》が道士から蛍火丸《けいかがん》というものをもらい、それを身につけると姿が消え、戦闘のなかにあっても傷つくことがなかったという話(『太平広記』巻一四が引く『神仙感遇伝』)を挙げる。馮浩《ふうこう》は夷狄との戦いに活躍した後漢の武威将軍劉尚《りゅうしょう》の名を挙げながら、ほかにふさわしい話があったのではないかと記す。二句は似合いの男もないまま天上にとどまっている聖女の像に対して、人間世界にはいい男がいるのに、とからかう。　**○釵頭双白燕**　かんざしにつけたつがいの白いツバメ。後漢・郭《かく》憲《けん》『洞冥記《どうめいき》』に見える話にもとづく。漢武帝の元鼎《げんてい》元年(前一一六)、招仙閣を建立した時に神女が降臨し、武帝に玉釵《ぎょくさ》を授けた。武帝はそれを趙婕妤《ちょうしょうよ》に賜った。子の昭帝が元《げん》鳳《ぽう》年間(前八〇—前七五)に至って箱を開けてみると、中から白い燕が飛び出して空に上っていった。宮女たちはそれに似せて「玉燕釵」というかんざしを作ったという。〇**珠館** 仙界の建物。〇**詩型・押韻** 七言律詩。上平八微(幃《い》・扉《ひ》・衣《い》・威《い》・帰《き》)の独用。平水韻、上平五微。

道教の女神をまつった祠に立ち寄り、聖女の像に対して親しみといくらかの揶揄を向ける。荘厳な場に設置されているものの、女一人で立ち続けて連れ添う男もいないと冷やかすところは、聖女の像をほかの詩に見える女道士と同列に置いているかに見える。

獨居有懷

麝重愁風逼
羅疎畏月侵
怨魂迷恐斷

独居《どっきょ》 懐《おも》う有《あ》り

麝《じゃ》は重《おも》くして風《かぜ》の逼《せま》るを愁《うれ》い
羅《ら》は疎《そ》にして月《つき》の侵《おか》すを畏《おそ》る
怨魂《えんこん》 迷《まよ》いて断《た》たれんかと恐《おそ》れ

嬌喘細疑沈
數急芙蓉帶
頻抽翡翠簪
柔情終不遠
遙妒已先深
浦冷鴛鴦去
園空蛺蝶尋
蠟花長遞淚
箏柱鎮移心
覓使嵩雲暮
廻頭灞岸陰
只聞涼葉院
露井近寒砧

嬌喘《きょうぜん》　細《ほそ》くして沈《しず》まんかと疑《うたが》う
数《しば》しば急《きつ》うす　芙蓉《ふよう》の帯《おび》
頻《しき》りに抽《ひ》く　翡翠《ひすい》の簪《かんざし》
柔情《じゅうじょう》　終《つい》に遠《とお》からず
遥妬《ようと》　已《すで》に先《さき》んじて深《ふか》し
浦《うら》は冷《ひや》やかにして鴛鴦《えんおう》去《さ》り
園《その》は空《むな》しくして蛺蝶《きょうちょう》尋《たず》ぬ
蠟花《ろうか》　長《とこし》えに涙《なみだ》を逓《てい》し
箏柱《そうちゅう》　鎮《つね》に心《こころ》を移《うつ》す
使《つか》いを覓《もと》むるも嵩雲《すううん》暮《く》れ
頭《こうべ》を廻《めぐ》らすも灞岸《はがん》陰《くも》る
只《た》だ聞《き》く　涼葉《りょうよう》の院《いん》
露井《ろせい》　寒砧《かんちん》近《ちか》きを

部屋に重く立ちこめた麝香《じゃこう》の香りが風に吹き払われはしないか、透き通ったとばりから月の光が押し込んできはしないか、心は落ち着かない。

怨みに惑う魂はちぎれそうだし、あえかなため息は消えなんばかり。

やつれて緩くなった芙蓉の帯を何度も締め直し、乱れ髪から抜け落ちる翡翠のかんざしをたびたび挿し直す。

あの人を慕う気持ちは薄れはしないけれど、遠くから怨む気持ちも先《せん》から消えはしない。

寒々とした水辺からつがいの鴛鴦はいなくなり、ひっそりした庭には一羽の蝶がやってきた。

蠟燭が蠟を垂らし続けるように涙は途切れず、ことじを動かすように胸の思いはいつも定まらない。

手紙を届けてくれる人はいないかと捜そうにも、ここ嵩山《すうざん》は雲に覆われて日暮れ、あの人が見えないかと振り返っても、霸陵《はりょう》の岸辺は雲のなか。

耳に聞こえるのは枯れ葉舞う庭の、井戸のあたりまで響く砧《きぬた》の音ばかり。

○麝重　麝香の香りが重く濃密に漂う。○羅疎　「羅」はうすぎぬ。ここではうすぎぬのとばり。○怨魂一句　「怨魂」は恋人を怨みがましく思う魂。魂が「断」たれるとは、茫然自失の状態になること。○嬌喘　たおやかなあえぎ声。○数急　「急」はきついこと。ここでは帯をきつく締めることをいう。物思いにやつれて帯がゆるむために何度もきゅっと締めなおす。「燕台詩四首」其の一注参照(二六七頁)。○芙蓉帯　芙蓉、すなわちハスの花を模様に描いた帯。梁・元帝「烏棲曲《うせいきょく》」に「芙蓉もて帯と為す石榴の裙」。○頻抽　「抽」は抜く。思い悩んで髪が乱れるために何度もかんざしを抜き取って髪を整える。○翡翠簪　翡翠《かわせみ》の羽を飾ったかんざし。梁・姚翻《ようはん》「郭侍郎《かくじろう》の采桑《さいそう》に同《どう》ず」詩(『玉台新詠』)に「日は照らす茱萸《しゅゆ》の領《えり》、風は揺らす翡翠の簪」。○柔情　女性が恋人を慕う気持ち。○終不遠　つらい別離が続いても気持ちは結局相手から遠ざかり離れることはない。○遥妬　遠くからねたむ。詩の全体を李商隠と令狐《れいこ》綯《とう》との確執を寓意すると取る旧注では、令狐綯の李商隠に対する悪感情とするが、ここでは女性が慕い続けながらも嫉妬の思いも深く根を下ろしていると解する。徐陵《じょりょう》「玉台新詠序」に「画は天仙を出《い》だし、閼氏《えんし》(匈奴の王の正妻)覧《み》て遥かに妬む」。○鴛鴦　オシドリ。仲むつまじい男女の象徴。○蛺蝶　チョウ。ここでは一羽。「蝶(孤蝶)」詩でも「孤蝶小さくして徘徊し、翩翾として(ひらひらと)粉翅開く」と孤独な蝶がうたわれる。○蠟花　蠟燭の灯心の先。丁子頭《ちょうじがしら》。○**長逓涙**　「逓」は次々と送る。蠟が垂れることを涙にたとえるのは「無題（相い見る時は難く）」詩注参照（一四七頁）。○**箏柱**　「箏」は十三絃のこと。「柱」はことじ。「錦瑟」詩注参照（一六頁）。○**鎮**　つねに。○**移心**　箏を弾く時、ことじを動かすことに掛けて、心が定まらないことをいう。○**覓使一句**　暗に以下の『漢武内伝』（『芸文類聚』巻七）の話に重ねる。漢の武帝は夢のなかで道士の李少君《りしょうくん》と嵩高山《すうこうざん》に登って行った。途中で錦の衣を着た使者が雲の中から龍に乗ってあらわれ、太乙君《たいいつくん》（道教の神）がお召しですと伝えた。夢から覚めると武帝は「朕の夢のとおりだとすると、李少君は朕を棄てて行ってしまうだろう」と語った。嵩山は洛陽の東にあり、この詩では女のいる場所。次の句が男がいる長安を指すのと対比する。○**廻頭一句**　灞水《はすい》は長安東郊を流れる川。またその付近の霸陵《はりょう》を指す。この句は王粲《おうさん》「七哀詩」（『文選』巻二三）其の一を用いる。「南のかた霸陵の岸に登り、首を廻らせて長安を望む」。王粲の詩では後漢末の戦乱に巻き込まれた長安を脱出して霸陵まで至った所から長安を振り返るのだが、この詩の「灞岸」は「嵩雲」と対《つい》をなして長安を指す。○**涼葉**　秋の木の葉。韋《い》応物《おうぶつ》「秋夜二首」其の二に「蕭条として涼葉下り、寂寞として清砧《せいちん》哀し」。○**露井**　覆いがない井戸。古楽府「鶏鳴」に「桃は露井の上に生じ、李樹は桃の傍らに生ず」など、艶詩によく見える。○**寒砧**　冬の衣を打つきぬた。ここではきぬたの音。「涼葉」注に引いた韋応物の詩のように、晩秋のものさびしい風物としてうたわれる。〇詩型・押韻　五言排律。下平二十一侵(侵《しん》・沈《ちん》・簪《しん》・深《しん》・尋《じん》・心《しん》・陰《いん》・砧《ちん》)の独用。平水韻、下平十二侵。

詩題だけ見れば、不遇の文人の歎きであるかに見えるが、内容は女の思い。寡居の女になりかわってその胸中をうたう。長安のあたりに行ってしまった男を洛陽の地に一人のこされた女が慕い続け、その揺れ動く心情をこまやかに綴る。

有感二首　乙卯年有感、丙辰年詩成

感有《かんあ》り二首《にしゅ》　乙卯《いつぼう》の年《とし》に感有《かんあ》りて、丙辰《へいしん》の年《とし》に詩成《しな》る

其一

其《そ》の一《いち》

九服帰元化
三靈叶睿圖
如何本初輩
自取屈氂誅
有甚當車泣

九服《きゅうふく》　元化《げんか》に帰《き》し
三霊《さんれい》　睿図《えいと》に叶《かな》う
如何《いかん》ぞ　本初《ほんしょ》の輩《やから》
自《みずか》ら取《と》る　屈氂《くつり》の誅《ちゅう》
車《くるま》に当《あ》たりて泣《な》かしむるより甚《はなは》だしき有《あ》るも

因勞下殿趨　因《よ》りて殿《でん》を下《くだ》りて趨《はし》るを労《ろう》せしむ
何成奏雲物　何《なん》ぞ成《な》さん　雲物《うんぶつ》を奏《そう》するを
直是滅萑蒲　直《た》だ是《こ》れ萑蒲《かんぷ》を滅《めっ》す
證逮符書密　証逮《しょうとら》えられ符《ふ》書密《しょみつ》なり
詞連性命俱　詞連《しつら》なれば性命倶《せいめいとも》にす
竟緣尊漢相　竟《つい》に漢相《かんしょう》を尊《たっと》ぶに縁《よ》る
不早辨胡雛　早《つと》に胡《こ》雛《すう》を弁《べん》ぜず
鬼籙分朝部　鬼籙《きろく》　朝部《ちょうぶ》を分《わ》かち
軍烽照上都　軍烽《ぐんぽう》　上都《じょうと》を照《て》らす
敢云堪慟哭　敢《あ》えて慟哭《どうこく》に堪《た》うと云《い》わんや
未免怨洪爐　未《いま》だ洪爐《こうろ》を怨《うら》むを免《まぬが》れず

地上ではその果てまでことごとく、世界の大本たる天子の徳に帰し、天上では日月星もが叡智に満ちた天子の心とたがわない。

その御代になぜ、宦官を誅殺せんとした袁紹《えんしょう》の如き連中が、宦官の誣告で殺された劉《りゅう》屈《くつ》氂同様の事態をみずから招いたのか。

むかし、漢の袁盎《えんおう》は文帝の車に同乗した宦官の趙同《ちょうどう》を引きずり下ろして涙を流させたが、それ以上に厳格だったのがわが李訓《りくん》、鄭注《ていちゅう》。ところがそれが、帝に宮殿を下りて逃げ回るご苦労をかけてしまったとは。

なにゆえに奏上したのか、瑞兆現わるるなどと。朝臣たちを萑蒲《かんぷ》に巣くう野盗さながら、殲滅しただけではないか。

証人をしらみつぶしに逮捕するお触れ。証言に名前が出れば一巻の終わり。

匈奴の王も感嘆させた漢の宰相王商《おうしょう》、それに劣らぬ見事な風貌の李訓《りくん》に信を置いたばかりにこんな事態を呼び起こした。この「胡の雛《えびす》」はいずれ晋をおびやかすと予言された石勒《せきろく》とは違い、鄭注のまがまがしさを見抜く者はなかった。

鬼籍に入った者、いまだ入らぬ者と朝臣は二分され、いくさの烽火が大唐帝国の都を赤々と照らす。

この痛ましさ、慟哭すら許されるものではない。それでもなお、大いなる天地に対し、怨みを述べずにはいられないのだ。

○有感　思うところ有り、の意。この題だけでは内容がわからないが、題下の自注に年号を記すことによって、甘露《かんろ》の変にまつわる詩であることが示される。杜甫の「有感五首」も当時の政治状況に対する感慨を述べる作。○乙卯年　大和九年(八三五)。宦官が朝臣を大量に殺した甘露の変が勃発した年。○丙辰年　その翌年、開成元年(八三六)。

○九服　中国の周囲すべての地。古代中国では中心に一辺千里の正方形を置いて王畿とし、それを囲む同心の正方形を五百里ずつ拡大していって、侯服、甸服、男服、采服、衛服、蕃服、夷服、鎮服、藩服の九つの服を設けた。『周礼《しゅらい》』夏官・職方氏に「乃ち九服の邦国を弁ず」。「服」は天子に服属するの意。○元化　世界の根元の働き。ここでは天子の徳化を指す。○三霊　日月星、あるいは天地人。世界の根幹となる三つの霊妙な存在。○睿図　叡智に満ちた天子のもくろみ。○本初　後漢の末期、権力をほしいままにした袁紹《えんしょう》の字《あざな》。袁紹は大将軍何進《かしん》とともに宦官誅殺を謀り、何進は宦官によって殺されたが、袁紹は宦官を一人のこらず殺した。ここでは李訓、鄭注をなぞらえる。

○屈氂　劉屈氂。前漢の武帝の甥。武帝を呪詛していると宦官に誣告され、腰斬の刑に処せられた(『漢書』劉屈氂伝)。李訓、鄭注が宦官を打倒しようとして逆に宦官の手によって誅滅されたことをなぞらえる。○当車泣　前漢、袁盎《えんおう》の故事を用いる。漢の文帝は宦官の趙同《ちょうどう》を自分の車に同乗させていたが、袁盎は宦官ふぜいを天子の車に乗せてはならぬと車前に伏して諫め、趙同は泣く泣く車から降りた(『史記』袁盎伝)。○**下殿趨**　梁の武帝にまつわる故事を用いる。中大通六年(五三四)、熒惑《けいわく》(火星)が南斗星に重なった。この不吉な徴候を見て武帝は「熒惑　南斗に入れば、天子　殿を下りて走る」という諺を引き、はだしのまま宮殿から下りて不祥を祓《はら》った(『資治通鑑』)。ここでは李訓、鄭注らが攻め入った際に宦官仇士良《きゅうしりょう》が文宗を宮殿から連れ出したことを指す。○**雲物**　雲の様子。『周礼』春官・保章氏に「五雲の物を以て、吉凶を弁ず」、その鄭玄の注に「物は色なり」。それを観察することによって吉凶を判断する。『左氏伝』僖公五年に「凡そ分(春分と秋分)、至(夏至と冬至)、啓(立春と立夏)、閉(立秋と立冬)には、必ず雲物を書す」。ここでは甘露が降ってきたという瑞兆を指す。○**萑蒲**　沼沢の名。盗賊のすみか。『左氏伝』昭公二十年に、「鄭の国に盗多し。人を萑蒲の沢に取る。子太叔徒兵を興して以て萑蒲の盗を攻め、尽く之を殺す」。○**証逮一句**　「証」は証人。「符書」は官庁の文書。証人まで逮捕すべく周到な文書が発せられたこと。○**詞連一句**　証人の言葉からつながりがわかると、命まで奪われる。○**漢相**　漢の宰相王商《おうしょう》。王商は立派な風貌をしていたので来朝した匈奴《きょうど》の単于《ぜんう》が畏敬し、成帝《せいてい》は「此れ真に漢相なり」と称えた(『漢書』王商伝)。ここでは李訓を比す。李訓も風采にすぐれ、弁舌巧みであったことから文宗は将来を託したという(『旧唐書』李訓伝)。○**弁胡雛**　五胡十六国の時代、後趙の帝位に就いた羯《けつ》の石勒《せきろく》の故事。少年の頃、物売りをしているとその声を聞いた王《おう》衍《えん》は、「さきの胡雛、吾れその声視の奇志有るを観る。恐らくは将に天下の患《わざわい》をなさん」と言って収監しようとしたがすでに去ったあとだった(『晋書』載記四)。「胡雛」はえびすのひよっこ。胡人の子供に対する蔑称。ここでは鄭注に比す。○**鬼籙**　過去帳。○**朝部**　朝班(朝臣の隊列)をいうか。○**軍烽**　いくさののろし。○**上都**　みやこ。長安を指す。○**敢云一句**　慟哭することによって癒されるなどと言えないほどに悲惨である、の意。漢・賈誼《かぎ》が当時の政治の弊をあげて批判した文に「為に痛哭すべき者一、為に流涕すべき者二、為に長太息すべき者六あり」(『漢書』賈誼伝)というが哭すればすむものではない。○**未免一句**　天地に対して怨みを吐かざるを得ない、の意。「洪爐」は大きな溶鉱炉。「異俗二首」其の二注参照(二九頁)。○**詩型・押韻**　五言排律。上平十虞(誅《ちゅう》・趨《すう》・倶《ぐ》・雛《すう》)と十一模(図《と》・蒲《ほ》・都《と》・爐《ろ》)の同用。平水韻、上平七虞。

其二

丹陛猶敷奏
彤庭歘戰爭

其《そ》の二《に》

丹陛《たんへい》　猶《な》お敷奏《ふそう》するに
彤庭《とうてい》　歘《たちま》ち戦《たたか》い争《あらそ》う

臨危對盧植
始悔用龐萌
御仗收前殿
兇徒劇背城
蒼黃五色棒
掩遏一陽生
古有清君側
今非乏老成
素心雖未易
此舉太無名
誰瞑銜寃目
寧呑欲絕聲
近聞開壽讌
不廢用咸英

危《あやう》きに臨《のぞ》みて盧植《ろしょく》に対《たい》し
始《はじ》めて悔《く》ゆ　龐萌《ほうもう》を用《もち》いしを
御仗《ぎょじょう》　前殿《ぜんでん》を収《おさ》め
兇徒《きょうと》　背城《はいじょう》に劇《げき》す
蒼黃《そうこう》たり　五色《ごしょく》の棒《ぼう》
掩遏《えんえつ》す　一陽生《いちようしょう》ずるを
古《いにし》えより君側《くんそく》を清《きよ》むる有《あ》り
今《いま》も老成《ろうせい》乏《とぼ》しきに非《あら》ず
素心《そしん》　未《いま》だ易《かわ》らずと雖《いえど》も
此《こ》の挙《きょ》　太《はなは》だ名《な》無し
誰《だれ》か寃《えん》を銜《ふく》む目《め》を瞑《めい》せん
寧《なん》ぞ絶《た》えんと欲《ほっ》する声《こえ》を呑《の》まん
近《ちか》ごろ聞《き》く　寿讌《じゅえん》を開《ひら》きて
咸英《かんえい》を用《もち》いるを廃《はい》せずと

朱塗りのきざはしのもと、甘露降るとの上奏が続いていたその時、突如、宮中の紅のお庭は戦場に変じた。

存亡の危機に臨んだ帝は、宦官にも董卓《とうたく》にも抗した盧植《ろしょく》のごとき忠臣と差し向かい、ここではじめて光武帝の信頼を裏切った龐萌《ほうもう》のごとき逆賊を用いたことを悔いたのだ。

禁軍は正殿を奪還したものの、追いつめられた賊徒は激戦を続ける。あたふたと振り回される五色の警棒。混乱は天の運行にも及び、春の訪れをも押しとどめた。

古来、奸臣を一掃した例はいくらもあり、今なお忠実な老臣はいなくはない。天子への忠誠の念に変わりがないとはいえ、このたびの振る舞いはなんの名目もない。罪なくして殺された人たちは、おとなしく目を閉じていられようか。彼らが消え入りそうな声を黙って飲み込んでしまうことなどあろうか。

ところがなんと近ごろ聞いた話では、天子の生誕を祝う宴《うたげ》が宮廷で開かれ、「咸池《かんち》」、「六英《りくえい》」など、恒例の歌舞音曲を控えることすらしなかったのだと。

○丹陛　正殿の正面のきざはし。赤く塗られているので「丹陛」という。**○敷奏**　朝臣が皇帝に奏上する。『尚書』舜典に「敷奏　言を以てす」。〇**彤庭**　「彤」も赤い色。宮中の地面は赤く塗られていた。〇**盧植**　後漢末の忠臣。何進《かしん》が宦官誅殺を謀って殺されると宦官は少帝《しょうてい》を宮中から連れ出したが、盧植は追いかけて宦官を殺し、少帝を奪回した。また董卓《とうたく》が少帝を廃して陳留王《ちんりゅうおう》(献帝《けんてい》)を立てようとした際、朝臣がみな黙していた時に盧植のみが断固として反対を唱えた(『後漢書』盧植伝)。ここでは令狐楚《れいこそ》に比す。この句には「是《こ》の晩《ばん》　独《ひと》り故《もと》の相彭陽公《しょうほうようこう》を召《め》して入《い》らしむ」の自注がある。「彭陽公」は彭陽郡開国公に封ぜられていた令狐楚。『旧唐書』令狐楚伝に「(李)訓の乱の夜、文宗は右僕射鄭覃《ていたん》と(令狐)楚を召して禁中に宿せしめ、制勅《せいちょく》を商量す。上は皆な用《もっ》て宰相と為さんと欲す」。〇**龐萌**　後漢初期の人。初め、光武《こうぶ》帝《てい》に「社稷《しゃしょく》の臣」(国家の柱となる重臣)として信任されたが、のちに謀叛を起こして殺された(『後漢書』龐萌伝)。ここでは鄭注、李訓を比す。〇**御杖**　皇帝の儀仗兵。宦官と禁中の軍を指す。〇**前殿**　正殿。ここでは含元殿《がんげんでん》を指す。〇**背城**　城を背にして死にものぐるいの戦いをする。『左氏伝』成公二年に「請う余燼を収合して、城を背にして一を借りん(一戦を行いたい)」。〇**蒼黄**　あわてふためくさま。音が同じことから「倉皇」、「蒼惶」とも表記するが、ここでは五色の棒にかけて、「蒼」「黄」という色をあらわす字を用いる。〇**五色棒**　曹操の故事。洛陽の県尉であった若い時、五色の棒を用意して法を犯す者を厳しく取り締まり、有力な宦官蹇碩《けんせき》の叔父まで夜行の禁を犯したとして撲殺した(『三国志』魏書・武帝紀に裴松之《はいしょうし》注が引く『曹瞞《そうまん》伝』)。 ○**掩遏** 押さえつけて止める。 ○**一陽生** 冬至に至って陽気が生じる。甘露の変の起こったのは陰暦十一月二十一日、冬至に近い。 ○**清君側** 君主のそばの奸臣を除去する。『公羊伝』定公十三年に「此れ君側の悪人を逐う」。 ○**老成** 古くからの忠実な家臣。『詩経』大雅・蕩に「老成の人無しと雖も、尚お典刑有り」。ここでは令狐楚を指す。 ○**素心** もともとの思い。 ○**未易** 底本は「未」を「永」に作るが諸本に従って改める。 ○**無名** 名目が立たない。 ○**誰瞑一句** 「瞑目」は目を閉じるだけで何もしようとしない。『後漢書』馬援伝に「今 願う所を獲て、心に甘んじ目を瞑せん」。「冤」は無実の罪。「銜冤」は罪もなく殺害された王涯《おうがい》ら朝臣を指す。 ○**寧呑一句** 「声を呑む」とは声に出せないほどの悲しみ。杜甫「哀江頭」に「少陵の野老 声を呑んで哭す」。 ○**寿讌** 天子の生誕を祝う宴会。 ○**咸英** 古代の雅楽。黄帝の「咸池」と帝嚳《ていこく》の「六英」。 ○**詩型・押韻** 五言排律。下平十二庚(生《せい》・英《えい》)、十三耕(争《そう》・萌《ほう》)、十四清(城《せい》・成《せい》・名《めい》・声《せい》)の同用。平水韻、下平八庚。

重有感

重《かさ》ねて感《かん》有《あ》り

玉帳牙旗得上游
安危須共主分憂
竇融表已來關右
陶侃軍宜次石頭
豈有蛟龍愁失水
更無鷹隼與高秋
晝號夜哭兼幽顯
早晩星關雪涕收

玉帳《ぎょくちょう》　牙旗《がき》　上游《じょうゆう》を得《え》たり
安危《あんき》　須《すべか》らく主《しゅ》と共《とも》に憂《うれ》いを分《わ》かつべし
竇融《とうゆう》の表《ひょう》は已《すで》に関右《かんゆう》に来《き》たり
陶侃《とうかん》の軍《ぐん》は宜《よろ》しく石頭《せきとう》に次《やど》るべし
豈《あ》に蛟龍《こうりゅう》の水《みず》を失《うしな》うを愁《うれ》うる有《あ》らんや
更《さら》に鷹隼《ようじゅん》の高秋《こうしゅう》を与《とも》にする無《な》からんや
昼号夜哭《ちゅうごうやこく》　幽顕《ゆうけん》を兼《か》ぬ
早晩《いつ》か　星関《せいかん》　涕《なみだ》を雪《すす》ぎて収《おさ》めん

天子の陣幕を張りめぐらし将軍の軍旗を立て、形勢有利な地を占めるからには、節度使たる者、一国の安危存亡の時、天子と一つになって憂慮せねばならぬ。逆賊征討を進言した竇融《とうゆう》の上書はすでに関右《かんゆう》の地、この都に届いた。反乱平定に向かう陶侃《とうかん》の軍は石頭城《せきとうじょう》、都のほど近くに集結すべきだ。

聖なる龍が水から引き離されることなどあってはならぬが、秋の空を我が物顔に飛びかう猛禽がまだのこっている。

真昼の号泣、闇夜の慟哭、生者も亡者もともに悲痛な呻《うめ》きを発している。いつの日か、星に守られた皇宮を、涙をぬぐった我が手に収めたいものだ。

〇**玉帳** 軍営のなかで将軍の幔幕。節度使の陣営を指す。〇**牙旗** 将軍の軍旗。旗竿の頭部に元々は象牙で作った飾りをつけたのでかくいう。〇**上游** 川の上流が原義。そこから形勢の有利な地をいう。〇**竇融** 後漢建国に功を挙げた武将。帝を僭称した隗《かい》囂《ごう》をただちに攻めるべく光武帝に進言した(『後漢書』竇融伝)。ここでは宦官に不満を抱いた昭義節度使の劉従諫《りゅうじゅうかん》が、宰相の王涯らは何の罪があって殺されたのかと問う上書を再三文宗に呈したことをいう。〇**関右** 函谷関より西の地。ここでは都を指す。〇**陶侃** 東晋の安定に尽力した武将。蘇峻《そしゅん》の乱に際して温嶠《おんきょう》、庾亮《ゆりょう》らとともに軍勢を石頭城(南京市郊外)に結集し、都を奪還した。〇**豈有一句** 「蛟龍」は皇帝を、「失水」は皇帝が力を失うことを、喩える。〇**更無一句** 「鷹隼」は残虐な猛禽、朝廷に逆らう軍閥を喩える。「更無」は反語に読む。〇**兼幽顕** 「幽」は死んだ人、「顕」は生きている人。〇**早晩** いつの日か。時間の疑問詞。〇**星関** 星の関門の意、皇帝の居所を指す。『後漢書』宦者列伝に「宦者四星、皇位の側に在り」と見えるのを加味すれば、宦官に守られている天子の居、の意味が伴う。〇**詩型・押韻** 七言律詩。下平十八尤(游《ゆう》・憂《ゆう》・

秋《しゅう》・収《しゅう》)と十九侯(頭《とう》)の同用。平水韻、下平十一尤。

朝臣、宦官、軍閥、そして朝臣の間も分裂する複雑な権力闘争が唐代後半の政治史を染めている。そのなかでも突出した事変が、大和九年(八三五)に起こった甘露《かんろ》の変《へん》であった。これより以前、朝臣の間では牛李《ぎゅうり》の党争と呼ばれる権力闘争が長年続き、その間隙を縫って李訓《りくん》、鄭注《ていちゅう》ら新興勢力が擡頭した。彼らは朝廷内のもう一つの勢力、宦官派と鋭く対立し、宦官一掃を画策する。瑞兆の甘露が降ったと偽って宦官たちを誘《おび》き出し、そこを一網打尽に誅殺しようとしたのである。ところが企てが事前に漏れて宦官の逆襲に遭い、宮中は血みどろの場となって多くの朝臣が殺される惨劇に結果した。かくも重大な政変であったにもかかわらず、同時代にこれを取り上げた詩文はほとんどない。政治批判を旨とすべき中国古典詩も、実際の事変には様々な軋轢があったのか、及び腰になってしまう。そのなかで真っ正面から向かい合ったのが、この「感有り二首」「重ねて感有り」の三首である。李商隠が艶詩詩人の枠に収まらず、政治への強い関心と透徹した視線、そしてそれを表現する精神と言葉の強さを備えていたことを示している。時に二十四歳、進士にも登第していない頃で、官界のしがらみは免れていたとはいえ、大胆率直な発言に違いない。ただ、句のそれぞれが誰を指しているのかは明瞭でない。天子を中心とした秩序の実現を希求し、それにほど遠い情況に憤っていることは確かである。

春雨

悵臥新春白袷衣
白門寥落意多違
紅樓隔雨相望冷
珠箔飄燈獨自歸
遠路應悲春晼晩
残宵猶得夢依俙
玉璫緘札何由達
萬里雲羅一雁飛

春《しゅん》雨《う》

新春《しんしゅん》に悵臥《ちょうが》す　白袷衣《はくこうい》
白門寥落《はくもんりょうらく》として　意《い》多《おお》く違《たが》う
紅楼《こうろう》　雨《あめ》を隔《へだ》てて相《あ》い望《のぞ》めば冷《ひや》やかなり
珠箔《しゅはく》　燈《ともしび》に飄《ひるがえ》って独《ひと》り帰《かえ》る
遠路《えんろ》　応《まさ》に春《はる》の晼晩《えんばん》たるを悲《かな》しむべし
残宵《ざんしょう》　猶《な》お夢《ゆめ》の依俙《いき》たるを得《え》たり
玉璫《ぎょくとう》　緘札《かんさつ》　何《なに》に由《よ》りてか達《たっ》せん
万里《ばんり》の雲羅《うんら》　一雁《いちがん》飛《と》ぶ

春を迎えたのに、白い袷《あわせ》をまとって、鬱々とした思いを胸に引きこもる。恋人たちの逢瀬の場、白門《はくもん》の地は静まり返り、思いはかなわぬことばかり。

そぼ降る雨の向こうに浮かぶのは、かつてあの人と逢瀬を重ねた紅楼のすげない影。

真珠のすだれが灯りにきらめくなかを、わたしはひとり帰ってきたのだった。

あの人は、遥か遠い旅先で暮れゆく春を惜しんでいるのだろうか。眠れぬ夜の尽きるころ、ほのかな夢にあらわれてくれたけれど。

玉の耳飾りを添えて手紙を送りたくとも、どうしたら届くものやら。空一面にかすみ網のような雲、そこに一羽の雁が翔けていく。

○悵臥　愁いを抱いて部屋に閉じこもる。「悵」は失意、憂愁。双声の「惆悵」として用いられることが多い。**○白袷衣**　「袷衣」は春秋に着る衣。西晋・潘岳《はんがく》「秋興の賦」(『文選』巻一三)に「莞蒻《かんじゃく》(蒲のむしろ)を藉《し》き、袷衣を御す」。**○白門**　男女の逢瀬の場として南朝の恋の歌に見える。楽府「楊叛児《ようはんじ》」に「暫く出ず白門の前、楊柳　烏を蔵すべし。歓《あなた》は沈水香と作り、儂《わたし》は博山鑪と作らん」。**○寥落**　ひっそり寂しいさまをいう双声の語。**○紅楼**　赤く塗られた楼閣。女の居所をあでやかにいう。**○珠箔**　真珠で編んだすだれ。「紅楼」と同じく、女の居所を華美な言葉でいう。二句は雨を媒介としてかつての逢瀬を思い起こす。**○畹晩**　春の日、春の季節が暮れていく様子をいう畳韻の語。「無題(情を含みて)」詩注参照(一一二頁)。**○依俙**　おぼろげな様子をいう畳韻の語。「依稀」とも表記する。○**玉瑺** 耳飾り。手紙とともに男が女に贈る習慣があった。「夜思」詩に「恨みを寄す一尺の素(手紙)、情を含む双玉瑺」。○**緘札** 「緘」は手紙に封をする。「札」は文字を書くふだ。○**雲羅** 「羅」は鳥を捕る網。かすみ網のように空一面に広がった雲。○**一雁** 漢の武将蘇武は、匈奴にとらわれていたが、匈奴はそれを隠しすでに死んだと伝えた。漢の使者が、武帝の射た雁の足に蘇武の手紙が結ばれていたから生きているはずだと鎌をかけると、匈奴の単于《ぜんう》はやむなく認めて蘇武を釈放した(『漢書』蘇武伝)。その故事から「雁」は手紙を届けてくれる鳥。○**詩型・押韻** 七言律詩。上平八微(衣《い》・違《い》・帰《き》・俙《き》・飛《ひ》)の独用。平水韻、上平五微。

春の冷たい雨のなかで、結ばれない恋人への思いをうたう。雨は冷たく寂しい情感をかもしだし、また過去の逢瀬を思い起こすよすがにもなる。杜牧《とぼく》「江南春」が「南朝四《し》百八十寺《ひゃくはっしんじ》、多少の楼台　煙雨の中」と、煙る雨の向こうに南朝の町を幻視するように、回想を誘う。雁は手紙を運んでくれる鳥であるが、空高く翔けていては托すべもない。また雁はもともと群れをなして飛ぶものであるのに、それがここでは一羽のみ。一人のこされた自分の姿を投影する。

楚宮

湘波如涙色漻漻
楚厲迷魂逐恨遙
楓樹夜猿愁自斷
女蘿山鬼語相邀
空歸腐敗猶難復
更困腥臊豈易招
但使故鄉三戶在
綵絲誰惜懼長蛟

楚《そ》宮《きゅう》

湘波《しょうは》　涙《なみだ》の如《ごと》く　色《いろ》漻漻《りょうりょう》たり
楚厲《それい》の迷魂《めいこん》　恨《うら》みを逐《お》いて遥《はる》かなり
楓樹《ふうじゅ》　夜猿《やえん》　愁《うれ》いて自《おのずか》ら断《た》たる
女蘿《じょら》　山鬼《さんき》　語《かた》りて相《あ》い邀《むか》う
空《むな》しく腐敗《ふはい》に帰《き》す　猶《な》お復《ふく》し難《がた》し
更《さら》に腥臊《せいそう》に困《くる》しめらる　豈《あ》に招《まね》き易《やす》からんや
但《た》だ使《も》し故郷《こきょう》に三戸《さんこ》在《あ》らば
綵糸《さいし》　誰《だれ》か惜《おし》まん　長蛟《ちょうこう》を懼《おそ》れしむるを

湘江の水は涙のように、透き通った色。そこに身を投げた楚の人屈原《くつげん》の怨霊はどこまでも恨みを追いかける。

水辺の楓に鳴く夜の猿は、胸破れんばかりに悲痛な声。女蘿《じょら》のつるをまとった山の鬼女は、言葉巧みに誘いかける。

水底で腐爛していく肉体は二度と呼び戻すこともかなわず、そのうえ魚に食いちぎられては魂を招き返すことができようか。

もし屈原の郷里にのこった家がたった三軒だとしても、みずちをたじろがせる色鮮やかな糸で縛った食べ物を、彼の眠る水中に供え続けることだろう。

○楚宮　戦国時代の楚の宮殿。李商隠には「楚宮」と題する詩がこのほかに三首、「楚宮を過《よ》ぎる」と題する詩が一首あるが、いずれも楚の宮中の奢侈と荒淫を題材とするものであり、屈原とは関わらない。屈原の非業の死をうたうこの詩は、題に誤りがあるか。
○湘波　湘江《しょうこう》の波。湘江は南方から洞庭湖《どうていこ》に注ぐ川。屈原が身を投げた汨羅《べきら》はその支流。
○色滲滲　水の澄み切った様子。李賀《りが》「南山田中行」に「秋の野は明るく、秋の風は白し。塘水《とうすい》は滲滲として虫嘖嘖《さくさく》たり」。
○楚禲迷魂　楚の屈原の怨魂をいう。「禲」は非業の死を遂げた魂。『左氏伝』昭公七年に「匹夫匹婦も強死(不慮の死)すれば、其の魂魄は猶お能く人に憑依して、以て淫厲《いんれい》(たたり)を為す」。「厲」は「禲」に同じ。
○楓樹　南方の水辺の植物。『楚辞』招魂に「湛湛《たんたん》たる江水　上に楓有り、目は千里を極めて春心を傷ましむ、魂よ帰り来たれ　江南哀し」。
○夜猿　「猿」も南方のもので、その鳴き声は悲痛なものとされる。『楚辞』九歌・山鬼に「靁《かみなり》は塡塡《てんてん》として雨は冥冥たり、猨《さる》は啾啾《しゅうしゅう》として又《ゆう》夜鳴く」。「又」も猿の一種。
○女蘿山鬼　「女蘿」は蔓植物の名。「山鬼」は山中に住む女の神。『楚辞』九歌・山鬼に山鬼を述べて「人有るが若し山の阿《くま》、薜茘《へいれい》（かずらの類）を被《き》て女蘿を帯とす」。○邀　招く、呼ぶ。○空帰腐敗　死後、肉体が腐敗すること。○復　死者の魂を蘇らせる儀式。『礼記《らいき》』喪大記《そうだいき》に見える。○腥臊　なまぐささ。そこから動物をいう。『呂氏春秋《りょししゅんじゅう》』本味《ほんみ》に、「夫れ三群の虫、水に居る者は腥、肉を玃《つか》む者は臊、草を食らう者は羶《せん》」。ここでは投水した屈原の体が魚に食われ損なわれたことをいう。○招　死者の魂を招く。宋玉が屈原を悼んで作ったのが『楚辞』の「招魂」。○三戸　戦国末、楚の南公という予言者が「楚は三戸と雖も、秦を亡ぼすは必ず楚なり」（楚の人の秦に対する怨みは深いので、たとえ三戸だけになっても秦を滅ぼすだろう）と言った言葉にもとづく（『史記』項羽本紀）。○綵糸一句　『芸文類聚』巻四に引く『続斉諧記《ぞくせいかいき》』の逸話を用いる。屈原の命日五月五日が来るたびに、楚の人は竹筒に米を包んで霊を弔っていた。後漢の建武年間、三閭大夫《さんりょたいふ》（屈原）と名乗る人があらわれ、「毎年いただいているものは蛟龍《こうりゅう》に盗られてしまう。もしお恵みをいただけるならば、楝《おうち》の葉で蓋をして五色の糸で縛ってほしい。この二つは蛟龍が嫌うものだから」と言った。以後、その言葉とおりに粽《ちまき》を作る風習が生まれた、という。○詩型・押韻　七言律詩。下平三蕭（漻《りょう》）、四宵（遥《よう》・邀《よう》・招《しょう》）と五肴（蛟《こう》）の通押。平水韻、下平二蕭と三肴。

汨羅《べきら》の水に身を投じた屈原を『楚辞』の語彙、屈原にまつわる伝承を駆使してうたう。ことに水中で魚や龍にさいなまれる屈原の身体に叙述が集中し、いささか残酷な感を伴って追悼から逸れるかのようだが、最後には国の人々がいつまでも屈原への思慕の念を抱き続けることを言って結ぶ。

安定城樓

迢遞高城百尺樓
綠楊枝外盡汀洲
賈生年少虛垂涕
王粲春來更遠遊
永憶江湖歸白髮
欲廻天地入扁舟
不知腐鼠成滋味
猜意鵷雛竟未休

安定城楼《あんていじょうろう》

迢逓《ちょうてい》たり　高城百尺《こうじょうひゃくしゃく》の楼《ろう》
緑楊《りょくよう》の枝外《しがい》　尽《ことごと》く汀洲《ていしゅう》
賈生《かせい》　年少《としわか》くして虚《むな》しく涕《なみだ》を垂《た》れ
王粲《おうさん》　春来《しゅんらい》　更《さら》に遠遊《えんゆう》す
永《なが》く憶《おも》う　江湖《こうこ》　白髪《はくはつ》に帰《かえ》らんことを
天地《てんち》を廻《めぐ》らして扁舟《へんしゅう》に入《い》らんと欲《ほっ》す
知《し》らざりき　腐鼠《ふそ》　滋味《じみ》と成《な》るとは
鵷雛《えんすう》を猜意《さいい》して竟《つい》に未《いま》だ休《や》めず

遥かにそそり立つ、高い城壁の上の百尺の楼。見下ろせば、緑の楊柳、あとはなべて涇水《けいすい》の中洲。

賈誼《かぎ》は若くしてこのような水辺の地長沙《ちょうさ》に流され、涙するほかなかった。王粲《おうさん》は転々と遠い地に落ち延び、春の荊州《けいしゅう》にまで至ったのだった。

長《なが》の願いは、白髪の年になって川と湖ののびやかな世界に身を落ち着けること。天地を回転させるような大きな事業を成し遂げたなら、小舟に身を任せて旅立ちたい。

ところが知らなかった、腐った鼠の肉を美味と思う輩《やから》がいるとは。それを奪われまいとして、清らかなものしか口にしない鴛雛《えんすう》に猜疑を向け続けている。

〇**安定城楼**　安定は涇州《けいしゅう》(甘粛省涇川県)の古名。その城壁の上に立つ楼閣。〇**迢逓**　はるか高いことをいう双声の語。〇**汀洲**　川の中州。ここでの川は涇水であるが、「汀洲」の語は『楚辞』九歌・湘夫人の「汀洲の杜若(かきつばた)を搴《と》りて、将に以て遠き者に遺《おく》らんとす」に結びつき、楚の地を思わせる水辺の光景が、楚の地に不遇をかこった次の句の賈誼を導く。〇**賈生一句**　前漢の文人賈誼。早熟の才子で、博士に召された時は二十余歳、最も年少だったが、若くして才気溢れるのをねたまれて楚の長沙に流された。賈誼の文に「為に痛哭すべき者一、為に流涕すべき者二」。「感有り二首」其の一詩注参照(一八八頁)。また三十三歳で死ぬ前には「哭泣すること歳余」(『史記』賈誼伝)というように、若いこと、涙を流すこと、いずれも賈誼と結びつく。**〇王粲一句**　「王粲」は後漢末、建安の文人。曹操政権に入る前、洛陽から長安へ董卓《とうたく》のために強制移住させられ、董卓の暗殺のあと戦乱状態になった長安からさらに避難して、荊州《けいしゅう》の劉表《りゅうひょう》のもとに身を寄せた。しかし重用されることはなく、不満を「登楼の賦」(『文選』巻一一)に綴った。「信《まこと》に美しと雖も吾が土に非ず、曾《すなわ》ち何ぞ以て少しく留まるに足らん」。「春来」の「来」は時間をあらわす接尾辞。「登楼の賦」に春という明示はないが、この二句には杜甫《とほ》「春日江村五首」其の五が介在する。「異時　二子(賈誼と王粲)を懐い、春日復た情を含む」。賈誼と王粲の不遇を併せて傷むところ、春に設定されているところ、この詩につながる。**〇江湖**　南方の水郷地帯。「身は江湖に在るも、心には魏闕《ぎけつ》(都の門)を存す」(『荘子』譲王篇にもとづく)の成語が示すように、中心、朝政と対立する周縁、隠逸の空間。政治に関わることによって得られる名利は望めないが、自由が保証される。**〇迴天地**　天地を回転させるような大きな事業を成し遂げる。杜甫「章十《しょうじゅう》侍御《じぎょ》に寄せ奉る」詩に章彝《しょうい》の武官としての力量を誉めて、「指揮の能事は天地をも迴らせ、強兵を訓練しては鬼神をも動かす」。**〇扁舟**　小舟。春秋時代の范蠡《はんれい》が越王勾践《えつおうこうせん》を補佐して宿敵呉を破ったあと、地位も名も棄てて商人になったことを用いる。『史記』

貨殖列伝に「乃ち扁舟に乗り、江湖に浮かび、名を変え姓を易え、斉に適《ゆ》きて鴟夷子皮《しいしひ》と為る」。**◯不知二句**　『荘子』秋水篇の故事を用いる。荘子が梁の国の宰相恵子《けいし》を訪れようとすると、それは宰相の地位を奪い取ろうとしているのだという讒言《ざんげん》があった。恐れる恵子に向かって荘子はたとえ話を持ち出す。南方に「鵷雛《えんすう》」という鳥がいて、梧桐にしか止まらず、練実(竹の実)しか食べず、清浄な水しか飲まない。鴟《とび》が「腐鼠」を食べていたところに鵷雛が通りかかると、鴟はにらみつけて「嚇《かく》」と叫んだ。今あなたは梁の国を取られはしないか恐れて威嚇するのか、と恵子に言った。「猜意」は猜疑の念を抱くこと。**◯詩型・押韻**　七言律詩。下平十八尤(洲《しゅう》・遊《ゆう》・舟《しゅう》・休《きゅう》)と十九侯(楼《ろう》)の同用。平水韻、下平十一尤。

詩題の地名によって、涇州の幕下にあった時の作であることは明らか。大和九年(八三五)、王茂元《おうもげん》が涇原《けいげん》節度使として涇州に赴任。開成三年(八三八)、博学宏詞科《はくがくこうしか》に落第した李商隠は王茂元のもとに赴いた、その年の作。時に二十八歳であった。長沙に流された若い賈誼、荊州に身を寄せても満たされない王粲、彼らになぞらえているところに、この地で不如意な思いをかこっていた李商隠の胸中がうかがわれる。涇州は彼にとっては一時の足場に過ぎないのに、李商隠の参入を快く思わない小人物たちに囲繞されていたのだった。しかし官界に出る前のこの時期、「天地を廻ら」さんとする抱負があったこともわかる。

相　思

相思樹上合歡枝
紫鳳青鸞竝羽儀
腸斷秦臺吹管客
日西春盡到來遲

相《そう》思《し》

相思樹上《そうしじゅじょう》　合歓《ごうかん》の枝《えだ》
紫鳳青鸞《しほうせいらん》　並《なら》びに羽儀《うぎ》あり
腸《ちょう》は断《た》つ　秦台《しんだい》　管《かん》を吹《ふ》く客《きゃく》
日《ひ》は西《にし》し春《はる》は尽《つ》くるも到《いた》り来《き》たること遅《おそ》し

相思の木のうえで枝をからめる合歓《ごうかん》の木。紫の鳳と青い鸞とは鮮やかな羽をそろえてむつみあう。

秦の台《うてな》で簫を奏《かな》でる蕭史《しょうし》は胸も張り裂けんばかり。ともに鳳凰に乗って飛び立つ約束をしたのに、日は傾き春は過ぎても、愛しい弄玉《ろうぎょく》の姿が見えないから。

○**相思樹**　木の名。韓憑《かんぴょう》とその妻の墓から生えたという伝説があるように(「蠅蝶鶏麝鸞《ようちょうけいじゃらん》鳳等《ぼうとう》もて篇《へん》を成《な》す」詩、八四頁参照)、男女の情愛と関連する。「相思」は恋、恋する。

○合歓　木の名。梧桐に似て枝が交錯する。また男女が結ばれる意も含む。**○羽儀**　模範となる美しい羽。『周易』漸《ぜん》に「鴻　陸に漸《ぜん》す。其の羽は用って儀と為すべきなり、吉」。「儀」は手本の意。一句は男女仲のよい姿の見本。**○秦台一句**　いにしえの仙人で、秦の穆公《ぼくこう》のむすめ弄玉の恋人、蕭史を指す。「無題(聞道《きくな》らく)」詩注参照(一一二頁)。**○詩型・押韻**　七言絶句。上平五支(枝《し》・儀《ぎ》)と六脂(遅《ち》)の同用。平水韻、上平四支。

むつみ合う鳳と鸞と対比して、女性を待ちわびる思いをうたう。前半二句には仲のよい男女を相思、合歓の木に棲む鳳と鸞によって描き、後半二句では恋人を待ち続ける男を、仙人蕭史と弄玉の故事にむすびつけて描く。「腸は断つ」などといった大げさは措辞はあるものの、妓楼での軽い戯れの詩と解してよいだろう。

涙

永巷長年怨綺羅
離情終日思風波
湘江竹上痕無限

涙《なみだ》

永巷《えいこう》　長年《ちょうねん》　綺羅《きら》を怨《うら》む
離情《りじょう》　終日《しゅうじつ》　風波《ふうは》を思《おも》う
湘江《しょうこう》の竹上《ちくじょう》　痕《あと》限《かぎ》り無《な》し

峴首碑前灑幾多
人去紫臺秋入塞
兵殘楚帳夜聞歌
朝來灞水橋邊問
未抵青袍送玉珂

峴首《けんしゅ》の碑前《ひぜん》　灑《そそ》ぐこと幾多《いくた》ぞ
人《ひと》は紫台《しだい》を去《さ》りて秋《あき》に塞《さい》に入《い》り
兵《へい》は楚帳《そちょう》に残《ざん》して夜《よる》に歌《うた》を聞《き》く
朝来《ちょうらい》　灞水橋辺《はすいきょうへん》に問《と》えば
未《いま》だ青袍《せいほう》の玉珂《ぎょくか》を送《おく》るに抵《およ》ばず

たとえば宮殿の奥深く、あでやかな絹の衣もむなしく、とわに幽閉された宮女の悲嘆。あるいは愛する人の旅路を心にかけながら一人のこされた妻の悲哀。たとえば湘江の竹をまだらに染めるほどに流した舜妃《しゅんひ》の涙。あるいは峴山《けんざん》の碑の前で羊祜《ようこ》をしのんで注がれた幾多の涙。たとえば蕭条たる秋、朝廷を去り匈奴の地に入った王昭君《おうしょうくん》の傷心。あるいは戦い敗れた夜、包囲された陣幕のなかで敵軍の歌う楚歌を聞いた項羽《こうう》の悲痛。そうした数々の涙も、灞水《はすい》の橋のたもとに来てみれば、別れの朝に貴人を見送るしがない若者の悲しみには及ばない。

○永巷一句　君主にうち捨てられた宮女の悲しみ。「永巷」は漢の朝廷で罪を得た宮女を幽閉した獄屋。そのなかに「長年」、一生閉じこめられたまま、若さ、美しさが失われることを歎くのが宮怨詩。代表的な作は漢代では班婕妤《はんしょうよ》「怨歌行」(「無題(鳳尾の香羅)」詩注参照、二一六頁)、唐代では白居易「上陽白髪人」など。「綺羅」は高貴な女性の着る絹のころも。**○離情一句**　つれあいと離ればなれになっている悲しみ。離婦の悲哀をうたう詩は「古詩十九首」(『文選』巻二九)其の一が典型。「風波を思う」は、苦しい旅を続けている夫の身を心にかけるの意味。**○湘江一句**　太古の天子舜《しゅん》の死を悼んでその二人の妃、娥皇《がこう》と女英《じょえい》が流した涙で湘江のあたりの竹はまだらになった(斑竹《はんちく》)という故事を用いる。「潭州」詩注参照(三五頁)。**○峴首一首**　「峴首」は峴山《けんざん》。堕涙碑《だるいひ》の故事を用いる。有徳の武将として知られる西晋の羊祜《ようこ》はしばしば襄陽《じょうよう》の峴山に登って宴席を開いたが、ある時ふとこれまでここに登って楽しんだ人たちが今はみな死んでこの世にいないことを思い、自分もやがて同じようにこの世を去っていくことに感じて涙した。羊祜の死後、杜預《どよ》が記念の碑を建てると、そこを通る人々は羊祜の遺徳を偲び涙を流したので堕涙碑と呼ばれた(『晋書』羊祜伝)。**○人去一句**　王昭君《おうしょうくん》の故事を用いる。漢・元《げん》帝《てい》の宮女王昭君は和平の策のために匈奴《きょうど》に降嫁され、異国の地で一生を終えた(『漢書』匈奴伝下)。「紫台」は紫宮と同じ、漢の宮廷をいう。「塞」は辺境の地。**○兵残一句**　項羽《こうう》の四面楚歌の故事を用いる。秦の崩壊のあと覇を争った項羽は垓下の戦いで劉邦《りゅうほう》に包囲され、四面の漢軍がみな楚の歌を歌うのを聞いて、楚の兵がすでに漢に降伏したかと思って絶望した(『史記』項羽本紀)。 **○朝来二句** 以上に列挙してきた悲哀よりもさらに悲しいのは、貴人を見送る寒士であると結ぶ。「朝来」は朝。「灞水」は長安の東の川。都を立つ人をそこまで同行して一泊した翌朝、橋のたもとで送別する習慣があった。「青袍」は身分の低い士大夫が着る服。「玉珂」は宝玉の飾りをつけた馬のおもがい。貴顕の人を指す。 **○詩型・押韻** 七言律詩。下平七歌(羅《ら》・波《は》・多《た》・歌《か》・珂《か》)の独用。平水韻、下平五歌。

古来伝えられてきた人の世の悲しみを次々と並べ、貴人を見送る寒士の悲哀にまさるものはないとうたう。第六句まで一句ごとに挙げるのは、典型的な悲しみの諸相。まるで「悲しみの文学史」を綴ったかのようだ。それに対して最後の聯は位相が異なる。六つの悲哀が文学のなかに定着したものであるのに対して、送別は実際の場面であることを思わせる。恩顧を被った人を見送る悲哀、一人取り残されて寄る辺を失う心細さ、それを強調するために前の六句は置かれている。そうした構成にもかかわらず、人の世の悲しみを次々と繰り広げたところにこの詩の味わいがある。

常娥

雲母屏風燭影深
長河漸落曉星沈
常娥應悔偸靈藥
碧海青天夜夜心

常娥《じょうが》

雲母《うんも》の屏風《びょうぶ》　燭影深《しょくえいふか》し
長河漸《ちょうがようや》く落《お》ちて暁星沈《ぎょうせいしず》む
常娥《じょうが》　応《まさ》に悔《く》やむべし　霊薬《れいやく》を偸《ぬす》みしを
碧海《へきかい》　青天《せいてん》　夜夜《やや》の心《こころ》

雲母の屏風は半ば透け、蠟燭の影がくっきりと映る。銀河がしだいに落ちてゆき、有り明けの星も沈みゆくこの時。

嫦娥《じょうが》はきっと悔やんでいるだろう、霊薬を秘かに飲んで月に昇ってしまったことを。どこまでも続く碧い海、青い空、そのただ中に浮かぶ月の世界でたった一人、夜ごと寂しさを抱えながら。

○**常娥**　「嫦娥《じょうが》」「姮娥《こうが》」とも表記される。月の女神。古代伝説中の弓の名人羿《げい》の妻であったが、羿が西王母《せいおうぼ》からもらった不死の薬を隠れて飲んだために昇天、月の精となった。『淮南子《えなんじ》』覧冥訓《らんめいくん》に見える伝説。○**燭影**　蠟燭の光。または蠟燭の光が物に遮られてできる影。ここでは雲母の屏風に反射する、あるいは透けて見える蠟燭の光。○**長河**

天の川。〇暁星　夜明けに見える星。明けの明星とは限らない。〇詩型・押韻　七言絶句。下平二十一侵(深《しん》・沈《しん》・心《しん》)の独用。平水韻、下平十二侵。

月の世界に一人住む仙女の孤独をうたう。光と影が複雑な陰影を生み出す室内、夜が明けようとする空、眠れぬ朝を迎えるのは、一人のこされた男。去っていった女は今や月の世界。彼女もまた限りない孤独を覚えているだろうと思いを馳せる。

細雨

帷飄白玉堂
簟巻碧牙牀
楚女當時意
蕭蕭髮彩涼

細《さい》雨《う》

帷《とばり》は飄《ひるがえ》る　白玉《はくぎょく》の堂《どう》
簟《てん》は巻《ま》く　碧牙《へきが》の牀《しょう》
楚女《そじょ》　当時《とうじ》の意《い》
蕭蕭《しょうしょう》として髪彩《はっさい》涼《すず》し

やわらかに、白玉の堂を包んで風に翻るとばりのように。あるいは冷やかに、碧牙の牀《ベッド》に拡げられた竹の敷物のように。
巫山《ふざん》の神女のあの時の気持ちそのまま、黒髪のごとく蕭々と涼やかに。

○**細雨**　李商隠に雨を詠じた詩は多いが、そのなかでも細やかに降る雨の詩は「細雨(瀟灑《しょうしゃ》として)」(五言律詩、二三五頁)、「細雨　詠を成し尚書河東公(柳仲郢《りゅうちゅうえい》)に献ず」(五言排律)、「微雨」(五言絶句)などがある。○**帷**　部屋の周囲に垂れ掛けるとばり。ここでは雨をたとえる。○**白玉堂**　白玉で作られた堂。李商隠「李長吉小伝」に天帝が「白玉楼」を作り、その「記」を書かせるために李賀を天界に召したというように、天界の建物を思わせる。○**簟**　涼を取るために竹を編んで作ったむしろ。○**碧牙牀**　碧色の象牙で彫琢したベッド。「碧牙」は白居易「東遊を想う五十韻」詩に「稍《や》や催す朱《しゅ》蠟《ろう》の炬《きょ》(蠟燭の赤い光をかきたてて)、徐《おもむろ》に動かす碧牙の籌《ちゅう》」のように、かずとりの棒に作られたりするが、「碧牙の牀」は用例を見ない。○**楚女**　巫山《ふざん》の神女。雨は楚の王が夢のなかで交わった神女の化身。「重ねて聖女祠を過《よ》ぎる」詩注参照(二一一頁)。○**蕭蕭**　雨の降る音。○**髪彩**　黒髪の照り映えるような光沢。女性の美しい黒髪は「光　以て鑑《て》らすべし」(『左氏伝』昭公二十八年)、鏡のように光を反射するという。ここでは雨を神女の髪に比喩する。○**詩型・押韻**　五言絶句。下平十陽(牀《しょう》・涼《りょう》)と十一唐(堂《どう》)の同用。平水韻、下平七陽。

雨を主題とした詠物詩。詠物詩ゆえに詩の本文には「雨」の語を出さず、比喩を連ね、比喩から連想されるイメージを繰り広げる。一句目、二句目の「白玉堂」「碧牙牀」は白と碧という二つの色、また玉と牙(象牙)という二つの硬質な装飾物、いずれも末句の「涼」に連なり、「帷」と「簟」は細やかで柔らかなところから雨に繋がる。さらに天界の館、室から神女に連想が拡がり、細やかに降る雨が巫山神女の髪にたとえられるが、当然そこには女性との交歓にまつわる情感が伴っている。

無題二首
其一

鳳尾香羅薄幾重
碧文圓頂夜深縫
扇裁月魄羞難掩
車走雷聲語未通
曾是寂寥金燼暗
斷無消息石榴紅

無題二首《むだいにしゅ》
其《そ》の一《いち》

鳳尾《ほうび》の香羅《こうら》　薄《うす》きこと幾重《いくえ》ぞ
碧文《へきもん》の円頂《えんちょう》　夜深《よるふか》くまで縫《ぬ》う
扇《おうぎ》は月魄《げっぱく》を裁《た》ち　羞《はじら》い掩《おお》い難《がた》く
車《くるま》は雷声《らいせい》を走《はし》らせ　語《ご》　未《いま》だ通《つう》ぜず
曾《すなわ》ち是《こ》れ寂寥《せきりょう》　金燼《きんじん》暗《くら》く
断《た》えて消息《しょうそく》無《な》く　石榴《せきりゅう》紅《くれない》なり

斑雛只繫垂楊岸
何處西南待好風

斑雛《はんすい》は只《た》だ繫《つな》ぐ　垂楊《すいよう》の岸《きし》
何《いず》れの処《ところ》か　西南《せいなん》　好風《こうふう》を待《ま》たん

鳳凰の模様の香《かぐわ》しいあやぎぬは、重ねても重ねても薄く透き通るようです。それを婚礼の日のために青い天幕に仕立てようと、夜の更けるまで縫い続けています。まんまるい月のかたちに仕立てた扇は、お会いしても恥じらうわたしを隠してくれそうにありません。雷のような音を立てる車にあなたのおいでかと胸弾ませても、言葉を交わす間もなく走りすぎてしまいます。

これぞ寂寥というものでしょうか、黄金色《こがねいろ》の灯心もほの暗くなりました。まるで音沙汰のないうちに、はやザクロの花が真っ赤にほころぶ時節です。

いつも乗って来られた葦毛の馬は、しだれ柳の岸辺にじっと繫がれています。西南の風になってあなたの胸にとびこみたいのに、そのすてきな風はどこで待てばよいのでしょう。

○鳳尾香羅　鳳凰の模様を織り込んだうすぎぬ。『白氏六帖』に「鳳文、蟬翼《せんよく》、並びに羅の名」。「尾」というのは平仄の制約のために「文」ではなく仄声の「尾」を用いたか。

○碧文円頂　婚礼の時に用いる円錐形で模様の入った青いテント。モンゴルのパオのようなもので、北方の民族から伝えられた。『酉陽雑俎《ゆうようざっそ》』礼異に「北朝の婚礼は、青布の縵もて屋と為し、門の内外に在り。之を青廬と謂い、此こに交拝す」。古楽府「焦仲《しょうちゅう》卿《けい》の妻の為の作」に「其の日　牛馬嘶き、新婦は青廬に入る」。**○扇裁月魄**　月のように丸い扇。丸いのは団円をあらわす。漢・班婕妤《はんしょうよ》が趙飛燕のために成帝の寵を失って作ったという「怨歌行」(『文選』巻二七)に「裁ちて合歓の扇を為《つく》る、団団として明月に似る」。「月魄」は本来、欠けた月の白い影の部分をいうが、そこから月輪そのものを指す。**○車走雷声**　車の音を雷にたとえる。司馬相如《しばしょうじょ》「長門の賦」(『文選』巻一六)に「雷は殷殷として響き起こり、声は君の車の音に象《に》る」の比喩を逆転したもの。**○金燼**　黄金色の灯心。**○断無消息**　「断」は否定を強めることば。**○石榴紅**　「石榴」はザクロ。曹植が離縁された女をうたった「棄婦詩」に「石榴　前庭に植え、緑葉　縹青を揺らす」。曹植の詩では石榴に実がないために鳥も飛び去ってしまう、自分は子がないために離縁される、と続くが、ここでは華やかに咲く花と老けてゆく女とを対比する。「石榴」詩参照(五九頁)。**○斑騅**　あしげの馬。「無題(白道縈廻して)」詩注参照(八三頁)。**○西南待好風**　西南の風は恋人と結びつく連想を伴う。曹植「七哀」(『文選』巻二三)詩に「願わくは西南の風と為り、長く逝きて君の懐に入らん」、孤閨の女が夫のもとへ飛んでいきたい、とうたうのをふまえる。〇詩型・押韻　七言律詩。上平一東(通《とう》・紅《こう》・風《ふう》)と三鍾(重《ちょう》・縫《ほう》)の通押。平水韻、上平一東、二冬。

結ばれる日が来ることをひたすら待ち続ける女性の思いをうたう。婚礼の日の装いに針を走らせながら、一人待つ女。心のなかの男は今や手の届かない存在になってしまっているが、それでもあきらめきれず、かすかな期待を抱いて揺れ動く思いを綴る。

其二

重幃深下莫愁堂
臥後清宵細細長
神女生涯元是夢
小姑居處本無郎
風波不信菱枝弱
月露誰教桂葉香
直道相思了無益

其《そ》の二《に》

重幃《ちょうい》　深《ふか》く下《お》ろす　莫愁《ばくしゅう》の堂《どう》
臥《ふ》して後《のち》　清宵《せいしょう》　細細《さいさい》として長《なが》し
神女《しんにょ》の生涯《しょうがい》　元《も》と是《こ》れ夢《ゆめ》
小姑《しょうこ》の居処《きょしょ》　本《もと》と郎《ろう》無《な》し
風波《ふうは》　菱枝《りょうし》の弱《よわ》きに信《まか》せず
月露《げつろ》　誰《たれ》か桂葉《けいよう》をして香《かお》らしめん
直《たと》え相思《そうし》　了《つい》に益《えき》無《な》しと道《い》うも

未妨惆悵是清狂　未《いま》だ妨《さまた》げず　惆悵《ちゅうちょう》は是《こ》れ清狂《せいきょう》なるを

幾重ものとばりに深くとざされたのは、かの美《うるわ》しき莫愁《ばくしゅう》の住まう部屋。ひとり臥してのち、清らかな夜の時間が長く静かに流れていく。

巫山《ふざん》の神女の一生は最初から一場の夢であった。清渓《せいけい》の少女のもとには本来恋人はいなかった。

か弱い菱の枝を風波にさらされるままにしてはおけない。月の冷たい露に桂樹の花も香りを発することはできなかろう。

たとえ恋は結局何も得られないものだとしても、この悲しみを清狂といっても差し支えない。

○重幃　幾重にも重なったとばり。室内と外とを隔てる。**○莫愁**　南朝の楽府に登場するヒロインの名。盧氏に嫁いだ洛陽の美女。「馬嵬二首」其の二参照(一六二頁)。**○堂**　家の中心となる部屋。広間。**○細細**　孤閨のなかで時間が静かに長く、細い糸のように経過していくことをいう。**○神女**　巫山の神女。楚の王が夢のなかでちぎりを結んだ。「重ねて聖女祠を過ぎる」詩注参照(二一一頁)。**○小姑**　原注に「古詩に「小姑　郎無し」の句有り」。「小姑」は少女。南朝の楽府「青渓小姑曲」に「小姑の居る所、独り処りて郎無し」というのを用いる。『楽府詩集』はその楽府題の説明に呉均《こきん》『続斉諧記《ぞくせいかいき》』の物語を引く。南朝宋の時、趙文韶《ちょうぶんしょう》という男が青渓《せいけい》のほとりで一人歌を歌っていると、うら若い女があらわれ、ともに歌い合って一夜を過ごし、別れの際には互いに贈り物をした。翌日、青渓の廟のなかに趙文韶が贈った品があるのを見て、その女は青渓の神女であるとわかった。○**居処**　日々の暮らし。『論語』子路篇に「居処恭しく、事を執りて敬す」。○**郎**　女が恋人の男を指していう語。南朝の恋をうたう楽府によく見える。○**風波一句**　「風波」は痛めつけるもの。「菱枝」は弱々しいもの、女性をたとえる。○**桂葉**　月のなかには桂の木が生えているといわれる。○**直道**　「直」はたとえ。「道」は言う。○**相思**　恋。○**了**　結局、最後に。○**惆悵**　悲しみをいう双声の語。ここでは恋がかなえられない悲しみの情。○**清狂**　世間の基準から見たら異常であっても、別の美学のなかで肯定される心のありかた。○**詩型・押韻**　七言律詩。下平十陽（長《ちょう》・香《きょう》・狂《きょう》）と十一唐（堂《どう》・郎《ろう》）の同用。平水韻、下平七陽。同じく下平十陽に属する「妨《ぼう》」を詩中に用いているのは詩病《しへい》。

自分の恋する女が一人寂しい日々を過ごしていることを切なく思う男の気持ちをうた

う。相手の女性を理想化するとともに、孤独で弱々しいその存在を痛々しく、いとおしく思う心情、張り裂けんばかりの気持ちが、また一つの恋愛詩の抒情をかもしだしている。最後の聯は具体的な対象から離れ、恋そのものを意味づけしている。

昨日

昨日紫姑神去也
今朝青鳥使來賖
未容言語還分散
少得團圓足怨嗟
二八月輪蟾影破
十三絃柱雁行斜
平明鐘後更何事
笑倚牆邊梅樹花

昨日《さくじつ》

昨日《さくじつ》　紫姑《しこ》の神《かみ》　去《さ》れり
今朝《こんちょう》　青鳥《せいちょう》の使《し》　来《き》たること賖《おそ》し
未《いま》だ言語《げんご》を容《い》れざるに還《ま》た分散《ぶんさん》し
団円《だんえん》を得《え》ること少《まれ》にして怨嗟《えんさ》足《た》る
二八《にはち》の月輪《げつりん》　蟾影《せんえい》破《やぶ》れ
十三《じゅうさん》の絃柱《げんちゅう》　雁行《がんこう》斜《なな》めなり
平明《へいめい》の鐘《かね》の後《のち》　更《さら》に何事《なにごと》かあらん
笑《わら》いて牆辺《しょうへん》に倚《よ》る　梅樹《ばいじゅ》の花《はな》

きのう、わたしを訪れた紫姑《しこ》の女神は束の間に消えてしまい、けさになっても、気持ちを伝えてくれる青鳥の使者はまだ来ない。

ことばを交わす間もなく、また離れ離れ。むつまじく過ごすこともかなわず、怨みばかりつのる。

十六日の月に映るのはかたちもくずれた蟾蜍《ひきがえる》。十三絃のことじに並ぶのは、斜めに空を翔《かけ》る雁がねの群れ。

夜明けの鐘のあとに、何が起こるというのか。ただかきねの傍らで梅の花がほほえむばかり。

○昨日　冒頭の二字をもって題とする。「無題(昨夜の星辰)」詩(一〇八頁)の冒頭「昨夜」が個人的な深い思い入れを伴った「昨夜」であったのとは異なり、「昨日—今朝」の対のなかで、はかない逢瀬であったことをいう。**○紫姑神**　正月十五日の夜(元宵《げんしょう》)にあらわれ、吉凶を占う女の神。南朝宋の『異苑』に見える話では、紫姑という女性はある人の妾であったが、正妻にいじめられて正月十五日に死んだ。のちにその日の夜、神として厠に祭る習俗が生まれたという。ここではたまさかに会った恋人を指す。**○也**　詩の句末に「也」が用いられることは少ないが、「矣」と同じように、完了の語気を強める。**○青鳥**　恋の使者。「無題(相い見る時は難く)」詩注参照(一四七頁)。**○賒**　遅い。韋応物《いおうぶつ》「池上」詩に「郡中　病に臥して久しく、池上　一たび来たること賒し」。○**少得団円**　「団円」は十五夜の月のまるいこととともに、男女和合をいう。「少」は、ほとんどないという否定的な意味。　○**二八月輪**　十六日の月。　○**蟾影破**　月のなかには蟾蜍《せんじょ》(ひきがえる)がいるといわれる。「河内二首」其の一に「蟾蜍　夜　艶たり　秋の河月」(二八四頁)。「破」は満月が欠けて蟾蜍の形がくずれる。団円の崩壊をいう。○**十三絃柱**　十三の絃をもつのは箏。「柱」はそのことじ。○**雁行斜**　ことじが斜めにならんだかたちを空を翔る雁の列にたとえる。雁は人という字のかたちに列を作ることから懐かしい人への思いをいざない、また書翰を結びつけて運ばせた蘇武の故事から手紙を連想させるものでもある。「春雨」詩注参照(一九八頁)。○**平明**　空が明るくなる時分。○**笑倚一句**　傷心の我が身には何も起こらず、梅の花が自分と無関係に咲いているのみ、の意。○**詩型・押韻**　七言律詩。下平九麻(賒《しゃ》・嗟《さ》・斜《しゃ》・花《か》)の独用。平水韻、下平六麻。

紫姑神《しこしん》は正月十五日、元宵《げんしょう》というハレの日の夜に訪れ、たちまち人の世から立ち去る。恋人を紫姑神になぞらえ、束の間の逢瀬を過ごした翌朝、かなわぬ恋の悲しみに浸る。末句を「笑いて倚る　牆辺の梅樹の花」と読んで、「笑う」の主語を発語者とすれば、成就しない恋の悲哀を冷たく寂しい笑いで自嘲することになる。

房中曲

薔薇泣幽素
翠帯花錢小
嬌郎癡若雲
抱日西簾曉
枕是龍宮石
割得秋波色
玉簟失柔膚
但見蒙羅碧
憶得前年春
未語含悲辛
歸來已不見

房《ぼう》中《ちゅう》曲《きょく》

薔薇《しょうび》　幽素《ゆうそ》に泣《な》き
翠帯《すいたい》　花銭小《かせんしょう》なり
嬌郎《きょうろう》　痴《ち》なること雲《くも》の若《ごと》く
日《ひ》を抱《いだ》きて西簾暁《せいれんあ》く
枕《まくら》は是《こ》れ龍宮《りゅうぐう》の石《いし》
割《さ》き得《え》たり　秋波《しゅうは》の色《いろ》
玉簟《ぎょくてん》　柔膚《じゅうふ》を失《しっ》し
但《た》だ見《み》る　羅碧《らへき》に蒙《おお》わるを
憶《おも》い得《え》たり　前年《ぜんねん》の春《はる》
未《いま》だ語《かた》らずして悲辛《ひしん》を含《ふく》むを
帰《かえ》り来《き》たれば已《すで》に見《み》えず

錦瑟長於人
今日澗底松
明日山頭蘖
愁到天地翻
相看不相識

錦瑟《きんしつ》　人《ひと》よりも長《なが》し
今日《こんにち》　澗底《かんてい》の松《まつ》
明日《みょうにち》　山頭《さんとう》の蘖《はく》
愁《うれ》いは到《いた》らん　天地《てんち》翻《ひるがえ》りて
相《あ》い看《み》るも相《あ》い識《し》らざるに

寂しいしじまのなかで、ばらが泣いている。緑の帯した茎に、銅銭ほどに小さな花。男は寄る辺ない雲のように放心し、西のすだれを透かす朝日を抱《いだ》く。枕は龍宮から持ち出した石。涼やかな秋の水の色を切り取った模様が浮かぶ。玉《ぎょく》に飾られた敷物に座っていたやわらかな肌の人はいずこ。今はただ青いうすぎぬの掛け物がのこるだけ。

思い起こされるのは先の春、言葉を交わす前から悲しみに胸が塞がれていた、あの別れの日。

帰ってきてみれば、あの人の姿はなく、ただ背丈《せたけ》ほどに長い錦瑟が横たわる。今日は谷底の松のように鬱屈した思いに閉ざされ、明日も山上の黄蘗《きはだ》のような苦痛にさいなまれる日々。

この悲しみが消えることはない。いつの日か、天と地がさかさまになり、あの人に会っても気づきもしなくなる日まで。

○房中曲　女性の部屋の歌、の意。古くは周の時に房中楽という曲があり、漢の時には房中詞楽、安世房中歌などがあったと『漢書』礼楽志に見える。『楽府詩集』では新楽府のなかにこの詩一首を収めるのみ。**○薔薇**　のばら。西洋のバラのように花を代表するものではない。**○泣幽素**　「幽素」は物寂しい静けさ。李賀《りが》「傷心行」に「咽咽《えつえつ》として楚吟を学び、病骨　幽素を傷《いた》む」。「泣」は薔薇の花が露を帯びているのを擬人化する。**○翠帯**　薔薇の茎を女性の帯にたとえる。**○花銭小**　薔薇の花がコインのように小さいこと。**○嬌郎**　「背の君」のように男女の関係のなかの男。**○痴若雲**　茫然自失した状態をぼんやり空を漂う雲にたとえる。**○抱日一句**　「抱日」は未詳。「西簾」に日が昇ってきたというのは、「西」が男女にまつわる連想を帯びる（「夜雨北に寄す」詩注参照、五五頁）ためか、あるいは東と西を故意に転倒させたか。**○龍宮石**　龍王の宮殿のなかにある宝石。龍王の宮殿は水中にあるので次の句の「秋波」につながる。**○割得一句**　「秋波の色」は秋の澄み渡った水の色。「秋波」はのちの時代では女性のまなざしの比喩に用いられるが、ここにも投影しているか。「割得」は秋の水の色を切り取ったような模様が、「龍宮の石」に付いていること。**○玉簟一句**　「簟」は涼を取るために牀(ベッド)の上に敷く竹のむしろ。かつてその上にいた女性(「柔膚」)が今はいない。「玉簟」も「柔膚」も触覚が際立つ語。どちらもつややかな光沢があるが、前者が硬質なものであるのに対して後者はやわらか。**○蒙羅碧**　「羅碧」はみどりのうすぎぬ。それが「蒙」っているのみ。やわらかな感触をもつ「羅碧」もかつてそこにいた「柔膚」の女性の代替。西晋・潘岳《はんがく》「悼亡詩」(『文選』巻二三)三首の二に「展転して枕席を眄《み》れば、長簟　牀を竟《わた》りて空し。牀空しくして清塵に委ねられ、室虚しくして悲風来たる」と枕、牀などにいるべき人がいないことを通して妻の死を悲しむ。それを用いて「王十二兄と畏之《いし》員外　相い訪ねて小飲に招かるるも、時に予は悼亡の日近きを以て去《ゆ》かず、因りて寄す」詩にも「更に人無き処に簾　地に垂れ、塵を払わんと欲する時　簟　牀を竟《わた》る」という。**○錦瑟**　「錦瑟」詩(一五頁)でも錦瑟は亡き女性の代替物。**○今日二句**　「澗底の松」は谷底に生えている松。晋・左思《さし》「詠史」八首(『文選』巻二一)其の二「鬱鬱たり澗底の松、離離たり山上の苗」にもとづく。「山頭の蘖」は山の頂上に生えている黄蘗《おうばく》(キハダ)。黄蘗は樹皮が苦いことから、南朝の楽府では恋に悩む心の苦しさを語るのに常用される。左思の「澗底の松」と「山上の苗」は高い能力をもちながら不遇に沈む人と、器は小さいのに恵まれた地位に居座っている人とを対比するが、この二句では「澗底」「山上(山頭)」の語を借りながら、暗い谷間にある暗澹たる心情と喪失の苦痛にさいなまれる辛い心情とを並列する。○**愁到一句**　「天地」は底本は「天池」に作るが、諸本に従って「天地」に改める。天と地が上下逆転するほどの時間がたったのち、会っても相手がわからなくなる時まで悲しみは続く。『荘子』徳充符《とくじゅうふ》篇に「天地の覆墜《ふくつい》すと雖も、亦た将《まさ》に之《これ》と遺《お》ちざらん」。天がひっくり返り地が落ちても(かの人は)ともに落ちることはなかろう、という。恋の歌曲に大げさな表現が用いられることは、たとえば漢代の楽府「上邪《じょうや》」にありえない自然現象を列挙し、「冬雷震震《しんしん》として　夏に雪雨《ふ》り、天と地と合すれば、乃ち敢えて君と絶たん」とうたうなどと見える。○**詩型・押韻**　五言古詩。四句ごとに換韻する。(1)上声二十九篠(暁《ぎょう》)と三十小(小《しょう》)の同用。平水韻、上声十七篠。(2)入声二十二昔(石《せき》・碧《へき》)と二十四職(色《しょく》)の通押。平水韻、入声十一陌と十三職。(3)上平十七真(辛《しん》・人《じん》)の独用。平水韻、上平十一真。(4)入声二十一麦(蘖《はく》)と二十四職(識《しき》)の通押。平水韻、入声十一陌と十三職。

愛する人を喪失した悲しみを歌行のかたちを借りて綿々と綴る、悼亡詩のヴァリエーション。悼亡詩は事実に即して叙述されるものだが、ここでは歌行のスタイルをとって現実感を希薄にしている。そこに李商隠の独自の手法が見える。三句目の「嬌郎」をいたいけな子供と取ることもできるが、前二句の女のイメージに続けて男である方がふさわしいであろうし、歌行ゆえに自分を登場人物の一人として客体化したものと解しておく。

當句有對

密邇平陽接上蘭
秦樓鴛瓦漢宮盤
池光不定花光亂
日氣初涵露氣乾
但覺遊蜂饒舞蝶
豈知孤鳳憶離鸞
三星自轉三山遠
紫府程遙碧落寬

当句《とうく》有対《ゆうつい》

平陽《へいよう》に密邇《みつじ》し上蘭《じょうらん》に接《せっ》す
秦楼《しんろう》の鴛瓦《えんが》　漢宮《かんきゅう》の盤《ばん》
池光《ちこう》定《さだ》まらずして花光《かこう》乱《みだ》る
日気《にっき》初《はじ》めて涵《ひた》し露気《ろき》乾《かわ》く
但《た》だ覚《おぼ》ゆ　遊蜂《ゆうほう》に舞蝶《ぶちょう》饒《おお》きを
豈《あ》に知《し》らんや　孤鳳《こほう》の離鸞《りらん》を憶《おも》うを
三星《さんせい》自《おのずか》ら転《てん》じて三山《さんざん》は遠《とお》し
紫府《しふ》　程《てい》遥《はる》かにして碧落《へきらく》寛《ひろ》し

そこは秦の平陽宮《へいようきゅう》に密接し、漢の上蘭観《じょうらんかん》に隣接した地。秦の楼閣には鴛鴦《えんおう》の模様を施した甍《いらか》が並び、漢の宮殿には承露盤《しょうろばん》が屹立する。池に映る光はゆらめき、池の光を受けて花の光も入り乱れる。日の昇る気配があたりを浸し、とたんに朝露は消えてゆく。

蜂や蝶があまた集《つど》い戯れるのは目に映っても、孤独な鳳が別離した鸞を慕い続けていることなど、気づかれもしない。

恋人たちを導く夜空の三つ星は地に沈み、仙界の三山は遠く行き着けない。仙女の遊ぶ天界の紫府、そこへの道のりは遥けく、青い虚空が果てしなく拡がる。

○当句有対　いわゆる当句対。「平陽に密邇す―上蘭に接す」、「秦楼の鴛瓦―漢宮の盤」のように、一句のなかに対を持つ句作り。宋・洪邁《こうまい》『容斎随筆《ようさいずいひつ》』続筆巻三によると『楚辞』から見られるというが、盛んになるのは唐代で、李商隠にはことのほか多い。ただ一首のすべての句を当句対で仕立てるのはこれのみ。**○密邇**　ぴったりつく。「邇」は近い、近づく。『左氏伝』文公十七年に「陳・蔡の楚に密邇するを以てして、敢えて弐《そむ》かざるは、則ち敝邑《へいゆう》(我が国)の故《ゆえ》なり」。杜預の注に「密邇は比近なり」。**○平陽**　平陽宮。秦の宮殿の名。次の句の「秦楼」に対応する。**○上蘭**　上蘭観。漢の上林園のなかにあった楼観の名。次の句の「漢宮」に対応する。○**鴛瓦**　鴛鴦の姿をかたどった瓦。○**漢宮盤**　漢の武帝が宮中に作った承露盤。仙人の銅像が捧げ持つ盤に不老長生のための玉露を受けるもの。○**池光一句**　李商隠の似た表現に「池光は月を受けず、野気は山に沈まんと欲す」(「戯れに張書記に贈る」詩)。○**日気**　日が昇ろうとする時の気配。○**涵**　液体や気体がじんわり拡がる。○**遊蜂・舞蝶**　男女を蜂と蝶に比喩するのは李商隠の詩に頻見。「柳枝五首」其の一参照(二五六頁)。○**饒**　解釈が定まらない語だが、ここでは多いの意に取っておく。群れ集う蜂や蝶のように、楽しげにむつみ合う男女があまたいる。○**孤鳳・離鸞**　鳳と鸞も男女の比喩として頻見。「蠅蝶鶏麝鸞鳳等《ようちょうけいじゃらんぼうとう》もて篇《へん》を成《な》す」詩注参照(八六頁)。陽気につどう蜂・蝶と対比され、互いに思いながらも一緒になれない男女。○**三星**　オリオンの三つ星。中国での名は参《しん》(毛伝)。『詩経』唐風・綢繆《ちゅうびゅう》に「三星　天に在り」。この句のあとに「今夕は何の夕ぞ、此の良人を見る」と続き、男女の出会いを予兆する星。それが「転」じたことは会う機会が失われたこと。○**三山**　東海に浮かぶ蓬萊《ほうらい》、方丈《ほうじょう》、瀛洲《えいしゅう》の三つの神仙が住む山。「牡丹(圧径)」詩に「鸞鳳　三島に戯る」。○**紫府**　仙女のいる場所。「無題(紫府仙人)」詩注参照(一四一頁)。○**碧落**　道教で天空を指す語。○**詩型・押韻**　七言律詩。上平二十五寒(蘭《らん》・乾《かん》)と二十六桓(盤《ばん》・鸞《らん》・寛《かん》)の同用。平水韻、上平十四寒。

「句に当たりて対有り」という題は、修辞技法の説明であって内容を語っていないから、無題詩と同じことになる。一句のなかに対句を持つ句を一首全体に連ねるという超絶技法を駆使しながら、艶詩の情感をかもしだす。秦・漢の宮殿という華麗な舞台を設定したうえで、その庭園には妖しげな光の乱れ、夢幻的な世界へと移行していく。実らぬ恋を楽しげにざわめく男女たち(ここでは蜂と蝶)と対比するところ、永遠に届かない相手を仙界に置いて悲痛するところ、李商隠の恋愛詩によく見えるパターンであって、ここでも手の届かぬ女を思いながら失意に沈む情調を表現する。

随師東

東征日調萬黄金
幾竭中原買鬭心
軍令未聞誅馬謖
捷書唯是報孫歆
但須鸑鷟巣阿閣

随師《ずいし》東《ひがし》す

東征《とうせい》　日《ひ》に調《ちょう》す　万黄金《まんおうごん》
幾《ほとん》ど中原《ちゅうげん》を竭《つ》くして闘心《とうしん》を買《か》う
軍令《ぐんれい》　未《いま》だ聞《き》かず　馬謖《ばしょく》を誅《ちゅう》するを
捷書《しょうしょ》　唯《た》だ是《こ》れ孫歆《そんきん》を報《ほう》ず
但《た》だ鸑鷟《がくさく》の阿閣《あかく》に巣《す》くうを須《ま》つ

豈暇鵰鶚在泮林
可惜前朝玄菟郡
積骸成莽陣雲深

豈《あ》に鵰鶚《しきょう》の泮林《はんりん》に在《あ》るに暇《いとま》あらんや
惜《お》しむべし　前朝《ぜんちょう》の玄菟《げんと》郡《ぐん》
積骸《せきがい》　莽《もう》を成《な》して　陣雲《じんうん》深《ふか》し

東方征伐のために毎日一万の黄金を調達し、中原の財が底を突くまでにして兵士たちの戦意を金で買ったのだった。

しかし軍令を犯した馬謖《ばしょく》を誅するほどの厳正な規律は耳にしたこともなければ、勝利の報はまだ生きていた孫歆《そんきん》の首級をあげたなど、偽りばかり。

今求められているのは、鳳凰にも比せられる人物が朝廷に集まること。鵰鶚《しきょう》のごとき逆賊を教化する、そんなゆとりはあろうものか。

あたら漢王朝が開いた玄菟《げんと》郡《ぐん》の地には、戦死者の遺骸が草藪のように積み重なり、殺気を孕んだ陣雲が深く垂れこめている。

○**随師東**　旧注の多くが、「随」と「隋」は通用するとして、「隋師東す」と読み、隋軍の高句麗征伐に借りて時局を批判すると解するのに従う。それに対して「師に随《したが》いて東す」と読み、李商隠が大和三年(八二九)、天平《てんぺい》節度使令狐《れいこ》楚《そ》に従って鄆州《うんしゅう》(山東省東平県)に赴いた時、滄州《そうしゅう》(河北省滄県)で戦乱のあとを目睹したことをうたったとする説もある。いずれも批判の対象として、横海《おうかい》節度使李全略《りぜんりゃく》の死後、子の李同捷《りどうしょう》がそのまま居座ったのに対して、官軍の攻撃が大和元年(八二七)に始まって大和三年に至ってようやく李同捷を誅伐し滄州を奪還した、当時の事件をあげる。○**東征**　煬帝《ようだい》は六一二年から六一四年にかけて三度にわたって高句麗を攻めるが挫折、以後江南に移り、隋は崩壊に向かった。○**日調万黄金**　毎日、大金を費やしたこと。○**幾**　ほとんど。○**馬謖**　三国蜀の武将。諸葛亮《しょかつりょう》に目をかけられたが祁山《きざん》に魏を攻めた際、軍令を犯したために誅殺された。いわゆる「泣いて馬謖を斬る」故事。但し『三国志』蜀書・馬良伝に付された馬謖の伝では、獄に下されて死んだあと、諸葛亮は「之が為に流涕《りゅうてい》す」とあって、直接手を下したとは記されていない。○**捷書**　勝利を知らせる報告書。捷は勝利。○**孫歆**　三国・呉の都《と》督《とく》(軍司令官)。この句には「呉を平らぐるの役に、歆を得たりと上言す、呉平らぐも、孫は尚お在り」という原注がある。王隠の『晋書』(『太平御覧』巻三九一)に、晋が呉を討った際、晋の将王濬《おうしゅん》が孫歆の首を討ち取ったと手柄を誇ったが、そのあとから生け捕りにされた孫歆の身柄を杜預が送ってきたので、王濬は洛中の笑いものになったという。○**鸑鷟**　鳳凰の一種。『禽経《きんけい》』の張華《ちょうか》の注に「鳳の小なる者は鸑鷟と曰う」。すぐれた人物を比喩する。○**阿閣**　四方にひさしがそりあがった楼閣。ここでは朝廷を指す。鳳凰が「阿閣」に巣を作ることは、『初学記』巻三〇の鳳の条に皇《こう》甫謐《ほひつ》『帝王世紀』を引いて「或いは阿閣に巣くう」。○豈暇一句　「鵄鴞」はふくろうの一種。残虐な鳥。奸臣を比喩する。西周の諸侯の学問所を泮宮《はんきゅう》といい、「泮林」はそのかたわらの樹林。『詩経』魯頌《ろしょう》・泮水《はんすい》に「翩《へん》たる彼の飛鴞《ひきょう》、泮林に集まる。我が桑黮《そうじん》(桑の実)を食べ、我が好音を懐う」。「鴞」という悪鳥が教化されたことをうたって、魯侯伯禽《はくきん》が淮夷《わいい》を帰順させたことをたたえる。ここでも逆賊を教化させる意。○玄菟郡　漢の武帝の時、朝鮮の地に置いた四つの郡の一つ。吉林省の北朝鮮国境に近い地域。隋の高句麗遠征における戦場。○積骸成莽　積み重なった遺骸が草むらのようにうずたかい。○陣雲　戦場を覆う殺気に満ちた雲。○詩型・押韻　七言律詩。下平二十一侵(金《きん》・心《しん》・歆《きん》・林《りん》・深《しん》)の独用。平水韻、下平十二侵。

隋・煬帝の高句麗遠征失敗を題材とする詠史詩の体裁を取りながらも、過去を詠嘆する抒情性は希薄で、攻撃的な筆致が際立つ。そのため歴史に借りながら、時局に批判をぶつけた政治詩というべきだ。唐代後半は節度使が各地に居坐って朝廷に反抗し、藩鎮《はんちん》と官軍との攻防が続いて唐王朝の滅亡に至る。この詩が李同捷討伐を指す確証はないが、批判の矛先が当面の敵である藩鎮よりも、朝廷や官軍の柔弱な対応に向けられていることとは確か。

細　雨

瀟洒傍廻汀
依微過短亭
氣涼先動竹
點細未開萍
稍促高高燕
微疏的的螢
故園煙草色
仍近五門青

細《さい》雨《う》

瀟洒《しょうしゃ》として廻汀《かいてい》に傍《そ》い
依微《いび》として短亭《たんてい》を過《す》ぐ
気涼《きすず》しくして先《さき》に竹《たけ》を動《うご》かし
点細《てんほそ》くして未《いま》だ萍《うきくさ》を開《ひら》かず
稍《や》や促《うなが》す　高高《こうこう》たる燕《つばめ》
微《かす》かに疎《まばら》にす　的的《てきてき》たる蛍《ほたる》
故園《こえん》　煙草《えんそう》の色《いろ》
仍《な》お近《ちか》し　五門《ごもん》の青《あお》

軽やかに岸辺の曲折に沿い、模糊として駅舎を通り過ぎていく。

涼やかな気はまず竹を揺らし、小さな滴《しずく》は、水面に寄り添う浮き草を散らすこともない。

ちょっぴり慌てたのは空高く飛ぶ燕。わずかに数を減らしたのは、まばゆい蛍の光。
濡れそぼつふるさとの草の色、きっと都の五門の青さと変わりはないだろう。

○瀟洒　雨が軽やかに降るさまをいう双声の語。韋《い》応物《おうぶつ》「夏夜に盧嵩《ろすう》を憶《おも》う」詩に「知らずして湘雨《しょうう》来たり、瀟灑として幽林に在り」。「灑」は「洒」と同じ。**○廻汀**　彎曲した水辺。**○依微**　こまかでもやもやしたさまをいう畳韻の語。韋応物「長安道」詩に「春雨依微として春尚お早く、長安の貴遊　芳草を愛す」。**○短亭**　街道には五里ごとに「短亭」、十里ごとに「長亭」という休憩所が設けられていた。**○気涼一句**　雨が降り出す前に風が竹林を動かし、涼気が生じるのをいう。**○点細一句**　雨滴が小さくて水面の浮き草を分散させることもないのをいう。**○高高**　いやが上にも高い。『詩経』周頌・敬之《けいし》に「高高として上に在りと曰《い》うこと無かれ」。**○的的**　光がはっきりしているさま。**○故園**　故郷。**○煙草**　もやにけぶる草。**○五門**　宮廷の五つの門。『礼記』明堂位《めいどうい》の鄭玄《じょうげん》の注に「天子の五門は、皐《こう》・庫《こ》・雉《ち》・応《おう》・路《ろ》」。そこから都そのものを指す。**○詩型・押韻**　五言律詩。下平十五青(汀《てい》・亭《てい》・萍《へい》・蛍《けい》・青《せい》)の独用。平水韻、下平九青。

そぼ降る雨をさまざまな面から描出する詠物詩。細やかに降る雨は李商隠好みの景物で、同題の詩がほかに一首(二一二頁)ある。詠物詩ゆえに詩の本文には「雨」の語は出さず、遠景から近景まで、降り始める前から降り出したあとまで、空間、時間の広がりのなかで多様に、またきめ細かく描写する。尾聯は雨に降り込められた都の景観からふるさとの雨景に思いを拡げ、望郷の詩にもなっている。

鸞鳳

舊鏡鸞何處
衰桐鳳不棲
金錢饒孔雀
錦段落山雞
王子調淸管
天人降紫泥
豈無雲路分
相望不應迷

鸞《らん》鳳《ぼう》

旧鏡《きゅうきょう》　鸞《らん》は何処《いずこ》
衰桐《すいどう》　鳳《ほう》は棲《す》まず
金銭《きんせん》　孔雀《くじゃく》に饒《ゆず》り
錦段《きんだん》　山鶏《さんけい》に落《お》つ
王子《おうし》　清管《せいかん》を調《ちょう》し
天人《てんじん》　紫泥《しでい》を降《くだ》す
豈《あ》に雲路《うんろ》の分《ぶんな》無からんや
相《あ》い望《のぞ》みて応《まさ》に迷《まよ》うべからず

古びて曇った鏡、そこに姿を映して鳴き続けていた鸞《らん》はどこへ行ったのか。枯れ衰えた桐に、棲《す》む鳳凰などいない。

金貨のような輝きでは、孔雀にひけをとり、錦の反物のようなあでやかさでは、山鶏《さんけい》に劣る。

しかし仙人王子喬《おうしきょう》が鳳凰を呼び込む清らかな笙を奏でたこともあるし、天子が賢者を求める紫泥の鸞詔《らんしょう》を下《くだ》すこともある。

きっと雲上の道へと進む定めがあるはずだ。それをじっと見据え、迷ったりなどしてはいけない。

○**鸞鳳**　すぐれた資質をもつ人をたとえる。賈誼《かぎ》「屈原《くつげん》を弔う文」(『文選』巻六〇)に屈原と彼に敵対する人々を「鸞鳳は伏竄《ふくざん》し、鴟梟《しきょう》は翺翔《こうしょう》す」、鸞鳳と鴟梟(ふくろうの一種の悪鳥)になぞらえるが、ここでは「鸞鳳」をそれに似て非なる「孔雀」、「山鶏」と対比する。○**旧鏡一句**　鸞という鳥は鏡に映った自分の姿を見て絶命するまで鳴き続ける。「陳の後宮」詩注参照(五八頁)。○**衰桐一句**　鳳凰は梧桐の木に棲むとされる。『詩経』大雅・巻阿に「鳳凰鳴けり、彼の高岡に。梧桐生ぜり、彼の朝陽に」。その鄭玄《じょうげん》の箋に「鳳凰の性は、梧桐に非ざれば棲まず。竹の実に非ざれば食わず」。○**金銭一句**　孔雀には銭のようなかたちをした五色の模様があるが、鳳凰にはそれがない。「饒」はゆずる、……に比べて劣る。『異物志』(『太平御覧』巻九二四所引)に「孔雀は……鳳凰に似る。背より尾に及ぶまで、皆な円文五色を作《な》し、相い繞《まと》いて千銭を帯ぶるが如し」。**○錦段一句**　華麗さという点では錦の織物のような山鶏には及ばない。「段」は織物を数える単位。一反の半分。「山鶏」も鳳凰に似た鳥で、はでな模様をもつ。『南越志』(『芸文類聚』巻九一所引)に「鵕鸃《しゅんぎ》は山鶏なり。……光色鮮明にして、五采炫燿《げんよう》す」。**○王子一句**　仙人の王子喬《おうしきょう》が笙を吹いて鳳凰の鳴き声をまねると鳳凰が降りてきた話(『列仙伝』)を用いる。**○天人一句**　天子の文書を鸞詔、鸞誥《らんこう》などということから、鸞にかけて、賢人を求める詔書も下されるであろうという。「天人」はここでは天子を指す。「紫泥」は紫の印泥、高貴の人の文書に用いた。**○雲路分**　「雲路」は官界の高い地位への道。「分」は運命の定め。**○詩型・押韻**　五言律詩。上平十二斉(棲《せい》・鶏《けい》・泥《でい》・迷《めい》)の独用。平水韻、上平八斉。

表面の華やかさで孔雀や山鶏に及ばない鸞や鳳も必ず認められる日がくるであろうと己れの前途に希望を繋ぐ。「賢人失志」のテーマに属する詩であるが、「鸞・鳳―孔雀・山鶏」の比喩に昇華して、現実にべったり付着しないところが李商隠らしい。一縷の望みを繋いで詩を結ぶのは、まだ若い時の作であることを示すか。

漫成五章

其一

沈宋裁詞矜變律
王楊落筆得良朋
當時自謂宗師妙
今日唯觀對屬能

漫成五章《まんせいごしょう》

其《そ》の一《いち》

沈宋《しんそう》 詞《し》を裁《さい》して変律《へんりつ》を矜《ほこ》る
王楊《おうよう》 筆《ふで》を落《お》として良朋《りょうほう》を得《え》たり
当時《とうじ》 自《みずか》ら宗師《そうし》の妙《みょう》と謂《い》うも
今日《こんにち》 唯《た》だ観《み》る 対属《たいしょく》の能《のう》

沈佺期《しんせんき》、宋之問《そうしもん》は言葉を操っては、律詩を一変させたと鼻を高くしていた。王勃《おうぼつ》、楊《よう》炯《けい》は筆を揮っては、よき仲間をもっていた。

その当時は文壇の宗匠だとうぬぼれていても、今から見ればただ対句《ついく》の才があっただけ。

○**漫成五章**　「漫成」は、ふとできあがった詩の意。「漫成三首」参照(七六頁)。「五章」というのは、『詩経』の詩が複数の「章」から成るのをまねて、五章を連ねて一篇の詩としたもの。○沈宋　初唐後期の宮廷詩壇を代表する詩人、沈佺期と宋之問。文学史のうえでは律詩(近体詩)の形式を完成に近づけたとされる。○裁詞　布を裁断するように言葉を裁ち切って詩を作る。「詞」は「辞」に同じ。○変律　新しいスタイルの律詩。○王楊　王勃と楊炯。盧照鄰《ろしょうりん》、駱賓王《らくひんのう》とあわせて王楊盧駱《おうようろらく》と称され、宮廷文壇の外にあって、南朝風の綺靡な文学から脱皮して雄渾な唐代の文学を切り開き、「初唐の四傑《しけつ》」と讃えられる。ここでは沈宋とともに対句の技巧に長けていたにすぎないと否定的にとらえる。○落筆　筆をくだす。○得良朋　王勃、楊炯が盧照鄰、駱賓王という盟友をもって四傑と称されたことをいう。上手な対句を作ったと解釈する説もあるが、取らない。○宗師　師としてあがめられる中心的存在。○対属　対偶表現。近体詩の特徴の一つは対句の技巧を用いることなのでこういう。○詩型・押韻　七言絶句。下平十七登(朋《ほう》・能《のう》)の独用。平水韻、下平十蒸。

其二

李杜操持事畧齊
三才萬象共端倪

其《そ》の二《に》

李杜《りと》の操持《そうじ》　事《こと》　略《ほ》ぼ斉《ひと》し
三才《さんさい》　万象《ばんしょう》　共《とも》に端倪《たんげい》す

集仙殿與金鑾殿　　集仙殿《しゅうせんでん》と金鑾殿《きんらんでん》と
可是蒼蠅惑曙雞　　是《こ》れ蒼蠅《そうよう》の曙鶏《しょけい》を惑《わずら》わすべけんや

李白《りはく》、杜甫《とほ》の筆さばき、その力量は肩を並べる。天地人の三才、森羅万象、すべてをかすかなきざしまで捉えてしまう。

集仙殿《しゅうせんでん》と金鑾殿《きんらんでん》、そこで二人は天子の謁見を受けたのに、暁の鶏の声は小うるさい蠅の羽音にかき消されてしまったのだろうか。

○**李杜**　李白と杜甫。盛唐を代表する詩人。○**操持**　手で扱う。ここでは筆墨を手にすることをいう。○**三才**　天、地、人。○**万象**　世界のすべての物。○**端倪**　端緒、きざし。『荘子』大宗師篇に「終始を反復して端倪を知らず」。ここでは動詞として、わずかなきざしをも捉えること。韓愈「士を薦む」詩にも李杜の詩について「万類　陵暴に困《くる》しむ」と、万物が表現され尽くされてしまうと讃える。○**集仙殿・金鑾殿**　ともに朝廷の宮殿の名。「集仙殿」はのちに集賢殿と改名された。杜甫は「三大礼賦《さんだいれいふ》」を献じて玄宗に称賛され、「集賢殿」に待機することを命じられた。李白は賀知章《がちしょう》の推挽を受けて「金鑾殿」で玄宗の謁見を受けた。二つの宮殿は二人の詩人が玄宗の知遇を得た場所であったが、結局二人ともその好機を生かして重用されることはなかった。○**可是**

「豈可」と同じ。……だろうか。○蒼蠅惑曙鶏　『詩経』斉風・鶏鳴、「鶏既に鳴く、朝既に盈《み》つ。鶏則ち鳴くに匪《あら》ず、蒼蠅の声」にもとづく。鶏が鳴くので夜が明けたかと思ったら、蠅の羽音だったという。ここでは李白を宮中から追い出した高力士《こうりきし》、杜甫を認めなかった李林甫《りりんぽ》などの小人物がかしましく騒ぎ立てて、二人を宮中から追放したことをいう。○詩型・押韻　七言絶句。上平十二斉(斉《せい》・倪《げい》・鶏《けい》)の独用。平水韻、上平八斉。

其　三

生児古有孫征虜
嫁女今無王右軍
借問琴書終一世
何如旗蓋仰三分

其《そ》の三《さん》

児《こ》を生《う》めば古《いにしえ》には孫征虜《そんせいりょ》有《あ》り
女《むすめ》を嫁《とつ》がすに今《いま》は王右軍《おうゆうぐん》無《な》し
借問《しゃもん》す　琴書《きんしょ》もて一世《いっせい》を終《お》わるは
何如《いかん》ぞ　旗蓋《きがい》　三分《さんぶん》を仰《あお》ぐに

むすこを生むならば、曹操《そうそう》がこんなむすこを持ちたいと羨んだ、呉の討虜将軍孫権《とうりょしょうぐんそんけん》のような武人が昔はいたものだ。むすめを嫁がせようにも、郗鑒《ちかん》が気に入って婿にした王羲之《おうぎし》のような文人が今は見あたらない。

聞いてみたい、琴や書物とともに一生を終わる文人は、天子の儀仗を振りかざし天下を三分して仰ぎ見られる武人に勝るものかと。

○生児　「児」は男の子。　**○孫征虜**　三国・呉の孫権をいう。曹操から討虜将軍《とうりょしょうぐん》に任じられた。ここでは仄声の「討」に換えて平声の「征」を用いる。「児を生めば」は、曹操が孫権の水軍のよく整備されているのに感心して「子を生めば当《まさ》に孫仲謀《そんちゅうぼう》(孫権の字《あざな》)の如くなるべし」と羨ましがったという話を用いる(『三国志』呉書・孫権伝の裴松之《はいしょうし》注が引く『呉歴』)。孫権の父は孫堅《そんけん》、後漢末の群雄の一人であり、曹操とはいわば同世代にあたる。孫堅も袁術《えんじゅつ》から破虜将軍《はりょしょうぐん》に任じられているので「孫征虜」と呼ぶことができるが、ここでは上述の故事から息子の孫権を指すのがふさわしい。　**○嫁女**　「女」は女の子。　**○王右軍**　東晋の王羲之《おうぎし》。書聖として知られるが、右軍将軍《ゆうぐんしょうぐん》になったので「王右軍」という。太傅《たいふ》の郗鑒《ちかん》が王導《おうどう》の子弟の中から婿を選ぼうとして、使者が王家を訪れると、みな取り澄ましていたのに、一人だけ何知らぬ顔して寝そべったままの若者がいた。報告を聞いた郗鑒が気に入ったのがその王羲之だった。むすめは彼に嫁がせたという。『世説新語《せせつしんご》』雅量篇に見える話。　**○琴書**　琴と書物。文人の生活をいう。陶淵明「帰去来の辞」に「琴書を楽しみて以て憂いを消さん」。王羲之は政界への意欲はなく、静謐な生き方を好んだ。　○何如　二つのものを較べて、どうであるかの意。ここでは「不如」(……に及ばない)というのに同じ。王羲之のような文人か、孫権のような武人か、子供や女婿には後者がよいとする。　○旗蓋仰三分　「旗蓋」は天子のしるしである旗と車蓋。しばしば「黄旗紫蓋」の四字で用いられる。「三分」は天下が魏蜀呉の三つに分かれたこと。　○詩型・押韻　七言絶句。上平二十文(軍《ぐん》・分《ぶん》)の独用。平水韻、上平十二文。

其　四

代北偏師銜使節
關東裨將建行臺
不妨常日饒輕薄
且喜臨戎用草萊

其《そ》の四《し》

代北《だいほく》の偏師《へんし》　使節《しせつ》を銜《ふく》み
関東《かんとう》の裨将《ひしょう》　行台《こうだい》を建《た》つ
妨《さまた》げず　常日《じょうじつ》　軽薄《けいはく》饒《おお》きを
且《しばら》く喜《よろこ》ぶ　戎《じゅう》に臨《のぞ》みて草莱《そうらい》を用《もち》いしを

代北軍の一部隊から節度使の割り符を受けるまでに出世し、関東の副将の身から一城の主にまでなったその人。

かつてはその卑賤な出を軽んじる者ばかりだったが、戦時に草莽の士を登用したのはともかく喜ばしい。

○代北一句　この詩は同時代の武将石雄《せきゆう》が抜擢されて大きな戦果を挙げたことを述べるが、詩中に石雄の名は出さない。「代北」一句は、石雄が回鶻《かいこつ》を撃破し、豊州防禦使《ほうしゅうぼうぎょし》に抜擢されたことをいう。「代北」は代北軍、永泰元年(七六五)、代州(山西省代県)に置かれた(『新唐書』地理志)。「偏師」は、全軍ではなく、一部分の軍隊。『左氏伝』宣公十二年に、「彘子《ていし》は偏師を以て陥《おと》さる。子の罪は大なり」。「使節」は天子の使者であることを示す割り符。節度使などに任じられることをいう。「銜」は命令や辞令を受けること。**○関東一句**　石雄が徐州(江蘇省徐州市)という一地方の低い武官から身を起こし、藩鎮の劉稹《りゅうしん》を破り、河中節度使に任じられたことをいう。「関東」は函谷関より東の地域。ここでは徐州を指す。「裨将」は副将。裨は補佐するの意。「行台」は辺境の枢要の地に置かれた軍事機構。**○軽薄**　うとんじる。『漢書』王尊《おうそん》伝に「公卿を摧辱《さいじょく》し、国家を軽薄す」。石雄が低い出身ゆえに侮蔑されたことをいう。**○臨戎**　いくさに臨んで。

○草萊　草莽と同じく民間、在野。また庶民をいう。「萊」は雑草。石雄を抜擢したのは当時の朝廷の重鎮李徳裕《りとくゆう》であり、馮浩《ふうこう》はこの詩は李徳裕を讃える意をこめるという。

○詩型・押韻　七言絶句。上平十六咍《かい》(台《だい》・萊《らい》)の独用。平水韻、上平十灰。

其　五

郭令素心非黷武
韓公本意在和戎
兩都耆舊偏垂涙
臨老中原見朔風

其《そ》の五《ご》

郭令《かくれい》の素心《そしん》は黷武《とくぶ》に非《あら》ず
韓公《かんこう》の本意《ほんい》は和戎《わじゅう》に在《あ》り
両都《りょうと》の耆旧《ききゅう》　偏《ひと》えに涙《なみだ》を垂《た》る
老《お》いに臨《のぞ》んで中原《ちゅうげん》に朔風《さくふう》を見《み》ると

中書令郭子儀《かくしぎ》はもともと武力を濫用する武将ではなかったし、韓国公張仁愿《ちょうじんげん》も本心は夷狄との共存を望んだのだった。

長安・洛陽二都の長老たちは涙にくれんばかりに喜んだ。まさかこの年になって中原の地で北方の風気が身近に見られるとは、と。

○**郭令**　唐の名将郭子儀(六九一―七八一)。安禄山の乱を平定した功績によって中書令に任じられたので「郭令」という。○**素心**　もともとの気持ち。○**黷武**　兵力を濫用すること。「黷」はけがすの意。郭子儀はのちに回鶻《かいこつ》、吐蕃《とばん》など周辺民族の侵入に際して武力を用いずして撤兵させた。○**韓公**　武則天の時の武人張仁愿。韓国公に封じられたので「韓公」という。○**和戎**　周辺民族と和睦する。張仁愿は北方国境地帯に城を築き、それ以後突厥は侵犯しなくなった。○両都　唐の東西の都、長安と洛陽。○耆旧　長老たち。○朔風　北方の人々の暮らしぶり。北方の領土が唐に返還され、河西・隴右《ろうゆう》(甘粛省西部一帯)で異民族の支配を受けていた中国の人々が、胡服のまま都に参上することがあった。○詩型・押韻　七言絶句。上平一東(戎《じゅう》・風《ふう》)の独用。平水韻、上平一東。

「漫成三首」(七六頁)がいわゆる「論詩絶句」であったように、この「漫成五章」も「其の一」、「其の二」の二章は絶句による詩評である。「其の一」では初唐の沈佺期・宋之問、王楊盧駱の四傑を対句の技巧にすぐれていたに過ぎないとして否定し、「其の二」では李杜が朝廷から追われた詩人であった点を嘆く。それに対して他の三章は筆先を変え、武人が取り上げられている。「其の五」は直接言及するのは盛唐・初唐の武人であるが、「其の四」と同じく、維州(四川省)奪還を主張して敗れた李徳裕を暗に指すという説もある(馮浩《ふうこう》)。後の三章はいずれも当時の時局に関わる政治詩であろう。前の二章と整合しないかに見えるが、詩人について綴った二章も単に過去の文学を批評したものではなく、当時の文壇への批判や自身の不遇への嘆きを含んでいるかもしれない。

正月崇譲宅

密鎖重關掩綠苔
廊深閣迴此徘徊
先知風起月含暈
尚自露寒花未開
蝙拂簾旌終展轉
鼠翻窗網小驚猜
背燈獨共餘香語
不覺猶歌起夜來

正月《しょうがつ》　崇譲《すうじょう》の宅《たく》

密《ひそ》かに重関《ちょうかん》を鎖《とざ》し緑苔《りょくたい》掩《おお》う
廊《ろう》深《ふか》く閣《かく》迴《はる》かにして此《こ》こに徘徊《はいかい》す
先《さき》に風《かぜ》の起《お》こるを知《し》りて　月《つき》　暈《かさ》を含《ふく》み
尚《な》自お露《つゆ》寒《さむ》くして花《はな》未《いま》だ開《ひら》かず
蝙《こうもり》は簾旌《れんせい》を払《はら》いて終《つい》に展転《てんてん》し
鼠《ねずみ》は窓網《そうもう》に翻《ひるがえ》りて小《すこ》しく驚猜《きょうさい》す
燈《ともしび》を背《そむ》けて独《ひと》り余香《よこう》と語《かた》り
覚《おぼ》えず猶《な》お歌《うた》う　起夜来《きやらい》

固く閉ざされた幾重もの門、一面緑の苔におおわれたその内側。奥深く続く回廊、遥かにそびえる楼閣、この思い出の場所を立ち去れず行きつ戻りつする。風が立ち初《そ》めたと思えば、やはり月はかさをかぶっている。まだ露は冷たくて花が開くには早い。

こうもりが絹の御簾《みす》に当たる音に、いつまでも寝返りを繰り返す。ねずみが網戸に飛び跳ねる音にも身を震わす。

灯火を暗くして一人、あの人の残り香に語りかけてみたり。気がつけば今も口をついて出てくる「起夜来《きやらい》」(恋人が夜起きてやってくる)の調べ。

○**崇譲宅**　「崇譲」は洛陽の坊の名。そこに李商隠の岳父、河陽節度使王茂元《おうもげん》の居宅があった。「七月二十九日崇譲宅の宴の作」と題する七律もある。○**重関**　何重もの門。○**緑苔**　苔が生えていることは、訪れる人もないことのしるし。○**徘徊**　思い結ぼれて一つ所を行きつ戻りつする。西晋・潘岳《はんがく》「悼亡詩三首」(『文選』巻二三)其の三に「徘徊す墟墓《きょぼ》(墓地)の間、去らんと欲して復た忍びず」。○**先知一句**　月にかさが掛かると風が吹く、と言い伝えられていた。杜甫「月を翫《もてあそ》び漢中王に呈す」詩に「風吹きて暈已に生ず」。○**尚自**　二字でなお。「自」は接尾の辞。○**簾旌**　馮浩《ふうこう》によれば、絹で縁取りしたすだれ。のちに詞のなかで愛用される語。○**展転**　眠れぬままに寝返りを打つ。「無題(何《いず》れの処か)」詩注参照(一二六頁)。○**窓網**　網戸。○**驚猜**　びっくりして何の音かと怪しむ。この二句の「蝙」と「鼠」は古典的連想を伴うものではなく、その場で夜動き回る小動物の物音が昂ぶった神経に障ること。○**背燈**　灯火を後ろ向きにして部屋を暗くする。中晩唐の頃から詩にあらわれ、これも詞にしきりに用いられる語。

○余香　のこっている香り。李商隠の悼亡詩のひとつ「夜冷」詩に「西亭の翠被　余香薄し、一夜　愁いと将《とも》に敗荷(枯れた蓮)に向かう」。そこでの「西亭」も崇譲里の邸の一部。亡き妻の残り香は、潘岳「悼亡詩三首」其の一に「流芳《りゅうほう》(漂う香)未だ歇《や》むに及ばず、遺挂《いかい》(掛けられたままの衣服)猶お壁に在り」とうたわれる。○起夜来　底本は「夜起来」に作るが、諸本に従って改める。「起夜来」と題する楽府のこと。梁・柳惲《りゅうこん》の「起夜来」に「颯颯として秋桂響く、君の起きて夜に来たるに非ずや」。木の葉の音を待つ人の訪れかと聞き違える思いをうたう。○詩型・押韻　七言律詩。上平十五灰(徊《かい》)と十六咍《かい》(苔《たい》・開《かい》・猜《さい》・来《らい》)の同用。平水韻、上平十灰。

亡き妻をしのぶ悼亡の作。王茂元のむすめと結婚したのは開成三年(八三八)、二十八歳の時。妻王氏の死は大中五年(八五一)、四十一歳の時であった。李商隠の場合、悼亡詩なのかどうかはっきりしない作が多いが、この詩は王茂元の宅を詩題としているのみならず、内容からも明らか。悼亡詩は『文選』に収められた潘岳の三首が規範とされる。そこに見られる語彙、モチーフなどを李商隠も襲用して、潘岳と同じく忘れきれない纏綿たる情をうたっている。

柳枝五首　有序　　柳枝五首《りゅうしごしゅ》　序《じょ》有《あ》り

柳枝、洛中里娘也。父饒好賈、風波死湖上。其母不念他兒子、獨念柳枝。生十七年、塗妝綰髻、未嘗竟、已復起去、吹葉嚼蕊。調絲擫管、作天海風濤之曲、幽憶怨斷之音。居其傍、與其家揖故往來者聞十年、尙相與疑其醉眠夢物斷不娉。余從昆讓山、比柳枝居爲近。他日春曾陰、讓山下馬柳枝南柳下、詠余燕臺詩。柳枝驚問、誰人有此、誰人爲是。讓山謂曰、此吾里中少年叔耳。柳枝手斷長帶、結讓山爲贈叔乞詩。明日、余比馬出其巷、柳枝丫鬟畢妝、抱立扇下、風障一袖。指曰、若叔是、後三日隣當去濺裙水上、以博山香待、與郎俱過。余諾之。會所友有偕當詣京師者、戲盜余臥裝以先、不果留。雪中讓山至、且曰、東諸侯取去矣。明年、讓山復東、相背於戲上。因寓詩以墨其故處云。

柳枝《りゅうし》は、洛中《らくちゅう》の里《り》の娘《むすめ》なり。父《ちち》饒《ゆた》かにして賈《こ》を好《よ》くするも、風波《ふうは》に湖上《こじょう》に死《し》す。其《そ》の母《はは》　他《ほか》の児子《じし》を念《おも》わず、独《ひと》り柳枝《りゅうし》を念《おも》う。生《う》まれて十七年《じゅうしちねん》、塗妝綰髻《としょうわんけい》、未《いま》だ嘗《かつ》て竟《お》わらず、已《すで》にして復《ま》た起《た》ち去《ゆ》き、葉《は》を吹《ふ》き蕊《ずい》を嚼《か》む。糸《いと》を調《ととの》え管《かん》を擫《おさ》え、天海風濤《てんかいふうとう》の曲《きょく》、幽憶怨《ゆうおくえん》断《だん》の音《おと》を作《つく》る。其《そ》の傍《かたわら》に居《お》り、其《そ》の家《いえ》と揖故《ゆうこ》往来《おうらい》する者《もの》聞《き》くこと十年《じゅうねん》なるも、尚《な》お相《あ》い与《とも》に其《そ》の酔眠夢物《すいみんむぶつ》かと疑《うたが》いて断《た》って娉《めと》らず。余《よ》の従昆譲山《じゅうこんじょうざん》、柳枝《りゅうし》の居《きょ》に比《なら》びて近《ちか》しと為《な》す。他日《たじつ》　春《はる》の曾陰《そういん》に、譲山《じょうざん》は馬《うま》を柳枝《りゅうし》の南柳《なんりゅう》の下《した》に下《お》り、余《よ》の燕台《えんだい》の詩《し》を詠《えい》ず。柳枝《りゅうし》驚《おどろ》きて問《と》う、誰《た》が人《ひと》か此《こ》れ有《あ》る、誰《た》が人《ひと》か是《こ》れを為《つく》る、と。譲山《じょうざん》謂《い》いて曰《いわ》く、此《こ》れ吾《わ》が里中《りちゅう》の少年叔《しょうねんしゅく》のみ、と。柳枝手《りゅうして》づから長帯《ちょうたい》を断《た》ち、譲山《じょうざん》に結《むす》びて為《ため》に叔《しゅく》に贈《おく》りて詩《し》を乞《こ》う。明日《みょうにち》、余《よ》は馬《うま》を比《なら》べて其《そ》の巷《こう》を出《い》ず。柳枝《りゅうし》は丫鬟《あかん》して妝《しょう》を畢《お》え、抱《いだ》きて扇下《せんか》に立《た》ち、風《かぜ》一袖《いっしゅう》に障《さえぎ》らる。指《さ》して曰《いわ》く、若《も》し叔是《しゅくこ》れなるか、後三日《のちみっか》にして隣《りん》は当《まさ》に去《ゆ》きて裙《くん》を水上《すいじょう》に濺《そそ》ぐべし、博山《はくざん》の香《こう》を以《もっ》て待《ま》つ、郎《ろう》と倶《とも》に過《よぎ》らん、と。余《よ》　之《これ》を諾《だく》す。会《たま》たま友《とも》とする所《ところ》の偕《とも》に当《まさ》に京師《けいし》に詣《いた》るべき者有《ものあ》り、戯《たわむ》れに余《よ》が臥装《がそう》を盗《ぬす》みて以《もっ》て先《さき》んじ、留《とど》まるを果《は》たせず。雪中《せっちゅう》に譲山至《じょうざんいた》り、且《か》つ曰《いわ》く、東《ひがし》の諸侯取《しょこうと》り去《さ》れり、と。明年《みょうねん》、譲山《じょうざん》復《ま》た東《ひがし》し、戯上《ぎじょう》に相《あ》い背《せ》にす。因《よ》りて詩《し》を寓《よ》せて以《もっ》て其《そ》の故《もと》の処《ところ》に墨《ぼく》せしむと云《い》う。

柳枝《りゅうし》は洛陽の町のむすめである。父は豊かな商人であったが、嵐に巻き込まれて湖で亡くなった。母はほかの子供は念頭になく、ただ柳枝だけをかわいがった。十七歳になっても、おしろいを塗ったり髪をたばねたりはそこそこに、外に出て行って、草の葉を吹いたり花しべを口に嚙んだり無邪気に興ずるのだった。琴や笛を操って、空の風、海の波のような壮大な曲、あるいはまた忍びやかな、消え入りそうな曲を奏でた。近所に住んで、彼女の家とつきあって十年もうわさを聞いている人たちでも、だれもが酔時の夢のようにつかみどころがない女だと思って、嫁に取ろうとする者はついぞなかった。わたしのいとこの譲山《じょうざん》は、柳枝の家の近くに住んでいた。ある春の重く曇った日、譲山は柳枝の家の南の柳に馬を繫いで、わたしの「燕台《えんだい》」の詩を口ずさんでいた。すると柳枝がびっくりして「このような詩はどなたのものでしょう。このような詩はどなたが作られたのでしょう」と尋ねた。譲山は「これはわたしの里の若いいとこの作だ」と答えた。柳枝は手ずから長い帯を断ち切ると、結び目をこしらえ、あなたのいとこに贈ってほしいと譲山に頼んだ。明くる日、わたしは譲山と馬を並べて小路を出ると、柳枝は髪を結ってすっかりおめかしし、扉の前で両腕を重ねて、片袖が風に揺れていた。わたしに向かって「いとこの方でしょうか。三日後に、わたしは水辺に参ってみそぎをいたします。博山の香炉をもってお待ちしますから、あなたもご一緒しましょう」と言った。わたしは承諾した。しかしたまたま一緒に都へ行くことになっていた友人が、ふざけてわたしの荷物を先にこっそり持っていってしまったので、それ以上逗留することができなくなった。冬になって雪の降るなかを譲山がやってきて、「柳枝は東方の諸侯に連れていかれてしまった」とのことだった。翌年、譲山はまた東に行くことになったので、戯水《ぎすい》のほとりで別れを告げた。そしてこの詩を托して彼女の旧居に書き付けるように頼んだ。

○**塗妝綰髻**　お化粧して髪を結う。「塗」はおしろいを塗る、「綰」はまるく結ぶ。「髻」はもとどり。李賀《りが》「大堤の曲」に「青雲綰(たが)ねしむ頭上の髻、明月与《ため》に作《な》す耳辺の璫《とう》」。○**未嘗竟**　きちんと最後まで(お化粧を)しない。○**吹葉嚼蕊**　葉を吹き鳴らし花のしべを嚼むとは、子供の遊びをいうか。年頃になってもおめかしに興味がない少女を描く。○**調糸擫管**　「糸」は弦楽器、「管」は管楽器。「調」は調律する、演奏する。「擫」は穴を指で押さえること。○**作天海風濤之曲、幽憶怨断之音**　「天海風濤」は「天風海濤」の意。大自然の音を写したような雄大な曲。「幽憶怨断之音」はそれと反対に、秘やかな思いをこめて消え入るような哀愁に満ちた曲。○**擖故往来**　近所づきあいをする。○**酔眠夢物**　尋常の少女と異なる柳枝は、周囲の人から見ると酔って眠った夢の中のようにわけがわからないことをいうか。○**従昆譲山**　「従昆」はいとこ。「譲山」はその字《あざな》か。○**余燕台詩**　李商隠の「燕台詩四首」(二六二頁)を指す。○**曾陰**　雲が厚く重なる。「曾」はかさなる。○**少年叔**　年少のいとこ。○**手断長帯**　帯に詩を書いてもらうために手で帯を裂く。○**結** 帯に結び目を作って約束や願い事をする。○**巷** 道路から奥まった小路。○**丫髻** あげまき。若いむすめの髪型。○**畢粧** 完全にお化粧する。先にお化粧もろくにしないで外に遊びに出たというのと対比をなす。○**抱立扇下** 「抱」は抱くように両腕を重ねる。「扇」は扉。○**隣** 近所の者、という言い方で柳枝は自分を称した。○**濺裙水上** 水辺で衣服を洗い、清めの酒をそそぎ無病息災を祈る民間行事。女性が外出できる数少ない機会でもあった。○**博山香** 「博山」という仙山のかたちをした香炉。「春雨」詩注(一九七頁)参照。男女が会うことを暗示する。○**臥装** 寝具。旅には寝具も携帯した。○**相背** 背中を向け合うことから別れることをいう。○**戯上** 戯水のほとり。戯水は陝西省臨潼県の南、驪山《りざん》に発し、渭水《いすい》に流れ込む。

其一

花房與蜜脾
蜂雄蛺蝶雌
同時不同類
那復更相思

其《そ》の一《いち》

花房《かぼう》と蜜脾《みつひ》と
蜂《はち》の雄《おす》と蛺蝶《きょうちょう》の雌《めす》と
時《とき》を同《おな》じくするも類《るい》を同《おな》じくせず
那《なん》ぞ復《ま》た更《さら》に相《あ》い思《おも》わんや

花房《はなぶさ》と密窩《みつぶさ》と。花房に雌の蝶、密窩に雄の蜂。
生まれた時は同じでも、同類ならざる蜂と蝶、恋するなんてすべはなし。

○**花房**　花弁で囲まれた空洞の部分。○**蜜脾**　ミツバチの巣。脾臓に似ているので蜜脾という。「閨情」詩にも「紅露の花房　白蜜脾、黄蜂と紫蝶　両《ふた》つながら参差《しんし》」と男女を蜂と蝶、それぞれの場所を花房、蜜脾に分けていう。また「燕台詩四首」春歌に「蜜房の羽客　芳心に類す」(二六二頁)。○**詩型・押韻**　五言絶句。上平五支(雌《し》)と七之(思《し》)の同用。平水韻、上平四支。

其二

本是丁香樹
春條結始生
玉作彈棊局
中心亦不平

其《そ》の二《に》

本《もと》より是《こ》れ丁香《ていこう》の樹《き》
春条《しゅんじょう》　結《けつ》　始《はじ》めて生《しょう》ず
玉《ぎょく》もて弾棊《だんき》の局《きょく》を作《つく》るも
中心《ちゅうしん》　亦《ま》た平《たい》らかならず

あなたは生来丁子《ちょうじ》の香木。春の枝には結《つぼみ》がついて、春の思いに心も結ぼる。

玉《ぎょく》でこさえた将棋盤、その中心《まんなか》は平らじゃない。平らかならぬは心の中も。

〇丁香樹　香木の丁子の木。**〇春条**　春になって伸びた枝。春は恋を誘う季節。**〇結**　つぼみ。少女が恋に目覚めてゆくのとともに、また「代わりて贈る二首」其の一に「芭蕉は展びず　丁香は結ぶ」(一六九頁)というように、つぼみがつくことと心が結ばれることとをも掛ける。**〇玉作二句**　「弾棋」は中心が盛り上がった盤で行うおはじきに似たゲーム。「局」はその盤。「無題(梁を照らして)」詩注参照(一二九頁)。**〇詩型・押韻**　五言絶句。下平十二庚(生《せい》・平《へい》)の独用。平水韻、下平八庚。

其三

嘉瓜引蔓長
碧玉冰寒漿
東陵雖五色
不忍値牙香

其《そ》の三《さん》

嘉瓜《かか》　蔓《つる》を引《ひ》くこと長《なが》し
碧玉《へきぎょく》　寒漿《かんしょう》氷《こお》る
東陵《とうりょう》　五色《ごしき》と雖《いえど》も
牙香《がこう》に値《あ》うに忍《しの》びず

めでたい瓜が伸ばすは長い長い蔓。その碧玉の実は含めばひやっと凍りつく。

東陵《とうりょう》の瓜は五色に輝くというけれど、香しいその実、歯に当てるにはしのびない。

○嘉瓜　「瓜」は蔓が勢いよく伸びることから生命力あふれた植物とされる。ここでは柳枝の健康な美しさを瓜の実にたとえる。**○碧玉**　瓜の実を碧色の玉《ぎょく》にたとえる。また恋の歌に登場する少女の名でもある。東晋・孫綽《そんしゃく》「情人碧玉歌」其の二に「碧玉破瓜の時、相い為に情は顚倒す。郎に感じて羞難せず、身を回らして郎に就きて抱かれん」。破瓜は瓜の字を分解すると八の字が二つになることから十六歳をいう。また梁・元帝「採蓮曲《さいれんきょく》」に「碧玉は小家の女《むすめ》、来たりて汝南王に嫁ぐ」。柳枝が「東の諸侯」に嫁いだのと対応する。**○寒漿**　冷たい飲料。魏・曹丕《そうひ》「朝歌令呉《ちょうかれいご》質《しつ》に与うる書」（『文選』巻四二）に「甘瓜を清泉に浮かべ、朱李を寒水に沈む」と、瓜やスモモを冷やして食べることが記される。**○東陵一句**　秦の東陵侯に封じられていた邵平《しょうへい》は秦が滅びると布衣（庶民）の身となり、長安の門の東で瓜を栽培し、それが美味だったので「東陵の瓜」と称された。魏・阮籍「詠懐詩」（『文選』巻二三）其の六に「昔聞く東陵の瓜、近く青門の外に在りと。……五色　朝日に耀き、嘉賓　四面に会す」。**○牙香**　「牙」は歯。噛むと香りが立ち上る。美しい姿は見るだけで我が物とはしないという意を含む。**○詩型・押韻**　五言絶句。下平十陽（長《ちょう》・漿《しょう》・香《きょう》）の独用。平水韻、下平七陽。

其　四

柳枝井上蟠
蓮葉浦中乾
錦鱗與繡羽
水陸有傷残

其《そ》の四《し》

柳枝《りゅうし》　井上《せいじょう》に蟠《わだかま》り
蓮葉《れんよう》　浦中《ほちゅう》に乾《かわ》く
錦鱗《きんりん》と繡羽《しゅうう》と
水陸《すいりく》　傷残《しょうざん》有《あ》り

柳の枝は井戸端で身を縮こまらせ、蓮の葉は水辺で枯れている。錦鮮やかな魚、刺繡の模様きわだつ鳥。水のなか、陸のうえ、どちらも傷を負っている。

○柳枝　少女の名「柳枝」と柳の木とをかける。**○蟠**　蛇がとぐろを巻くように枝が屈曲している。**○浦中**　岸辺。**○錦鱗一句**　錦のような美しい鱗の魚と、刺繡を施したようにきれいな羽の鳥。柳から鳥が、蓮から魚が導かれる。**○傷残**　「傷」も「残」も損なわれること。柳の木に棲む鳥は柳枝を、蓮の葉に遊ぶ魚は作者を指し、水上の物、陸上の物、どちらもかなわぬ恋に傷めつけられていることをいう。**○詩型・押韻**　五言絶句。上平二十五寒(乾《かん》・残《ざん》)と二十六桓(蟠《はん》)の同用。平水韻、上平十四寒。

其　五

畫屏繡歩障
物物自成雙
如何湖上望
只是見鴛鴦

其《そ》の五《ご》

画屏《がへい》　繡歩障《しょうほしょう》
物物《ぶつぶつ》　自《おのずか》ら双《そう》を成《な》す
如何《いかん》ぞ湖上《こじょう》に望《のぞ》めば
只《た》だ是《こ》れ鴛鴦《えんおう》を見《み》る

鮮やかな屏風、ぬいとりを施したとばり、物みな対《つい》になっている。なんと湖上を眺めてみれば、そこに見えるはこれまたつがいのおしどり。

○画屏　あやどり美しい屏風。**○繡歩障**　「歩障」は外出した時に用いるとばり。竹や木の枠に布を張った物。西晋の石崇《せきすう》と王愷《おうがい》はぜいたくを競い合い、王愷が紫の糸で織って碧色の絹を裏地とした四十里の歩障を作ると、石崇は五十里もある錦の歩障を作った(『世説新語』汰侈《たし》篇)。**○物物一句**　「成双」はペアになる。屏風、歩障、いずれも二枚で一揃いになっている。そのようにどんな物でも対になっているのに、柳枝と自分はそうなれない。**○詩型・押韻**　五言絶句。下平十陽(障《しょう》・鴦《おう》)と上平四江(双《そう》)の通押。平水韻、下平七陽と上平三江。

自分の詩をきっかけに一人の少女と知り合ったが、逢瀬の約束を果たせないまま彼女は嫁いで行った。はかなく終わった恋にもとづいた歌謡風の詩。恋愛詩の背景を極力消しつぶす李商隠が、この詩では逆に元になった体験を「序」のなかで小説のように委細を尽くして語っている。詩と体験がどのように繋がるかをうかがうことのできる稀有の例である。「悉くは実に非ず」(馮浩《ふうこう》)という意見もあるが、作者自身は実際の出来事であったかのように書いている。ただ、序に続く五首の詩は、深く重い李商隠独特の恋愛詩とは別の趣があり、南朝楽府の措辞や発想を借りた、軽やかなうたいぶりを見せる。

燕臺詩四首

其一

風光冉冉東西陌
幾日嬌魂尋不得
蜜房羽客類芳心
冶葉倡條徧相識

燕台《えんだい》詩《し》四首《よんしゅ》

其《そ》の一《いち》

風光《ふうこう》　冉冉《ぜんぜん》たり　東西《とうざい》の陌《はく》
幾日《いくにち》か嬌魂《きょうこん》　尋《たず》ぬるも得《え》ず
蜜房《みつぼう》の羽客《うきゃく》　芳心《ほうしん》に類《るい》し
冶葉《やよう》　倡条《しょうじょう》　徧《あまね》く相《あ》い識《し》る

暖藹輝遲桃樹西
高鬟立共桃鬟齊
雄龍雌鳳杳何許
絮亂絲繁天亦迷
醉起微陽若初曙
映簾夢斷聞殘語
愁將鐵網罥珊瑚
海闊天寬迷處所
衣帶無情有寬窄
春煙自碧秋霜白
研丹擘石天不知
願得天牢鎖冤魄
夾羅委篋單綃起
香肌冷襯琤琤珮

暖藹《だんあい》輝遅《きち》たり　桃樹《とうじゅ》の西《にし》
高鬟《こうかん》　立《た》ちて桃鬟《とうかん》と斉《ひと》し
雄龍《ゆうりゅう》　雌鳳《しほう》　杳《よう》として何許《いずこ》ぞ
絮《じょ》は乱《みだ》れ糸《いと》は繁《しげ》く　天《てん》も亦《ま》た迷《まよ》う
酔《よ》いより起《お》きれば　微陽《びよう》　初《はじ》めて曙《あ》くるが若《ごと》く
簾《れん》に映《えい》じて夢断《ゆめた》たれ残語《ざんご》を聞《き》く
愁《うれ》いて鉄網《てつもう》を将《も》って珊瑚《さんご》に罥《か》くるも
海《うみ》は闊《ひろ》く天《てん》は寛《ひろ》く処所《しょしょ》に迷《まよ》う
衣帯《いたい》は情無《じょうな》く寛窄《かんさく》有《あ》り
春煙《しゅんえん》は自《おのずか》ら碧《あお》く秋霜《しゅうそう》は白《しろ》し
丹《たん》を研《みが》き石《いし》を擘《さ》くも天《てん》は知《し》らず
願《ねが》わくは天牢《てんろう》の冤魄《えんはく》を鎖《とざ》すを得《え》ん
夾羅《きょうら》　篋《はこ》に委《ゆだ》ねて単綃《たんしょう》起《お》く
香肌《こうき》　冷《ひや》やかに襯《つ》く　琤琤《そうそう》たる珮《はい》

今日東風自不勝
化作幽光入西海
右春

今日《こんにち》　東風《とうふう》　自《おのずか》ら勝《た》えず
化《か》して幽光《ゆうこう》と作《な》り西海《せいかい》に入《い》らん
右春《みぎはる》

春の風、春の光がゆるやかに渡る街路で、来る日も来る日も追い求めるのはあの人のまぼろし。

蜜房《みつぶさ》に出入りする蜂はまさしく春の心。つやめく葉も、なまめかしい枝も、何もかも知り尽くしている。

暮れなずむ春の日、柔らかなもやに包まれた桃林の西に、鬟《まげ》のごとき桃の花の合間に見えたのは、鬟を結いあげたあの人の姿か。

雄の龍、雌の鳳、むつみ合った二人は今いずこ。柳絮《りゅうじょ》が飛び、遊糸《ゆうし》が浮かぶ春の空に、天帝も惑わんばかり。

浅い酔いから醒めれば、残照は暁の光に見まがい、御簾に映るその光に眠りは途切れ、夢のなかのささやきが耳にのこる。

愁いに結ぼれ、鉄の網を海に沈めて珊瑚を取ろうとしても、海も空も果てなく拡がり、どこにいるのか惑うこの身。

やつれた体をあざ笑うかのように帯は緩み、春のもやはどこまでも青く、秋の霜はどこまでも白い。

磨けど磨けど赤い丹砂のごとく、砕けど砕けど堅い岩のごとく、堅く赤いまごころも天はしろしめず。望みといえば、天の牢獄とかいう天牢の星に、この迷える魂を閉じこめてもらうこと。

あわせの衣は箱に収めひとえを取り出せば、香り立つかの人の肌に冷ややかに触れる珮玉。

この日、東風《はるかぜ》はあまりにやるせなく、かそけき光と化してあの人の待つ遠い西の海に赴こうか。

右　春のうた

○燕台　戦国時代、燕の国の昭王が全国から賢人を集めた楼台。それが詩の内容とどのような繋がりをもつかはわからない。節度使の幕下を指し、そこで邂逅した女性との恋をうたうとの説もある。洛陽の柳枝という少女がひとたびこの詩を聞くや夢中になったということを李商隠自身が記している。「柳枝五首」詩の序を参照(二五二頁)。**○冉冉**

ゆるやかに移ろいゆく様子。○**東西陌**　「陌」はもともとあぜみち。東西を陌、南北を阡《せん》という。のちに街路をいう。○**嬌魂**　女性のまぼろし。李賀《りが》「感諷《かんぷう》」六首の二、「嬌魂　回風(つむじ風)に従い、死処に郷月懸かる」の句に出る語。この連作詩は李賀の詩と表現の類似が目立つ。○**蜜房一句**　「蜜房」は蜂の巣。「柳枝五首」其の一注参照(二五七頁)。「羽客」は羽化登仙できる仙人。ここでは蜂をいう。「芳心」は花香る春の情感であるが、女性の心でもある。李白「古風」四十九首に「皓歯《こうし》終に発《ひら》かず、芳心空しく自ら持す」。「類」は似ている。○**冶葉倡条**　葉・条(枝)に艶麗な語を冠していう。「冶」も「倡」もなまめかしいの意。○**暖藹一句**　「暖藹」はのどかな春のもや。「輝遅」は春の陽光が暮れなずむようすをいう畳韻の語。『詩経』豳風《ひんぷう》・七月に「春日遅遅たり」とある。○**高鬟一句**　鬟のような桃の花を女の鬟に見立てる。「鬟」は輪のかたちに結いあげた髪。「桃鬟」はまげのように盛り上がって咲く桃の花。若い女性の美しさを桃の花にたとえるのは『詩経』周南・桃夭《とうよう》「桃の夭夭たる、灼灼《しゃくしゃく》たる其の華」以来、習熟した比喩。○**雄龍雌鳳**　この詩の主体である男と彼が恋い慕う女をたとえる。○**絮乱一句**　「絮」は柳絮、「糸」は遊糸(空中に浮遊するクモの糸)、心の乱れを柳絮や遊糸などの春の景物に繋げて言う。「天亦迷」は李賀の「天若《も》し情有らば天も亦た老いん」(「金銅《きんどう》仙人　漢を辞する歌」)に借りた表現。○**愁将一句**　珊瑚は鉄の網を海中に沈め、それに着床させて引き上げたという。『新唐書』西域伝、払菻《ふつりん》(東ローマ帝国)の記述のなかに見えるように、遠い異国の漁法と受け止められた。恋の成就を願う気持ちをいうか。この美しい比喩は「碧城三首」其の三にも見える(一五三頁)。「罥」は掛ける。**○衣帯一句**　「寛窄」はゆるやかと窮屈。体が痩せて衣帯が合わない。「古詩十九首」(『文選』巻二九)其の一に「相い去ること日に已《もっ》て遠く、衣帯日に已て緩し」。**○春煙一句**　人が悲しみに痩せるのと関わりなく、春は春の、秋は秋の様相を呈することをいう。**○研丹一句**　『呂氏春秋』誠廉《せいれん》に「石は破るべきなるも、堅を奪うべからず。丹は磨くべきなるも、赤を奪うべからず」とあるのにもとづく。**○天牢一句**　「天牢」は星の名。『晋書』天文志に「天牢六星は北斗の魁《かい》(星の名)の下に在り、貴人の牢なり」。「冤魄」は本来無実の罪で死んだ人の魂だが、ここでは思いを遂げられぬ人の魂の意味で使う。**○夾羅**　うすぎぬのあわせ。**○単綃**　絹のひとえ。春から夏へ移行する時期をいう。**○香肌冷襯**　底本は「香眠」に作るが他の諸本に従って「香肌」に改める。「襯」は肌にぴったりくっつく。**○琤琤珮**　「琤琤」は玉の触れ合う音。「珮」は腰に帯びる玉。女性の身を想像していう。**○西海**　『楚辞』離騒に「西海を指して以て期と為す」というように、恋人と会える遥かかなたの地。**○詩型・押韻**　七言古詩。換韻して五種の韻を用いる。(1)入声二十陌(陌《はく》)、二十四職(識《しき》)、二十五徳(得《とく》)の通押。平水韻、入声十一陌と十三職。

(2)上平十二斉(西《せい》・斉《せい》・迷《めい》)の独用。平水韻、上平八斉。(3)上声八語(語《ご》・所《しょ》)と去声九御(曙《しょ》)の通押。平水韻、上声六語と去声六御。(4)入声二十陌(窄《さく》・白《はく》・魄《はく》)の独用。平水韻、入声十一陌。(5)上声十五海(海《かい》)と去声十八隊(珮《はい》)の通押。平水韻、上声十賄と去声十一隊。

其二

前閣雨簾愁不巻
後堂芳樹陰陰見
石城景物類黄泉
夜半行郎空柘彈
綾扇喚風閶闔天
輕帷翠幕波淵旋
蜀魂寂寞有伴未
幾夜瘴花開木棉

其《そ》の二《に》

前閣《ぜんかく》の雨簾《うれん》　愁《うれ》いて巻《ま》かず
後堂《こうどう》の芳樹《ほうじゅ》　陰陰《いんいん》として見《み》ゆ
石城《せきじょう》の景物《けいぶつ》　黄泉《こうせん》に類《るい》し
夜半《やはん》の行郎《こうろう》　空《むな》しく柘弾《しゃだん》す
綾扇《りょうせん》　風《かぜ》を喚《よ》ぶ　閶闔《しょうこう》の天《てん》
軽帷《けいい》　翠幕《すいばく》　波《なみ》　淵旋《えんせん》す
蜀魂《しょくこん》　寂寞《せきばく》たり　伴《とも》有《あ》るや未《いま》だしや
幾夜《いくよ》か瘴花《しょうか》　木棉《もくめん》を開《ひら》く

桂宮流影光難取
嫣薫蘭破輕輕語
直教銀漢墮懷中
未遣星妃鎭來去
濁水清波何異源
濟河水清黄河渾
安得薄霧起緗裙
手接雲軿呼太君
右夏

桂宮《けいきゅう》　影《かげ》を流《なが》すも光《ひかり》は取《と》り難《がた》し
嫣薫《えんくん》として蘭《らん》は破《やぶ》る　軽軽《けいけい》たる語《ご》
直《た》だ銀漢《ぎんかん》をして懐中《かいちゅう》に堕《お》とさしめ
未《いま》だ星妃《せいひ》をして鎮《とわ》に来去《らいきょ》せしめず
濁水《だくすい》　清波《せいは》　何《なん》ぞ源《みなもと》を異《こと》にするや
済河《せいが》は水清《みずきよ》く　黄河《こうが》は渾《にご》る
安《いず》くんぞ得《え》ん　薄霧《はくむ》　緗裙《しょうくん》に起《お》こり
手《て》ずから雲軿《うんべい》に接《せっ》して太君《たいくん》と呼《よ》ぶを
右夏《みぎなつ》

前面の楼閣には雨の簾《すだれ》が鬱々と降り注ぎ、後方の堂には芳しい木々のおぐらい影が映る。

かの莫愁《ばくしゅう》のいた石城《せきじょう》、その風景はさながら黄泉の国、深夜の遊客は一人空しくはじきを打つ。

絹の扇は天界の門の心地よい風を呼び、軽やかなカーテン、みどりのとばりも揺れて波となる。

さびしく彷徨う蜀王の魂にお供をする者はいるだろうか。幾晩、南国の花は赤い木綿の花を咲かせたのだろうか。

月の宮から月影は漏れるけれどその光に触れることはできない。かぐわしい蘭は微笑み、ひそやかな言葉をつむぎ出す。

いっそのこと銀河を私の懐中に引き込ませて、そのまま織女をずっと引き留めておきたい。

濁流も清流もその源になんの違いがあるのか。なのに済河の流れは清く黄河は濁っているとは。

どうすれば叶うのだろう、浅黄色の裳にうっすらと霧が立つその人の、空翔《かけ》る車にこの手を差し伸べ、親しく「太君」と呼びかけることが。

右　夏のうた

○前闋一句　雨の降り込める様子を簾にたとえ、簾にたとえたので雨が降り続くのを巻き上げないと比喩する。**○陰陰**　薄暗い様子。**○石城**　南京郊外の石頭城《せきとうじょう》。南朝の楽府にうたわれたヒロイン莫愁のいた場所。無名氏の楽府「莫愁楽」に「莫愁は何処《いずこ》に在る、莫愁は石城の西」。李商隠にはそれをふまえた「石城」詩もある。○**黄泉**　死者の住む地底の世界。○**行郎**　行人、遊客。石城の莫愁と対になる男。○**柘弾**　柘《しゃ》(ヤマグワ)の枝で作ったはじき。『白氏六帖』巻一四の引く『西京雑記』に「長安五陵の人、柘木を以て弾を作り、真珠もて丸と為し、以て鳥雀を弾つ」。もともと貴公子の遊びだが、ここでは女性を求めることの隠喩か。○**綾扇**　あやぎぬの扇。夏に結びつく物。○**閶闔**　天界の門。『楚辞』離騒《りそう》に見える。○**軽幃一句**　「幃」も「幕」もカーテン。「幃」はベッドの周囲に、「幕」は部屋の周囲に垂らす。それが風を受けて波のように揺れることをいう。○**蜀魂**　蜀の望帝の化身である杜鵑《ほととぎす》。「錦瑟」詩注参照(一七頁)。ここでは異国をさまよっているであろう女性をいう。○**瘴花**　熱帯の花。「瘴」は南方熱帯の地に満ちる気。○**木綿**　南方の木。赤い花をつける。「李衛公《りえいこう》」詩に「今日　身を致す歌舞の地、木綿の花は暖かく鷓鴣《しゃこ》飛ぶ」。○**桂宮**　月の中には桂の木があると伝えられることから月の宮をいう。○**嫣薫一句**　薫り高い蘭の花が開くのと女性がにっこりほほえみながら口を開くのとを重ねる。「嫣」は美女の笑うさま。宋玉《そうぎょく》「登徒子《とうとし》好色の賦」(『文選』巻一九)の序に「嫣然として一笑す」。曹植「洛神の賦」(『文選』巻一九)に「辞を含みて未だ吐かず、気は幽蘭の若し」。○**銀漢**　天の川。○**星妃**　織女。○**鎮**　常に、永遠に。二句は天の川を懐中に入れることによって織女を自分のもとに引き留めておきたいの意。〇**済河一句**　済水と黄河は古代の四瀆《しとく》(四つの大河)に数えられる。済水は清く黄河は濁っていたとされる。『戦国策』燕策《えんさく》に「斉に清済と濁河有り」。済水は河南省済源県に発して東流し、海に流れ込んでいたが、のちに黄河と重なって、今では一部がのこるのみ。〇**細裙**　浅黄色の絹でこしらえた裳。〇**雲軿**　「軿」はとばりで囲った女性の乗る車。仙女にみたてるので「雲」の語を冠する。〇**太君**　高級官僚の母親の称号であるが、ここでは仙女の意味で用いる。〇**詩型・押韻**　七言古詩。換韻して以下の四種の韻を用いる。(1)去声二十八翰(弾《だん》)、三十二霰(見《けん》)、三十三線(巻《かん》)の通押。平水韻、去声十五翰と十七霰。(2)下平一先(天《てん》)と二仙(旋《せん》・棉《めん》)の同用。平水韻、下平一先。(3)上声八語(語《ご》)、去声九御(去《きょ》)、上声九麌(取《しゅ》)の通押。平水韻、上声六語、去声六御、上声七麌。(4)上平二十文(君《くん》)、二十二元(源《げん》)、二十三魂(渾《こん》)の通押。平水韻、上平十二文、十三元。

其　三

月浪衝天天宇濕

其《そ》の三《さん》

月浪《げつろう》　天《てん》を衝《う》ち　天宇《てんう》湿《しめ》る

涼蟾落盡踈星入
雲屛不動掩孤嚬
西樓一夜風箏急
欲織相思花寄遠
終日相思却相怨
但聞北斗聲廻環
不見長河水清淺
金魚鎖斷紅桂春
古時塵滿鴛鴦茵
堪悲小苑作長道
玉樹未憐亡國人
瑤瑟愔愔藏楚弄
越羅冷薄金泥重
簾鉤鸚鵡夜驚霜

涼蟾《りょうせん》　落《お》ち尽《つ》くして　踈《そ》星《せい》入《い》る
雲屛《うんぺい》は動《うご》かず　孤嚬《こひん》を掩《おお》う
西楼《せいろう》　一夜《いちや》　風箏《ふうそう》急《きゅう》なり
相思《そうし》の花《はな》を織《お》りて遠《とお》くに寄《よ》せんと欲《ほっ》するも
終日《しゅうじつ》相《あ》い思《おも》えば却《かえ》って相《あ》い怨《うら》む
但《た》だ北斗《ほくと》の声《こえ》の廻環《かいかん》するを聞《き》き
長河《ちょうが》の水《みず》の清浅《せいせん》なるを見《み》ず
金魚《きんぎょ》の鎖《さ》は断《た》つ　紅桂《こうけい》の春《はる》
古時《こじ》の塵《ちり》は満《み》つ　鴛鴦《えんおう》の茵《しとね》
悲《かな》しむに堪《た》えん　小苑《しょうえん》　長道《ちょうどう》と作《な》るを
玉樹《ぎょくじゅ》未《いま》だ憐《あわれ》まず　亡国《ぼうこく》の人《ひと》
瑤瑟《ようしつ》愔愔《いんいん》として楚弄《そろう》を蔵《ぞう》す
越羅《えつら》冷薄《れいはく》にして金泥《きんでい》は重《おも》し
簾鉤《れんこう》の鸚鵡《おうむ》　夜《よる》　霜《しも》に驚《おどろ》き

喚起南雲繞雲夢
雙璫丁丁聯尺素
內記湘川相識處
歌唇一世銜雨看
可惜馨香手中故
　右秋

喚《よ》び起《お》こす　南雲《なんうん》　雲夢《うんぼう》を繞《めぐ》るを
双璫丁丁《そうとうとうとう》として尺素《せきそ》に聯《つら》なる
内《うち》には記《しる》す　湘川《しょうせん》相《あ》い識《し》る処《ところ》
歌唇《かしん》　一世《いっせい》　雨《あめ》を銜《ふく》みて看《み》ん
惜《お》しむべし　馨香《けいこう》　手中《しゅちゅう》に故《ふる》びたり
　右秋《みぎあき》

月の光が天に波打ち、天空を濡らす。秋の月は沈みきって、まばらな星の光が部屋にさしこむ。

雲母の屏風は身じろぎもせず、悲しみに浸る女を包む。のきばの風鈴が夜どおし鳴り続ける西の楼台。

相思樹の花を織り込んで遠くのあの人に送りたいけれど、日もすがら思い続ければ、かえって怨みが募る。

聞こえてくるのはただ北斗星が回転する音、天の川が渡れるほど浅いのは見たことがない。

黄金の魚の錠前が鎖されて丹桂の咲きほこった庭に人影は絶え、かつてともにした鴛鴦のしとねには塵が厚く積もっている。

悲しくもあの小さな庭が今では大通りに変わってしまったのだ。「玉樹後庭歌」にかまけて国を亡ぼした人に同情などするものか。

玉の琴は静かな調べに楚の国の響きを籠め、越のうすぎぬは冷やかに透き通り金泥の模様さえ重たげ。

すだれの鈎《かぎ》に吊したかごの鸚鵡は夜の寒さに驚き、思い起こすのは、南の雲のもと、雲夢の沢をめぐった日々。

かすかな響きとともに耳飾りを手紙に結び、湘水のあたりで知り合った時のことを綴る。あの人は低く歌を口ずさみ、いつまでも涙ながらに読み続けることだろう。しかし無念にも手紙に薫き込められた香は、手のなかで失せていく。

右　秋のうた

○**月浪**　月光をたとえる。月や月光を「金波」ということからの、李商隠の造語。○**衝天**　空に打ち付ける。「衝」を「衡」に作るテキストがあり、横たわって動かないと説く注もあるが、衝波の語もあるように、波について「衝」という動詞はよく結びつく。また「令狐舎人《れいこしゃじん》　昨夜　西掖《せいえき》に月を翫《もてあそ》ぶと説く　因りて戯れに贈る」詩にも月をうたって、「涼波　碧瓦《へきが》を衝く」の句がある。**○天宇**　天空。西晋・左思《さし》「魏都賦《ぎとふ》」(『文選』巻六)に「天宇駭《おどろ》き、地廬《ちろ》驚く」。**○涼蟾**　秋の月をいう。月のなかには蟾蜍《せんじょ》(ひきがえる)がいると考えられたことから、「蟾」は月の別称に用いられる。**○雲屏**　雲母の屏風。「常娥」詩参照(二一一頁)。**○孤嚬**　ひとり、眉をひそめて愁思に沈む女性。「嚬」は顰と同じ、眉をひそめること。西施が病気のために顰したのを醜女がまねた、いわゆる顰みに倣う故事(『荘子』天運篇)は習用。それにもとづいて憂わしげな女性そのものを意味する李商隠の造語。**○風箏**　風鈴。のきに吊して風で音を発するもの。**○相思花**　相思樹の花。相思樹は「蝿蝶鶏麝鸞鳳等《ようちょうけいじゃらんぽうとう》もて篇《へん》を成《な》す」詩注参照(八五頁)。**○但聞一句**　北斗星が北極星のまわりを回る。「廻環」は回る。杜甫「諸公の慈恩寺塔に登るに同ず」詩には「七星　北戸に在り、河漢　声　西に流る」と、天の川が川ゆえに水音を立てると表現されているが、ここでは北斗星が回転する音をいう。**○不見一句**　「古詩十九首」(『文選』巻二九)其の十に牽牛と織女が天の川を隔てて見つめ合い、「河漢清くして且つ浅し、相い去ること復た幾許《いくばく》ぞ」と、すぐそこにあって水かさも浅いのに渡れないという思いをうたうが、ここでも男女を隔てる川を渡るすべもないことをいう。

○**金魚一句**　「金魚」は金色に輝く魚のかたちをした錠前。「紅桂」は丹桂、キンモクセイ。「春」は春のように満開の花の光景をいう。○**古時一句**　「古時」はかつての時。「鴛鴦茵」はおしどりの刺繡をほどこしたしとね。会わなくなって久しいことをいう。○**堪悲一句**　ともに過ごした思い出のある庭が、今では人の行き交う道になってしまっていることが悲しみに堪えない。○**玉樹一句**　「玉樹」は歓楽に溺れ国を亡ぼした陳の後主《こうしゅ》が作った「玉樹後庭歌」。「南朝(玄武湖中)」詩注参照(五二頁)。○**瑶瑟**　玉で装飾した瑟。○**愔愔**　穏やかな音の形容。『左氏伝』昭公十二年に「其の詩に曰く、祈招《きしょう》の愔愔たる、式《もっ》て徳音を昭《あき》らかにす」。その杜預《どよ》の注に「愔愔は安和の貌」。○**楚弄**　楚の国の曲。「弄」は演奏することから楽曲をいう。○**越羅**　越の国の羅(薄い絹織物)は蜀の錦とならぶ名品とされた。○**金泥**　金の顔料。金泥で羅の衣に図案を描く。○**南雲**　南の空の雲。遠く南方にいる親しい人を思う気持ちをあらわす。西晋・陸機《りくき》「親を思う賦」に「南雲を指して款《まごころ》を寄す」。○**雲夢**　雲夢の沢。「夢沢」詩注参照(六九頁)。○**双璫**　一対の耳飾り。○**丁丁**　玉が触れ合う音。○**尺素**　手紙をいう詩語。長さ一尺のしろぎぬに書いたので尺素という。古楽府「飲馬長城窟行《いんばちょうじょうくつこう》」に「児を呼びて鯉魚を烹《に》れば、中に尺素の書有り」。○**湘川相識処**　湘水のあたりで知り合った時のこと。○**歌唇一句**　男の寄せた手紙を女が歌を口ずさみながら読む、と解する。「一生」はいつまでも。**〇馨香**　ここでは箋紙に付いた香り。二人の恋が過去のものとなっていくことを象徴する。「古詩十九首」其九に花を折って思う人に贈ろうとして「馨香　懐袖《かいしゅう》に盈《み》つるも、路遠くして之を致す莫《な》し」。**〇詩型・押韻**　七言古詩。換韻して以下の五種の韻を用いる。(1)入声二十六緝(湿《しつ》・入《にゅう》・急《きゅう》)の独用。平水韻、入声十四緝。(2)上声二十阮(遠《えん》)、二十八獮(浅《せん》)、去声二十五願(怨《えん》)の通押。平水韻、上声十三阮、十六銑、去声十四願。(3)上平十七真(菌《きん》・人《じん》)と十八諄(春《しゅん》)の同用。平水韻、上平十一真。(4)去声三用(重《じゅう》)と一送(弄《ろう》・夢《ぼう》)の通押。平水韻、去声二宋と一送。(5)去声九御(処《しょ》)と十一暮(素《そ》・故《こ》)の通押。平水韻、去声六御と七遇。

其　四

天東日出天西下
雌鳳孤飛女龍寡
青溪白石不相望
堂中遠甚蒼梧野
凍壁霜華交隠起

其《そ》の四《し》

天《てん》の東《ひがし》に日《ひ》出《い》でて　天《てん》の西《にし》に下《くだ》る
雌鳳《しほう》は孤《ひと》り飛《と》び　女龍《じょりょう》は寡《か》なり
青渓《せいけい》と白石《はくせき》と相《あ》い望《のぞ》まず
堂中遠《どうちゅうとお》きこと　蒼梧《そうご》の野《の》より甚《はなは》だし
凍壁《とうへき》の霜華《そうか》　交《こも》ごも隠起《いんき》す

芳根中斷香心死
浪乘畫舸憶蟾蜍
月娥未必嬋娟子
楚管蠻絃愁一概
空城罷舞腰支在
當時歡向掌中銷
桃葉桃根雙姊妹
破鬟矮墮凌朝寒
白玉燕釵黃金蟬
風車雨馬不持去
蠟燭啼紅怨天曙
右冬

芳根《ほうこん》は中断《ちゅうだん》し香心《こうしん》は死《し》す
浪《みだ》りに画舸《がか》に乗《の》りて蟾蜍《せんじょ》を憶《おも》うも
月娥《げつが》未《いま》だ必《かなら》ずしも嬋娟子《せんけんし》ならず
楚管《そかん》　蛮絃《ばんげん》　愁《うれ》いは一概《いちがい》
空城《くうじょう》　舞《ま》いを罷《や》めて腰支《ようし》在《あ》り
当時《とうじ》の歓《よろこ》びは掌中《しょうちゅう》に銷《き》ゆ
桃葉《とうよう》　桃根《とうこん》　双姉妹《そうしまい》
破鬟《はかん》の矮堕《わだ》　朝寒《ちょうかん》を凌《しの》ぐ
白玉《はくぎょく》の燕釵《えんさ》　黄金《おうごん》の蟬《せみ》
風車雨馬《ふうしゃうば》　持《も》ち去《さ》らず
蠟燭《ろうしょく》　啼紅《ていこう》　天《てん》の曙《あ》くるを怨《うら》む
右冬《みぎふゆ》

東の空から日は昇り、西の空へとまもなく沈む。雌の鳳はひとり寂しく大空を飛び、雌の龍に連れ添う相手もいない。

青渓《せいけい》のむすめと白石《はくせき》の青年、二人は向かい合うこともなく、女の部屋は南方のあの蒼梧の野よりもさらに遠い。

凍てついた壁には霜の花が凹凸をつける。香木の根は寒さで断ちきれ、その芯は死に絶えた。

あでやかな船で月の世界に行こうと思うもむなし、月の嫦娥《じょうが》があの人の美しさに及ぶものか。

楚の曲も南蛮の曲も、悲しみを誘うは同じ。町には人影消え、舞踊は絶えて見られぬが、目にのこるあの人の舞い姿。

あの頃の歓びは、この手のなかでみすみす消えていく。桃葉《とうよう》・桃根《とうこん》姉妹との歓びが。

乱れた矮堕《わだ》の髪が朝の寒さに耐え、白玉の燕のかんざし、黄金の蟬の髪飾りをも揺らす。

風と雨が車馬となって彼女を運んでくれることはない。蠟燭の流す赤い涙は、明けゆく夜への怨み。

右　冬のうた

○天東一句　太陽が東から昇ったと思えばすぐ西に下る。冬の日の短さをいう。**○雌鳳**

一句　寡は女性が連れ合いをなくしたこと。「雌鳳」は雄鳳の誤りとする説がある。それに従えば男も女も相手がいない。○**青渓一句**　南朝の楽府「神弦歌」のなかに「青渓小姑《しょうこ》の曲」と「白石郎の曲」がある。それに借りて一対の若い女と男をあらわす。「青渓小姑の曲」には「小姑の居る所、独り処りて郎無し」。「無題(重幃深く下ろす)」詩注参照(二一八頁)。○**堂中一句**　「堂」はここでは女性の居処。「蒼梧野」は舜が旅の途上で命を落とした南方の地。『史記』五帝本紀に「南に巡狩して蒼梧の野に崩ず」。湖南省寧遠県のあたりという。舜の二人の妃の涙でその地の竹は斑《まだら》になったという故事もよく使われる。「潭州」詩注参照(三五頁)。一句は実際には身近な場でありながら、会えないために蒼梧の野のように遠いという意。「無題(来たるは是れ空言)」詩注参照(一一六頁)。○**交隠起**　くぼんだり盛り上がったり。○**芳根一句**　香木の根も芯も枯れる。愛情が消失することをいう。○**浪乗一句**　「浪《ろう》」はむなしく。「画舸」は彩色を施した船。「蟾蜍」は月を指す。前の「其の三」詩参照。○**月娥一句**　「月娥」は月のなかに住む嫦娥。「常娥」詩参照(二一一頁)。「嬋娟」は美しいこと。「嬋娟子」で美女。月まで嫦娥を尋ねていったところで、かえって恋人の美しさを思い起こすことにしかならない。
○**楚管一句**　楚の国の管楽器、南方異民族の弦楽器、どちらも同じように憂愁を催す。
○**空城一句**　人のいない町、舞踏はもう過去のこととなったが、あの人の踊る姿態だけははっきりまぶたにのこっている。「腰支」は腰。「宮妓」詩に「披《ひ》香新殿《こうしんでん》に腰支を闘わす」というように、踊り子の動きの際立つ部位。○**当時一句**　「歓」は底本では「勧」に作るが他の諸本に従って改める。漢・成帝の寵愛を受けた趙飛燕《ちょうひえん》は体が軽く、「掌上に舞う」ことができたという(『白氏六帖』など)。また梁の羊侃《ようかん》の妓女張浄琬《ちょうじょうえん》は腰周りがわずか一尺六寸(四十センチ弱)、「掌中の舞い」ができたという(『梁書』羊侃伝)。○**桃葉一句**　桃葉は東晋・王献之《おうけんし》の愛人。「桃葉歌」に「桃葉復た桃葉、桃樹は桃根に連なる」(『玉台新詠』巻一〇ほか)。そこから後人が桃葉・桃根を姉妹とする附会の説が生まれたと馮浩はいう。○**破鬢矮堕**　「矮堕」は女性の髪型。楽府「陌上桑《はくじょうそう》」に羅敷《らふ》の美しさを述べて、「頭上には倭堕の髻《たぶさ》、耳中には明月の珠」。「破鬢」はそれが乱れていることをいう。悲愁のために憔悴した女性の姿を描く。○**白玉一句**　「燕釵」はつばめをかたどったかんざし。「聖女祠」詩注参照(一七七頁)。「蟬」も髪飾り。○**風車一句**　風雨が車馬となって彼女を運んではくれない。西晋・傅玄《ふげん》「燕人美篇」(『玉台新詠』巻九)に「雲は車と為り風は馬と為る」。○**蠟燭啼紅**　赤い蠟燭が血のような赤い涙を垂れる。白居易「夜宴惜別」詩に「蠟燭啼きて紅涙　誰が為にか流す」。○**詩型・押韻**　七言古詩。換韻して以下の五種の韻を用いる。(1)上声三十五馬(下《か》・寡《か》・野《や》)の独用。平水韻、上声二十一馬。(2)上声五旨(死《し》)と六止(起《き》・子《し》)の同用。平水韻、上声四紙。(3)上声十

五海(在《ざい》)、去声十八隊(妹《まい》)、十九代(概《がい》)の通押。平水韻、上声十賄と去声十一隊。(4)上平二十五寒(寒《かん》)と下平二仙(蟬《せん》)の通押。平水韻、上平十四寒と下平一先。(5)去声九御(去《きょ》・曙《しょ》)の独用。平水韻、去声六御。

春夏秋冬の四首に分けて、季節の情感とともに失われた恋の悲しみをうたう。過ぎてしまった恋を追憶しているという漠然とした設定はわかるものの、それ以上の具体的な事象はわからない。個別的な恋愛を叙述したというより、さまざまなイメージをモザイクのように連ねて恋の悲傷をうたったもの。恋の歌と四季とを結びつけた先例に南朝の楽府「子《し》夜《や》四《しい》時《じ》歌《か》」がある。そこでは四句からなる短い詩篇が「春歌」「夏歌」「秋歌」「冬歌」のもとにそれぞれ二十首ほど並べられている。李商隠のこの詩の淵源といっていいだろう。

河内詩二首

河内《かだい》詩《し》二《に》首《しゅ》

其一

其《そ》の一《いち》

鼉鼓沈沈虬水咽

鼉鼓《だこ》沈沈《ちんちん》として虬水《きゅうすい》咽《むせ》ぶ

秦絲不上蠻絃絶
常娥衣薄不禁寒
蟾蜍夜豔秋河月
碧城冷落空濛煙
簾輕幕重金鉤欄
靈香不下兩皇子
孤星直上相風竿
八桂林邊九芝草
短襟小鬢相逢道
入門暗數一千春
願去閏年留月小
梔子交加香蓼繁
停辛佇苦留待君
右一曲　樓上

秦糸《しんし》は上《のぼ》らず　蛮絃《ばんげん》絶《た》ゆ
常娥《じょうが》　衣《ころも》薄《うす》くして　寒《さむ》きに禁《た》えず
蟾蜍《せんじょ》　夜《よる》　艶《えん》たり　秋《あき》の河月《かげつ》
碧城《へきじょう》冷落《れいらく》たり　空蒙《くうもう》たる煙《けむり》
簾《れん》は軽《かる》く幕《まく》は重《おも》し　金《きん》の鉤欄《こうらん》
霊香《れいこう》して下《くだ》らず　両皇子《りょうおうじ》
孤星《こせい》直《ただ》ちに上《のぼ》る　相風竿《そうふうかん》
八桂《はっけい》の林辺《りんぺん》　九芝《きゅうし》の草《くさ》
短襟小鬢《たんきんしょうびん》　相《あ》い逢《あ》う道《みち》
門《もん》に入《い》るには暗《ひそ》かに数《かぞ》う　一千春《いっせんしゅん》
願《ねが》わくは閏年《じゅんねん》を去《さ》りて月小《げっしょう》を留《とど》めん
梔子《しし》交《こも》ごも加《くわ》わり香蓼《こうりょう》繁《しげ》し
辛《しん》に停《とど》まり苦《く》に佇《たたず》みて留《とど》まりて君《きみ》を待《ま》たん
右一曲《みぎいっきょく》　楼上《ろうじょう》

――わに皮の太鼓が重く響き、虯《みずち》の漏刻《ろうこく》は咽《むせ》び泣いている。秦の国の箏《こと》は弾かれず、異国の楽器は絃が切れた。

薄いころもをまとった月の女神、嫦娥《じょうが》は寒さに震えている。月の蟾蜍《せんじょ》はつややかに美しい、銀河と月が輝く秋の夜。

――仙界の碧《あお》いまち碧城《へきじょう》は、茫漠たる靄《もや》に包まれ、ひっそりと静まりかえる。軽い御《み》簾《す》、重いとばり、そして金の手すり。

天上で香を焚き、お勤めする身となった二人の皇子は下界に降りてこない。星が一つ、まっすぐ風見鶏を目がけて登っていく。

――八桂の林のあたり、九芝草の生える仙界で、短い襟の服に短髪のあの人に、思いがけなく出会った道。

門に入り次に会うのに、そっと数えてみれば一千年。なんとか閏《うるう》の年ははぶき、小の月だけを数えることにできないものか。

――辛《から》いクチナシの実やら苦《にが》いタデやらばかりの恋、しかしその辛《つら》さ、苦《くる》しさに踏みとどまり、あなたに会える日をじっと待とう。

右一曲　楼上

○河内　懐州《かいしゅう》の治所のある河内県。今の河南省沁陽《しんよう》県。その地と詩の内容がどのように関わるのか不明。程夢星《ていぼうせい》は故郷のことを語るというが、河内は李商隠の籍貫(本籍地)であって、その地で生まれ育ったわけではない。十代半ばのころ道教を学んだ玉陽山《ぎょくようざん》は懐州・絳州《こうしゅう》・沢州《たくしゅう》にまたがるが、河内という地名と直結はしない。ただこの詩が女道士との交わりを語るところが玉陽山と繋がるか。**○鼉鼓**　わにの皮で作った太鼓。『詩経』大雅・霊台に「鼉鼓逢逢《ほうほう》たり」。逢逢は太鼓の音。**○沈沈**　重々しく響く音。**○虯水咽**「虯水」はみずちの口から水が出るかたちの水時計。「咽」はその水音。**○秦糸**　糸はここでは箏《そう》。箏は十三絃、秦の地に生まれたとされる。秦の人が二十五絃の瑟を奪い合ったのを始皇帝の武将蒙恬《もうてん》が二つに裂いたので絃の数が半分になったという伝説がある。曹植《そうしょく》「丁翼《ていよく》に贈る」詩に「秦箏は西気を発し、斉瑟は東謳《とうおう》(東方の歌)を揚ぐ」。**○蛮絃**　少数民族の弦楽器。**○常娥**　月の女神。「常娥」詩参照(二一一頁)。**○蟾蜍**　月に住むといわれるひきがえる。「燕台詩四首」秋歌注参照(二七六頁)。**○河月**　天の川と月。**○碧城**　仙人の住む地。「碧城三首」詩参照(一四八頁)。**○冷落**　ひっそり寒々としたさまをいう双声の語。**○空蒙**　「空濛」と同じ。雨や霧でもやった状態をいう畳韻の語。南斉・謝朓《しゃちょう》「朝雨を観る」詩(『文選』巻三〇)に「空濛として薄霧の如く、散漫として軽埃に似たり」。**○鉤欄**　鉤《かぎ》のかたちに曲折した欄檻《らんかん》。**○霊香**　馮浩《ふうこう》によれば香を焚いて礼拝すること。○**両皇子**　周の霊王の子の観香《かんこう》と眉寿《びじゅ》。仙人となった王子喬《おうしきょう》の弟妹。ともに道術を学んで昇仙した（『真誥《しんこう》』）。○**孤星**　天上の女を求めて上昇する男をたとえる。○**相風竿**　風見鶏のように竿の先に鳥をつけたもの。『隋唐嘉話《ずいとうかわ》』に「車駕出ずるに、鳥を竿上に刻し、相風竿と曰う。今の檣烏《しょうう》（マストにつけた鳥の飾り）は乃ち其の遺意（なごり）なり」。○**八桂一句**　香木の桂、霊芝ともいわれる芝草、そのめでたい植物によって仙界をあらわす。『山海経《せんがいきょう》』海内南経《かいだいなんけい》に「桂林八樹、番隅の東に在り」。『漢書』武帝紀に「甘泉宮内中に芝を産し、九茎　葉を連ぬ」。○**短襟小鬟**　道士らしい装束をいうか。○**暗数一千春**　一千年たったら会えると数える。○**願去一句**　一千年が少しでも短くなるように、閏の年ははずして小の月は入れる。○**梔子一句**　梔《くちなし》の実は辛く蓼《たで》は苦《にが》い。辛さ苦さを代表する植物。「香」は「蓼」を二字にするために付加したもの。植物の苦さに掛けて胸中の苦《くる》しさをいうのは、南朝楽府によく見える。たとえば「子夜《しや》四時歌《しいじか》」春歌に「黄蘗《おうばく》　春に向かって生じ、苦心　日に随って長し」。黄蘗《きはだ》も苦い植物。「交加」はかわるがわる迫ってくる。○**停辛一句**　辛苦に耐えてあなたを待ち続けようの意。「停」「佇」「留」「待」という語を連ねて強める。○**詩型・押韻**　七言古詩。四句ごとに（最後は二句）換韻して以下の四種の韻を用いる。（1）入声十月（月《げつ》）、十六屑（咽《えつ》）、十七薛（絶《ぜつ》）の通押。平水韻、入声六月、九屑。（2）下平一先（煙《えん》）、上平二十五寒（欄《らん》・

竿《かん》)の通押。平水韻、下平一先、上平十四寒。(3)上声三十小(小《しょう》)、三十二晧(草《そう》・道《どう》)の通押。平水韻、上声十七篠、十九晧。(4)上平二十一欣(君《くん》)、二十二元(繁《はん》)の通押。平水韻、上平十二文、十三元。

其　二

閶門日下吳歌遠
陂路綠菱香滿滿
後溪暗起鯉魚風
船旗閃斷芙蓉幹
傾身奉君畏身輕
雙橈兩槳樽酒清
莫因風雨罷團扇
此曲斷腸唯此聲
低樓小徑城南道

其《そ》の二《に》

閶門《しょうもん》　日《ひ》下《くだ》り　呉《ご》歌《か》遠《とお》し
陂《は》路《ろ》の緑菱《りょくりょう》　香《かお》り満満《まんまん》
後渓暗《こうけいあん》に起《た》つ　鯉魚《りぎょ》の風《かぜ》
船旗《せんき》閃断《せんだん》す　芙《ふ》蓉《よう》の幹《みき》
身《み》を傾《かたむ》けて君《きみ》に奉《ほう》ずるも身《み》の軽《かる》きを畏《おそ》る
双橈《そうじょう》　両槳《りょうしょう》　樽酒清《そんしゅきよ》し
風雨《ふうう》に因《よ》りて団扇《だんせん》を罷《しりぞ》くること莫《な》かれ
此《こ》の曲《きょく》　断腸《だんちょう》するは唯《た》だ此《こ》の声《こえ》
低楼《ていろう》　小径《しょうけい》　城南《じょうなん》の道《みち》

猶自金鞍對芳草　　猶《な》自お金鞍《きんあん》　芳草《ほうそう》に対《たい》す

右一曲　湖中　　右一曲《みぎいっきょく》　湖中《こちゅう》

――閶門《しょうもん》はたそがれ、遠くから呉の歌が聞こえてきます。土手に植わる緑の菱、あたりに満ちあふれるその香り。

後ろのせせらぎからはそっと鯉魚風《あきかぜ》が立ち起こり、船の旗がきらめくように芙蓉《はす》の葉が揺れ、枯れた茎が折れました。

――わが身を捧げてあなたにお仕えしても、その身が軽すぎるのです。一組の櫂《かい》、一対の櫓《ろ》、そして清らかなお酒。

秋の冷たい雨風にさらされて扇を棄てるなんてことはなさらないでくださいね。この「愁扇」の曲、身を切るほど切ないのは、まさにこの調べです。

――小さな楼から小路をたどって城南の道に来てみましたら、そこには今も黄金の鞍をつけた馬が、主もなく草を食んでいました。

右一曲　湖中

○閶門　呉の都の門。「陳の後宮」詩参照(五六頁)。**○日下**　「日下《にっか》」で都を指すこともあるがここでは太陽が沈む。杜甫「暝《めい》」詩に「日下りて四山陰《かげ》り、山庭　嵐気《らんき》侵す」。**○呉歌**　南朝の時、長江下流地域でうたわれた民間歌謡。長江中流域の西曲《せいきょく》と並んで恋の歌が多い。**○陂路**　堤の上の道。**○緑菱**　「菱」は江南に結びつく。その地の歌謡には菱摘《ひしつ》みをうたう情歌が多い。**○香満満**　菱の香りがいっぱいにあふれる。**○鯉魚風**　九月の風を指す。宋・陳元靚《ちんげんせい》『歳事広記』に『提要録《ていようろく》』を引いて「鯉魚風は九月の風なり」。李賀《りが》「江楼曲」に「楼前流水　江陵の道、鯉魚の風起こりて芙蓉老ゆ」。**○船旗閃断**　蓮の葉が風に揺れる比喩か。**○傾身**　底本は「軽身」に作るが、別集諸本、『楽府詩集』に従って改める。**○身軽**　身分が低いことをいうが、道源《どうげん》の注では細身の美人趙飛燕《ちょうひえん》はそよ風が吹くだけでも「殆《ほとん》ど風に随いて水に入らんと欲す」（『拾遺記』）という話を暗に用いているという。**○双橈両槳**　橈も槳も舟を漕ぐ道具。**○莫因一句**　「団扇」は班婕妤《はんしょうよ》「怨歌行」（『文選』巻二七）に出る。捨てられた女の悲しみの象徴。「無題（鳳尾の香羅）」詩注参照（二一六頁）。**○此曲**　秋の扇をうたった「怨歌行」を指す。**○此声**　底本は「北声」。諸本、および『楽府詩集』に従って改める。**○金鞍**　豪華な鞍。馬だけが草を食んでいることによって男の不在をいう。「無題（鳳尾の香羅）」詩（二一五頁）にも「斑騅《はんすい》は只《た》だ繋《つな》ぐ　垂楊《すいよう》の岸《きし》」という。**○詩型・押韻**　七言古詩。四句ごとに（最後は二句）換韻して三種の韻を用いる。（1）上声二十阮（遠《えん》）、二十四緩（満《まん》）、去声二十

八翰(幹《かん》)の通押。平水韻、上声十三阮、十四旱、去声十五翰。(2)下平十四清(軽《けい》・清《せい》・声《せい》)の独用。平水韻、下平八庚。(3)上声三十二晧(草《そう》・道《どう》)の独用。平水韻、上声十九晧。

「楼上曲」は仙界の女を慕う男、「湖中曲」は貴顕の男に棄てられた女、男女双方の立場から恋の苦しさを歌行のかたちを借りてうたう。詩題との関連は解けず、詩の展開もつかみにくいが、韻の切れ目が意味の段落をなしているのが、「湖中曲」ではよりはっきりしている。「楼上曲」では仙界の女性に出会ったものの次に会うまでに一千年という仙界ならではの時間を待ち続けなければならない。「湖中曲」は卑賤の女ゆえに遂げられない恋。情況は異なるものの、男にとっても女にとっても実らぬ恋を悲傷する二首をセットにしたところが妙というべきか。

驕兒詩　　驕児《きょうじ》の詩《し》

袞師我驕兒　　袞師《こんし》は我《わ》が驕児《きょうじ》
美秀乃無匹　　美秀《びしゅう》　乃《すなわ》ち匹《たぐ》い無《な》し

文葆未周晬
固已知六七
四歳知姓名
眼不視梨栗
交朋頗窺觀
謂是丹穴物
前朝尚器貌
流品方第一
不然神仙姿
不爾燕鶴骨
安得此相謂
欲慰衰朽質

文葆《ぶんぽう》　未《いま》だ周晬《しゅうさい》ならざるに
固《もと》より已《すで》に六七《ろくしち》を知《し》る
四歳《よんさい》にして姓名《せいめい》を知《し》り
眼《め》には梨《なし》と栗《くり》とを視《み》ず
交朋《こうほう》　頗《すこぶ》る窺《うかが》い観《み》て
謂《い》う是《こ》れ丹穴《たんけつ》の物《もの》ならんと
前朝《ぜんちょう》は器貌《きぼう》を尚《たっと》ぶ
流品《りゅうひん》　方《まさ》に第一《だいいち》
然《しか》らずんば神仙《しんせん》の姿《すがた》
爾《しか》らずんば燕鶴《えんかく》の骨《ほね》
安《いず》くんぞ此《か》く相《あ》い謂《い》うを得《え》ん
衰朽《すいきゅう》の質《しつ》を慰《なぐさ》めんと欲《ほっ》すればなり

衮師《こんし》はうちのかわいい坊や。眉目秀麗さは比類ない。
むつきにくるまれて誕生日を迎える前から、もう六とか七とか数えられた（陶淵明の子は十三歳になっても六と七がわからなかったというのに)。

四歳になると名前も覚えて、梨だの栗だのおやつには目もくれない(陶淵明の子は九歳になっても梨や栗をほしがってばかりだったというのに)。

友人たちはこの子をじっくり見定めて、「これぞかの丹穴《たんけつ》に住む鳳凰そのものだ」という。

「風采を重んじた前の王朝だったら、この子の品格はまさしく第一等」。

「そうでなければ神仙の素質をもっている」、「そうでなければ燕鶴の貴い骨相を備えている」。

どうしてこんなにこの子のことを誉めてくれるのだろう。それはこの老いさらばえた身を慰めようとしてのこと。

○驕児　愛児の意。西晋・左思《さし》に「嬌女《きょうじょ》の詩」がある。「児」は男の子、「女」は女の子。「驕」と「嬌」はともにかわいいの意味とともに、やんちゃ、おちゃめの意味も伴う。
○衮師　李商隠の男児の名。「衮」は天子、三公の着る礼服のこと。「衮師」は「楊本《ようほん》勝《しょう》　長安において小男阿衮《あこん》に見《あ》うと説《い》う」詩にも「聞く君　日下《にっか》(長安のこと)より来たり、我が最も嬌なる児に見うと」云々とうたわれている。李商隠の息子については北宋・蔡居厚《さいきょこう》の『蔡寛夫詩話《さいかんぷしわ》』(『苕渓漁隠叢話』所引)に次のような逸話が見える。晩年の白居易はいたく李商隠の詩を好み、李商隠の子供に生まれ変われたら本望だと語った。その死後、李商隠に子供が生まれたので「白老」と名付けたが、はなはだ愚鈍であったので温庭筠《おんていいん》が白居易の後進というのは恥ずかしくないかとからかった。のちに生まれた子、衮師は聡明であった、と。ちなみに白居易が没した時、李商隠は三十六歳。○**文葆**　模様のついたおくるみ。「葆」は褓に同じ。○**周晬**　生後一年。○**知六七**　陶淵明が五人の男児のふがいなさを嘆いた詩「子を責む」に「雍《よう》と端《たん》とは年十三なるも、六と七とを識らず」とあるのをふまえる。「雍」、「端」は子供の名。○**梨栗**　これも陶淵明「子を責む」詩に「通子《つうし》は九齢に垂《なんな》んとするに、但だ梨と栗とを覓《もと》むるのみ」とあるのをふまえる。「通子」は子の名。○**交朋**　李商隠の友人たち。○**窺観**　注意深く観察する。○**丹穴物**　「丹穴」は南の果てにある山、そこには鳳凰がいる。すぐれた人材を比喩する。「井泥四十韻」詩「鳳凰二句」注(三二二頁)参照。○**前朝**　先の王朝。六朝時代を指す。家柄とともに風貌が重視された時代で、当時の人物伝にはしばしば容姿がすぐれていることが記される。○**器貌**　風采。○**流品**　等級。「流」も品級の意。○**燕鶴骨**　高貴な人の骨相。朱鶴齢《しゅかくれい》の注によると貴人の骨相を「燕頷鶴歩《えんがんかくほ》」という言い方がある。○**衰朽質**　老残の身の自分を指す。

青春妍和月
朋戲渾甥姪
繞堂復穿林
沸若金鼎溢
門有長者來
造次請先出
客前問所須
含意不吐實
歸來學客面
闒敗秉耶笏
或謔張飛胡
或笑鄧艾吃

青春《せいしゅん》　妍和《けんわ》の月《つき》
朋戯《ほうぎ》は甥姪《せいてつ》に渾《まじ》る
堂《どう》を繞《めぐ》り復《ま》た林《はやし》を穿《うが》ち
沸《ふつ》として金鼎《きんてい》の溢《あふ》るるが若《ごと》し
門《もん》に長者《ちょうじゃ》の来《き》たる有《あ》れば
造次《ぞうじ》　請《こ》いて先《さき》に出《い》づ
客前《きゃくぜん》に須《もと》むる所《ところ》を問《と》えば
意《い》を含《ふく》みて実《じつ》を吐《は》かず
帰《かえ》り来《き》たれば客《きゃく》の面《めん》を学《ま》ね
闒敗《いはい》して耶《や》の笏《こつ》を秉《と》る
或《ある》いは張飛《ちょうひ》の胡《ひげ》を謔《たわむ》れ
或《ある》いは鄧艾《とうがい》の吃《きつ》を笑《わら》う

春のうららかな日、いとこたちに混じって遊びまわる。
広間を駆けめぐったかと思うと、林の中へ突進。まるで金の鼎《かなえ》が沸騰するかの騒ぎ。

門に客人が見えれば、すぐさま自分が迎えに走る。お客の前でほしいものを聞かれると、もじもじして本当のことを言えない。帰ってしまえば、飛びかかって父さんの笏を奪い取り、お客さんの顔つきのまねをする。ひげのある客は張飛《ちょうひ》みたいだとふざけたり、吃音の客は鄧艾《とうがい》みたいだと笑ったり。

○**青春**　春。五行説では季節の春と色の青が対応するので「青春」という。○**妍和**　美しくおだやか。○**朋戯**　友達と一緒に遊ぶ。○**渾**　混じって一体となる。○**甥姪**　文字の原義は「甥」は母の姉妹の男児、「姪」は女子から見た兄弟の子。ここではいとこ全体を指す。○**堂**　家の中心となる部屋。○**沸若一句**　「沸」は湯が沸騰したさま。「金鼎」は黄金あるいは金属製の鼎。○**造次**　あわただしく。『論語』里仁篇に「造次も必ず是《ここ》(仁)に於《おい》てす」。○**含意一句**　思ったことは胸に秘めたまま口に出せない。「古詩十九首」(『文選』巻二九)其の四に「心を斉しくして願う所を同じくするも、意を含みて倶に未だ申《の》べず」。○**闔敗**　「闔」は門を開く、「敗」は壊す。そこから旧注は門を打ち破って入ることと解するが憶測を出ない。ぶつかるような勢いをいう口語的表現と解しておく。○**耶笏**　「耶」は父を意味する口語。「笏」は官人が手にする笏《しゃく》。「帰来」以下の四句は客人が去ったあとの悪ふざけを並べるので、父の笏を取るのも「客の面を学《ま》」ねるためと解する。〇張飛　三国・蜀の劉備《りゅうび》に仕えた武将の一人。〇鄧艾　三国・魏の武将。司馬懿《しばい》に取り立てられ蜀と戦った。『三国志』魏書・鄧艾伝にも吃音であったことが記され、『世説新語』言語篇に、「鄧艾は口吃り、語りて艾艾《がいがい》と称す（名前と吃音の口調とをかける）」。

豪鷹毛崱屴
猛馬氣佶傈
截得青篔簹
騎走恣唐突
忽復學參軍
按聲喚蒼鶻
又復紗燈旁
稽首禮夜佛
仰鞭罥蛛網

豪鷹《ごうよう》 毛《け》 崱屴《しょくりょく》たり
猛馬《もうば》 気《き》 佶傈《きつりつ》たり
青《あお》き篔簹《うんとう》を截《き》り得《え》て
騎走《きそう》 恣《ほしいまま》に唐突《とうとつ》す
忽《たちま》ち復《ま》た参軍《さんぐん》を学《ま》ね
声《こえ》を按《おさ》えて蒼鶻《そうこつ》を喚《よ》ぶ
又《ま》た復《ま》た紗燈《さとう》の旁《かたわら》に
稽首《けいしゅ》して夜仏《やぶつ》に礼《れい》す
鞭《むち》を仰《あ》げて蛛《くも》の網《あみ》を罥《か》け

俯首飲花蜜　首《こうべ》を俯《ふ》して花《はな》の蜜《みつ》を飲《の》む
欲争蛺蝶輕　蛺蝶《きょうちょう》の軽《かる》きを争《あらそ》わんと欲《ほっ》し
未謝柳絮疾　未《いま》だ柳絮《りゅうじょ》の疾《はや》きに謝《ゆず》らず

雄々しい鷹が羽を逆立てる勢い、猛々しい馬が駆けめぐる元気。青い竹を切り取り、それに跨《また》がって、めちゃめちゃに走りまわる。次には突然、参軍《さんぐん》をまねて、低い声色で蒼鶻《そうこつ》を呼ばわる。さらにまた紗を掛けたともしびのたもと、仏様に頭を下げて夜の勤行のまね。鞭を振り上げて蜘蛛の巣を絡め取ったかと思うと、かがんで花の蜜を吸っている。ちょうちょうにもまがう身軽さ、柳絮にも劣らぬすばやさ。

○**崱屶**　そそりたつさまをいう畳韻の語。○**佶傈**　勢い溢れるさまをいう畳韻の語。○**截**　切り取る　○**篔簹**　竹の一種。○**騎走**　跨って走る。竹馬の遊びは中国では竹竿を両足の間に挟んで走る。○**唐突**　ぶつかる様子をいう双声の語。○**参軍**　参軍戯《さんぐんぎ》という演芸の登場人物の一人。晩唐のころ民間に流行し、主役の「参軍」と脇役の「蒼鶻」の二人が滑稽なやりとりをした。『太平御覧』巻五六九の引く『楽府雑録』などに見える。〇**按声**　声を押し殺す。〇**紗燈**　紗の覆いをかけてほの暗くしたともしび。〇**稽首**　頭を床につける、最も丁寧な拝礼。〇**礼夜仏**　夜に仏前に拝する。〇**罥**　からみつける。〇**柳絮**　柳の綿毛。春の風物。

階前逢阿姊
六甲頗輸失
凝走弄香奩
抜脱金屈戌
抱持多反側
威怒不可律
曲躬牽窗網
衉唾拭琴漆
有時看臨書
挺立不動膝

階前《かいぜん》　阿姊《あし》に逢《あ》い
六甲《りっこう》　頗《すこぶ》る輸失《しゅしつ》す
凝《ひそ》め走《はし》りて香奩《こうれん》を弄《もてあそ》び
抜脱《ばつだつ》す　金《きん》の屈戌《くつじゅつ》
抱持《ほうじ》すれば反側《はんそく》すること多《おお》く
威怒《いど》するも律《りつ》すべからず
躬《み》を曲《ま》げて窓《まど》の網《あみ》を牽《ひ》き
衉唾《かくだ》して琴《きん》の漆《うるし》を拭《ぬぐ》う
時有《ときあ》りて臨書《りんしょ》を看《み》れば
挺立《ていりつ》して膝《ひざ》を動《うご》かさず

古錦請裁衣
玉軸亦欲乞
請耶書春勝
春勝宜春日
芭蕉斜巻牋
辛夷低過筆

古錦《こきん》　衣《ころも》を裁《た》つを請《こ》い
玉軸《ぎょくじく》　亦《ま》た乞《こ》わんと欲《ほっ》す
耶《ちち》に請《こ》いて春勝《しゅんしょう》を書《か》かしむ
春勝《しゅんしょう》　宜春《ぎしゅん》の日《ひ》
芭蕉《ばしょう》のごとく斜《なな》めに牋《せん》を巻《ま》き
辛夷《しんい》のごとく低《ひく》く筆《ふで》を過《わ》たす

階段の前で姉さんにばったり会って、すごろくをすれば負けてばかり。抜き足差し足で化粧箱をいたずら。金の蝶番をはずしてしまう。抱きかかえれば体をそっくり返し、叱りつけてもおとなしくならない。体を曲げて窓の網戸を引っ張ったかと思うと、琴の漆の上につばをとばしてぬぐってみたり。

しかし臨書をしているのを見ている時は、膝を動かすこともなくじっと立っている。古い布で書帙《しょちつ》をこさえてと頼んだり、書物を巻く軸などほしがる。父さんに立春の日の掛け物を書いてほしいとねだる。春の掛け物に「宜春」と書く日だから。

芭蕉の葉のかたちに箋紙を斜めに巻き、辛夷《こぶし》のつぼみのようにふっくら墨をふくんだ筆を下から手渡してくれる。

○**阿姉**　姉さん。「阿」は人の名や呼称の前に付けて親しみをあらわす。○**六甲**　すごろくの遊び。○**輸失**　ゲームに敗れる。○**凝走**　足をひそめてすすむことか。○**香奩**　お化粧箱。○**抜脱**　はずす。○**屈戌**　ちょうつがい。○**反側**　体を反転させる。『詩経』周南・関雎《かんしょ》に「悠なるかな悠なるかな、輾転反側す」。○**威怒**　きびしくしかる。○**窓網**　網戸のような虫除けの網で上下にスライドするものという。○**咯唾**　つばを吐く。この句まで、いたずらな様子を描く。○**臨書**　手本に従って習字する。この句から一転、勉強に興味を示す子の姿を描く。○**挺立**　まっすぐに立つ。父の習字しているのを見る時はきまじめな態度になる。○**裁衣**　「衣」はここでは書物を包む帙《ちつ》を指す。○**玉軸**　巻子本《かんすぼん》の軸。両端は玉で作られる。○**春勝**　春の到来を祝う字を書いて立春の日に掛けるもの。○**宜春**　春勝に書く文字。『荊楚歳時記《けいそさいじき》』に「立春の日、悉《ことごと》く綵《あやぎぬ》を剪《き》りて燕を為《つく》り、以て之を戴きて、宜春の二字を貼る」。○**芭蕉一句**　箋紙を巻くのを芭蕉の葉が出てくる時のかたちにたとえる。「斜」はぎこちなく、きちんと巻けないこと。　○辛夷一句　「辛夷」(コブシ)は木筆花の別名もあり、ふくらんだつぼみのかたちが墨を含んだ筆に似ている。「低」は落としそうで危なっかしいことをいうか。「過」は手渡しする。

耶昔好讀書
懇苦自著述
憔悴欲四十
無肉畏蚤虱
兒愼勿學耶
讀書求甲乙
穰苴司馬法
張良黃石術
便爲帝王師
不假更纎悉

耶《ちち》は昔《むかし》　読書《どくしょ》を好《この》み
懇苦《こんく》して自《みずか》ら著述《ちょじゅつ》す
憔悴《しょうすい》　四十《しじゅう》ならんとするも
肉無《にくな》く蚤虱《のみしらみ》を畏《おそ》る
児《こ》よ慎《つつし》みて　耶《ちち》を学《まな》び
書《しょ》を読《よ》みて甲乙《こうおつ》を求《もと》むる勿《な》かれ
穰苴《じょうしょ》の司馬《しば》の法《ほう》
張良《ちょうりょう》の黄石《こうせき》の術《じゅつ》
便《すなわ》ち帝王《ていおう》の師《し》と為《な》らん
更《さら》に纎悉《せんしつ》なるに仮《か》らず

況今西與北
羌戎正狂悖
誅赦兩未成
將養如痼疾
兒當速成大
探雛入虎窟
當爲萬戸侯
勿守一經帙

況《いわ》んや今《いま》　西《にし》と北《きた》と
羌戎《きょうじゅう》　正《まさ》に狂悖《きょうぼつ》するをや
誅《ちゅう》も赦《しゃ》も両《ふた》つながら未《いま》だ成《な》らず
将養《しょうよう》　痼疾《こしつ》の如《ごと》し
児《こ》よ　当《まさ》に速《すみや》かに成大《せいだい》し
雛《ひな》を探《さぐ》りて虎窟《こくつ》に入《い》るべし
当《まさ》に万戸侯《ばんここう》と為《な》るべし
一経《いっけい》の帙《ちつ》を守《まも》る勿《な》かれ

父さんは昔、勉強が好きで、身を削るようにしてものを書いてきた。

その結果、やつれ果てて四十に近づき、食卓に肉もなく、のみやしらみに怯えているこのありさま。

わが子よ、どうか父さんのまねをして、勉強して進士になろうなどと思ってはいけない。

司馬穰苴《しばじょうしょ》の兵法の書、張良《ちょうりょう》が黄石公《こうせきこう》から受けた兵術、
それさえあれば皇帝の師となれるのであって、この上細々《こまごま》とした学問に頼ることはな

い。

まして今、西北の地では羌戎《きょうじゅう》の夷狄が猖獗《しょうけつ》を極めている。なのに討伐も和解もできずにいるのは、そっと養生している間に不治の病になってしまったようなものだ。

わが子よ、早く大きくなって、虎の子を求めて虎穴に踏み込む勇気をもて。手柄を立てて万戸侯にならねばならぬ。一冊の経書にしがみつくような愚は決して犯さぬように。

○**懇苦**　辛さに耐えて努力することをいう双声の語。○**無肉一句**　食事は肉がなく、住まいはノミ、シラミがいる貧しさ。南斉・卞彬《べんひん》に不遇を嘆いた「虱の賦」があり(『南斉書』文学伝)、それを受けて李商隠にも「虱賦」(断簡)、李商隠を受けて陸亀蒙《りくきもう》の「後虱賦」がある。○**甲乙**　科挙の試験をいう。進士科には「甲」と「乙」の二科があった。○**穰苴一句**　「穰苴」は春秋・斉の景公のもとの将軍、田穰苴《でんじょうしょ》。大司馬に任じられたので司馬穰苴と称される。その兵法は古代の兵法と併せて『司馬穰苴兵法』として伝えられた(『史記』司馬穰苴伝)。○**張良一句**　漢王朝創業の功臣。見知らぬ老人から太公望呂尚《たいこうぼうりょしょう》の兵法書を授けられ、それを手だてに劉邦《りゅうほう》を勝利に導いた。老人は「穀城山のふもとの黄石が自分だ」と語ったので黄石公という(『史記』留侯世家)。〇**不仮一句**　「仮」はかりる、たよる。「繊悉」はこまかで煩瑣。煩瑣を極める学問より兵書だけで出世できるの意。〇**羌戎**　当時、西北の地から中国を脅威にさらしていた党項《とうこう》や回鶻《かいこつ》などの異民族。〇**狂悖**　狂暴。〇**誅赦**　征伐するか懐柔するかの二つの解決策。〇**将養**　休息し養生する。「将」も休むの意。〇**痼疾**　長くわずらっている病気。漢の賈誼《かぎ》が世の中の害悪は早く根治すべきことを論じて、「今を失して治さざれば、必ず錮疾と為らん」(『新書』)。「錮」は「痼」に通じる。〇**探雛一句**　果敢に行動する。後漢の武人班超《はんちょう》のことばに、「虎穴に入らずんば、虎子を得ず」(『後漢書』班超伝)。「雛」は鳥の子から広く動物の子を指す。〇**万戸侯**　食邑(領地)一万戸の侯爵。〇**一経帙**　漢・韋賢《いけん》父子の故事を用いる。韋賢の子の韋《い》玄成《げんせい》は経学に明るいことから父と同じく丞相の位に昇ったので、世間では「子に黄金万籯《ばんえい》を遺《の》こすも、一経に如かず」(『漢書』韋賢伝)という諺が生まれた。「籯」は竹で編んだ箱。財産をのこすよりも学問を身につけさせておくのがよい、というのをここでは反転させて学問の無益をいう。〇**詩型・押韻**　五言古詩。入声五質(匹《ひつ》・七《しつ》・栗《りつ》・一《いつ》・質《しつ》・姪《ちつ》・溢《いつ》・実《じつ》・慄《りつ》・蜜《みつ》・疾《しつ》・失《しつ》・漆《しつ》・膝《しつ》・日《じつ》・筆《ひつ》・乙《いつ》・悉《しつ》・疾《しつ》・帙《ちつ》)、六術(出《しゅつ》・戌《じゅつ》・律《りつ》・述《じゅつ》・術《じゅつ》)、七櫛(虱《しつ》)、八物(物《ぶつ》・仏《ぶつ》)、九迄(乞《きつ》)、十月(吃《きつ》)、十一没(骨《こつ》・笏《こつ》・突《とつ》・鶻《こつ》・悖《ぼつ》・窟《くつ》)の通押。平水韻、入声四質、五物、六月。

わが子のやんちゃぶりを描きながら、不本意な自分の人生の嘆きと子供への期待をうたう。「子供の誕生」(アリエス)は中国でも遅い。自分の子供を詩にした早い例は西晋の左思《さし》「嬌女の詩」、それに続くのが陶淵明の「子を責む」詩など。その系譜を意識しながら、李商隠は自分の子供の生態を余すところなく活写している。いたずらなこの子も書物には興味を示すようで、それを誇らしげに思いつつも、自分のふがいない半生を振り返って、文より武によって出世をせよと諭す。ちなみに中唐の韓愈「児に示す」詩では無一文で長安に出てきた自分がかくも富貴の身に達したのは勉強のたまものだと、子供の符に向かって得々と語る。ともに寒門の出でありながら、出世できた者とできなかった者、そこには科挙を通るだけでは高級官僚になれなくなった時代の変化もあるだろうが、無邪気なほどに自分を信じて疑わない韓愈と、自分自身に対しても不確かな因循から抜け出せない李商隠、二人の性格の違いが鮮やかに反映されている。

井泥四十韻　井泥四十韻《せいでいしじゅういん》

皇都依仁里　皇都《こうと》　依仁里《いじんり》

西北有高齋
昨日主人氏
治井堂西陲
工人三五輩
輂出土與泥
到水不數尺
積共庭樹齊
他日井甃畢
用土益作堤
曲隨林掩映
繚以池周廻
下去冥寞穴
上承雨露滋
寄詞別地脈

西北《せいほく》に高斎《こうさい》有《あ》り
昨日《さくじつ》　主人氏《しゅじんし》
井《い》を治《おさ》む　堂《どう》の西陲《せいすい》
工人《こうじん》　三五《さんご》輩《はい》
輂《はこ》び出《い》だす　土《つち》と泥《どろ》と
水《みず》に到《いた》るに数尺《すうしゃく》ならざるに
積《つ》めば庭樹《ていじゅ》と斉《ひと》し
他日《たじつ》　井甃《せいしゅう》　畢《おわ》らば
土《つち》を用《もち》いて益《さら》に堤《つつみ》を作《つく》らん
曲《ま》がるに林《はやし》の掩映《えんえい》するに随《したが》い
繚《めぐ》るに池《いけ》の周廻《しゅうかい》するを以《もっ》てす
下《した》は冥寞《めいばく》の穴《あな》を去《さ》り
上《うえ》は雨露《うろ》の滋《うるお》いを承《う》く
詞《ことば》を寄《よ》せて地脈《ちみゃく》に別《わか》れ

因言謝泉扉　因《よ》りて言《い》いて泉扉《せんぴ》に謝《しゃ》す
昇騰不自意　昇騰《しょうとう》 自《みずか》ら意《おも》わず
疇昔忽已乖　疇昔《ちゅうせき》 忽《こつ》として已《すで》に乖《そむ》くと

帝都の依仁里《いじんり》、その西北に立派な屋敷がございます。

昨日、その家のご主人が堂の西に井戸を掘りました。

人夫が四、五人、運び出します。土、泥を手押し車に積んで。

水に届くまで数尺もないほど浅いのに、掘り出した泥土は庭の樹木に届く高さ。

そのうち井戸に瓦を張り終えたら、その土でさらに土手を作るのです。

土手は樹林の向こうに見え隠れしながら曲がりくねり、池の周囲をぐるりと取り囲むでしょう。

泥は地底の暗い穴から引き離れ、上から雨露の潤いを承ける身になりました。

地下の水脈に別れの言葉を寄せて、黄泉の国の扉に語りかけます。

「地上に飛び上がってくるとは思いもよりませんでした。昔とはまるで別の世界にいきなり来てしまいました」。

○井泥　井戸の底の泥。『周易』井《せい》に「井泥は食らわず」というように、汚いものとされる。楽府「箜篌謡《くごよう》」(『楽府詩集』では作者未詳、『文苑英華』では梁・劉孝威《りゅうこうい》の作)に「豈に井中の泥に甘んぜんや、時至れば出でて塵と作らん」とあるのが、不遇の身を井戸の泥に比喩した先例。○皇都依仁里　唐代では長安に対置されて洛陽にも都が置かれた。「依仁里」は東都洛陽の街区《ブロック》の名。永通坊《えいつうぼう》ともいう。洛陽の東南隅のブロックから一つ北のブロック。○西北一句　「古詩十九首」(『文選』巻二九)其の五に「西北に高楼有り、上は浮雲と斉《ひと》し」と立派な建物から歌い起こすのをほとんどそのまま用いる。○西陲　西側。「陲」は辺の意。○輦出　「輦《れん》」はてぐるま。それに載せて運び出す。○井甃　井戸の内側に張るかわら。井戸の工事をいう。○掩映　ちらちら見え隠れすることをいう双声の動詞。○冥寞　暗い空間、地下をいう。○地脈　地中の水脈。○泉扉　黄泉の国の扉、すなわち墓の入り口。○昇騰　上昇する。地下から地上にあがったことをいう。○疇昔　以前、昔。

伊余掉行鞅　伊《これ》　余《よ》は行鞅《こうおう》を掉《ただ》し

行行來自西　行《ゆ》き行《ゆ》きて来《き》たりて西自《にしよ》りす

一日下馬到　一日《いちじつ》　馬《うま》を下《お》りて到《いた》れば

此時芳草萋
四面多好樹
旦暮雲霞姿
晩落花滿池
幽鳥鳴何枝
蘿幄既已薦
山樽亦可開
待得孤月上
如與佳人來
因之感物理
惻愴平生懷

此《こ》の時《とき》　芳草《ほうそう》　萋《せい》たり
四面《しめん》　好樹《こうじゅ》多《おお》く
旦暮《たんぼ》　雲霞《うんか》の姿《すがた》
晩《ばん》に落《お》ちて　花《はな》　池《いけ》に満《み》ち
幽鳥《ゆうちょう》　何《いず》れの枝《えだ》にか鳴《な》く
蘿幄《らあく》　既已《すで》に薦《し》き
山樽《さんそん》　亦《ま》た開《ひら》くべし
孤月《こげつ》の上《のぼ》るを待《ま》ち得《え》て
佳人《かじん》と来《き》たるが如《ごと》し
之《これ》に因《よ》りて物理《ぶつり》に感《かん》ず
惻愴《そくそう》たり　平生《へいぜい》の懐《おも》い

さて、私は馬の支度をととのえ、西方からずっと旅を続けてやってきました。ある日、辿り着いて馬を下りたところは、ちょうど春の草が青々と茂っていました。あたり一面は美しい樹木に恵まれ、朝な夕なに雲は鮮やかに照り映えています。

日暮れには散り敷いた花が池を満たし、姿の見えぬ鳥がどこかの枝で鳴いています。
つたの幔幕も用意がととのい、鄙びた酒樽をここで開けましょう。
ぽつんと月があがってくるのを待っていると、佳人を携えてきたような気持ちです。
これに触発されて世界の原理が感得され、常日頃の思いが刺すように胸を痛めます。

○**伊**　句頭において調子を整える助字、意味はない。○**掉行鞅**　馬の支度をする。「鞅」はむながい、馬の胸から鞍につけるひも。「掉」はととのえる。「行」は旅行く意を添えて「鞅」を二字にしたもの。○**萋**　草が青々と茂っているさま。○**日暮**　朝と日暮れ。○**雲霞**　朝焼け、夕焼けで色鮮やかに染められた雲。○**幽鳥**　奥深い所で鳴き声だけ聞こえる鳥。○**蘿幄**　「蘿」はつた。「幄」はとばり。つたが一面に垂れ下がるのをとばりに見立てるのは、たとえば杜甫の「万丈潭」詩に「高蘿は帷幄を成す」。○**薦**　坐るための敷物を敷くことだが、ここでは設置するの意。○**山樽**　木でこしらえた粗末な樽。豪華な金罍《きんらい》などとは逆に、野趣に富む酒器。李白に「山樽を詠ず」二首がある。○**物理**　世界の法則。杜甫の「曲江二首」其の一に「細やかに物理を推せば須《すべか》らく行楽すべし」。○**惻愴**　悲痛な思いをあらわす双声の語。

茫茫此羣品
不定輪與蹄
喜得舜可禪
不以瞽瞍疑
禹竟代舜立
其父吁咈哉
嬴氏并六合
所來因不韋
漢祖把左契
自言一布衣
當塗佩國璽
本乃黃門攜
長戟亂中原
何妨起戎氏

茫茫《ぼうぼう》たる此《こ》の群品《ぐんぴん》
定《さだ》まらざること輪《わ》と蹄《ひづめ》のごとし
舜《しゅん》の禅《ゆず》るべきを得《う》るを喜《よろこ》び
瞽瞍《こそう》を以《もっ》て疑《うたが》わず
禹《う》は竟《つい》に舜《しゅん》に代《か》わりて立《た》つ
其《そ》の父《ちち》は吁《あ》あ咈《もと》れる哉《かな》
嬴氏《えいし》は六合《りくごう》を幷《へい》するも
来《き》たる所《ところ》は不韋《ふい》に因《よ》る
漢祖《かんそ》　左契《さけい》を把《と》るも
自《みずか》ら言《い》う一布衣《いちふい》なりと
当塗《とうと》　国璽《こくじ》を佩《はい》するも
本《もと》は乃《すなわ》ち黄門《こうもん》の携《けい》
長戟《ちょうげき》もて中原《ちゅうげん》を乱《みだ》す
何《なん》ぞ戎氏《じゅうてい》より起《た》つを妨《さまた》げん

茫々ととりとめなく拡がる世界の万物、それは動き続ける馬車のように止まることはありません。

堯《ぎょう》は舜《しゅん》という後継者を得て喜び、その父が暗愚な瞽瞍《こそう》だからといって迷いはしませんでした。

結局、禹《う》が舜に代わって帝位に就きましたが、禹の父は舜に「ああ、心がねじけている」と叫ばれた人でした。

秦の始皇帝嬴政《えいせい》は世界を統一しましたが、その出自は政商呂不韋《りょふい》の子でありました。

漢の高祖は天下の主たる定めを記した割り符を手中にしていても、自ら一庶民にすぎぬと称していました。

魏は国璽を帯びて王朝を立てましたが、曹操の出自は宦官の連れ子でありました。

長い戟《ほこ》を手に中原に騒乱を起こした五胡十国、彼らが異民族戎氐《じゅうてい》から身を起こしたとは弱みにはなりませんでした。

○茫茫　分別できないほど多い様子。**○群品**　世界の万物。**○不定一句**　底本は「不動」に作るが、諸注すべて「不定」に改めるのに従う。「輪与蹄」は車輪と馬の蹄。二つの部分を挙げることによって馬車をあらわす。馬車が走るように一定の状態に留まっていることはない。**○喜得二句**　「喜」の字、程夢星《ていぼうせい》は「堯」に作るべきだとし、馮浩《ふうこう》は「喜」でも意味は通じるが、字形が似ているための誤りかという。「喜」としても主語が堯であることは確か。『尚書』堯典に、堯が後継者を捜すと臣下が舜を推挙する。舜の父は瞽瞍(盲目の意)といい、愚昧な人であった。母も弟も性格が悪い家庭の中にあって一人孝を尽くし、堯の目にかなって帝位を譲られた。**○禹竟二句**　舜を継いだのが禹。禹の父は鯀《こん》といい、『尚書』堯典に、洪水を収めさせる人物として群臣が鯀の名を挙げると、堯は「吁《あ》あ、咈《もと》れる哉」と否定する。「咈」は性格がねじけているの意。しかし他に人材がいないために鯀に命ずるが、九年たっても治水は完成しなかった。『尚書』舜典によると、舜は四凶(四人の悪人)を殲滅し、その一人の鯀は羽山で殺された。**○嬴氏二句**　「嬴氏」は秦の始皇帝のこと。姓は嬴、名は政。「六合」は天地と四方。世界全体をいう。「不韋」は戦国時代の秦の国で政商としてのしあがった呂不韋《りょふい》。『史記』呂不韋伝によると、呂不韋は秦王の庶子であった子楚《しそ》を「奇貨居《お》くべし」として肩入れし、秦の跡継ぎに立てた。その子楚から自分の側室をねだられると、すでに己れの子を孕んでいたのを隠して献上し、産み落とされたのが後の始皇帝であった。**○漢祖二句**　「漢祖」は漢の高祖劉邦《りゅうほう》。「左契」は契約の札を半分ずつに割った片方。『老子』七十九章に「是を以て聖人は左契を執ってしかも人に責めず(割り符の半分を持ちながら返済を強要しない)」。ここでは天下を取る力を握っていたことをいうか。「布衣」は無位無冠の身。絹でない服を着ていることから庶民をいう。劉邦は戦傷がもとで死に瀕した時、「吾は布衣を以て三尺の剣を提《ひっさ》げて天下を取る。此れ天命に非ざるや」、死ぬのもまた天命だと言って治療を拒絶した(『史記』高祖本紀)。**○当塗二句**　道に当たる、要路にいるの意から権力を掌握することをいうが、ここでは魏を意味する謎解きの語。『三国志』魏書・文帝紀の裴松之《はいしょうし》注が『献帝伝』を引くなかに、「道(=塗)に当たりて高大なるものは魏なり」。「魏」が宮門の両側の建築物を意味するのと掛けたもの。「国璽」は正統王朝であるしるしの印。「黄門」は宦官を指す。魏を建てた曹操は宦官曹騰《そうとう》の養子曹嵩《そうすう》の子供であった。「黄門の携」とは宦官に引き連れられた者、曹操を指す。陳琳《ちんりん》が官渡《かんと》の戦いに際して曹操を誹謗した「袁紹《えんしょう》の為に豫州《よしゅう》に檄《げき》す」(『文選』巻四四)に、「父嵩《すう》は乞丐《きっかい》(物乞い)より携養さる」という。**○長戟二句**　「戟」はほこ。武力をいう。「戎氏」は北方の異民族。晋を南方に追い遣って北方中国を奪った五胡十六国を指す。

不獨帝王耳　独《ひと》り帝王《ていおう》のみにあらず
臣下亦如斯　臣下《しんか》も亦《ま》た斯《か》くの如《ごと》し

伊尹佐興王
不籍漢父資
磻溪老釣叟
坐爲周之師
屠狗與販繒
突起定傾危
長沙啓封土
豈是出程姫
帝問主人翁
有自賣珠兒
武昌昔男子
老苦爲人妻
蜀王有遺魄
今在林中啼

伊尹《いいん》は興王《こうおう》を佐《たす》くるも
漢父《かんぷ》の資《し》に籍《か》りず
磻溪《はんけい》の老釣叟《ろうちょうそう》は
坐《いなが》らにして周《しゅう》の師《し》と為《な》る
屠狗《とく》と販繒《はんそう》とは
突起《とっき》して傾危《けいき》を定《さだ》む
長沙《ちょうさ》は封土《ほうど》を啓《ひら》きしが
豈《あ》に是《こ》れ程姫《ていき》より出《い》でんや
帝《てい》 主人翁《しゅじんおう》に問《と》えば
珠《しゅ》を売《う》る児《じ》自《よ》りするもの有《あ》り
武昌《ぶしょう》の昔《むかし》の男子《だんし》
老《お》い苦《くる》しみて人《ひと》の妻《つま》と為《な》る
蜀王《しょくおう》 遺魄《いはく》有《あ》りて
今《いま》も林中《りんちゅう》に在《あ》りて啼《な》く

淮南雞舐藥
翻向雲中飛

淮南《わいなん》　鶏《にわとり》は薬《くすり》を舐《な》め
翻《ひるがえ》りて雲中《うんちゅう》に向《む》かいて飛《と》ぶ

帝王だけではありません。臣下も同じことです。

伊尹《いいん》は殷の王を補佐して王業を興しましたが、父親の力を頼りにはしませんでした。

磻渓《はんけい》で釣りをしていた老人太公望呂尚《りょしょう》は、そのまま周の文王の師となりました。

犬殺し樊噲《はんかい》と布商人灌嬰《かんえい》は、突如として決起し、国家の危急を救いました。

長沙王《ちょうさ》に封じられた劉発《りゅうはつ》は、実は景帝の室程姫《ていき》から生まれた子ではありません。

漢の武帝に「ご主人さま」と呼びかけられた董偃《とうえん》は、もともとは真珠売りで身過ぎをしていた子供でした。

武昌では昔、男が年をとって苦労し、女に化して嫁に行きました。

蜀の王は死後も魂をのこし、今もほととぎすとなって林の中で啼いています。

淮南王の鶏は、仙薬をなめて、羽ばたきながら雲の方へ飛んでいきました。

〇**伊尹**　殷王朝開国の功臣。湯王《とうおう》を助けて夏《か》の暴君桀王《けつおう》を滅ぼし、のちには湯王の子の太甲《たいこう》を補佐した（『史記』殷本紀）。〇**興王**　国を興した王。ここでは殷の湯王を指す。

○漢父　父親。「漢」は好漢の漢と同じく男をあらわす。伊尹は「空桑《くうそう》」から生まれたという伝説がある(『列子』天瑞)。空桑は地名という説があるが、桑の木の空洞であろう。「藉」は依拠する。「資」は助け。**○皤渓二句**　太公望呂尚をいう。「皤渓」で釣りをしていた呂尚は周の文王に出会い、登用されて宰相となった。皤渓は『水経注』によれば陳倉《ちんそう》県(陝西省宝鶏《ほうけい》市)のあたりで渭《い》水《すい》に注ぎ込む流れ。**○屠狗二句**　「屠狗」は畜殺に従事していた樊噲、「販繒」は絹織物の販売を仕事としていた灌嬰を指す。ともに平民から身を起こし、漢の建国に功績を挙げて爵位を与えられた(『史記』樊・酈・滕・灌列伝)。「傾危」は国が不安定で危険な状態。**○長沙二句**　漢の景帝の側室「程姫」は月のさわりのために侍女の唐児《とうじ》を身代わりにした。酔っていた景帝はそれに気付かず、懐妊したのちに程姫でなかったことが発覚したので生まれた子に「発」と名付けた(『漢書』景十三王伝)。「封土を啓く」とは劉発が長沙王に封じられたこと。**○帝問二句**「売」は底本の文字不明。諸本に従い改める。董偃は子供の時から母とともに真珠売りをして暮らしを立てていた。漢武帝の姑にあたる竇太主《とうたいしゅ》の屋敷に出入りするうちに、寡婦となっていた竇太守から片時も離さないほどの寵愛を受けた。そのため武帝までもが直接名をいうことを避けて、「主人翁《しゅじんおう》(ご主人さま)」と呼ぶほどであった。のちに東方《とうぼう》朔《さく》がその僭越な態度を弾劾した(『漢書』東方朔伝)。**○武昌一句**　『漢書』五行志に前漢・哀帝の建平年間、(武昌でなく)豫章《よしょう》の男が女に化し、嫁いで一子を設けたという話がある。 ○蜀王一句 蜀の望帝《ぼうてい》が死んで杜鵑(ホトトギス)になった話。「錦瑟」詩注参照(一七頁)。 ○淮南一句 淮南王劉安《わいなんおうりゅうあん》が昇仙した際、仙薬を庭にのこしておいたのを鶏、犬までが嘗め、昇天して空から鳴いたという(『神仙伝』)。

大鈞運羣有
難以一理推
顧於冥冥内
爲問秉者誰
我恐更萬世
此事愈云爲
猛虎與雙翅
更以角副之
鳳凰不五色
聯翼上雞棲

大鈞《だいきん》 群有《ぐんゆう》を運《めぐ》らす
一理《いちり》を以《もっ》て推《お》し難《がた》し
冥冥《めいめい》の内《うち》を顧《かえり》みて
問《と》いを為《な》す 秉《と》る者《もの》は誰《たれ》ぞと
我《わ》れは恐《おそ》る 万世《ばんせい》を更《へ》て
此《こ》の事《こと》 愈《いよ》いよ 云為《うんい》せんを
猛虎《もうこ》 双翅《そうし》を与《あた》えられ
更《さら》に角《つの》を以《もっ》て之《これ》に副《そ》う
鳳凰《ほうおう》は五色《ごしき》とせず
翼《つばさ》を聯《つら》ねて鶏棲《けいせい》に上《のぼ》らん

我欲秉鈞者
堨來與我偕
浮雲不相顧
寥泬誰爲梯
悒怏夜參半
但歌井中泥

我《わ》れは欲《ほっ》す　鈞《きん》を秉《と》る者《もの》
堨来《けつらい》して我《わ》れと偕《とも》にするを
浮雲《ふうん》　相《あ》い顧《かえり》みず
寥泬《りょうけつ》　誰《たれ》か梯《はしご》を為《な》さん
悒怏《ゆうおう》として夜参半《よるさんばん》
但《た》だ歌《うた》う　井中《せいちゅう》の泥《どろ》

大きなろくろのなかで万物が回転しています。それをただ一つのことわりで推し量るのはむずかしい。

奥深い宇宙を考えると、尋ねてみたくなります、これを主宰しているのは誰なのか、と。

私が案じますのは、これから何万代も経たのち、世界の変転がいよいよさまざまな現象を生じることです。

獰猛な虎は二枚の羽を生やし、そのうえ角《つの》までそえた動物に変わるかもしれません。

神聖なる鳳凰も五色の羽を失って、翼を並べて鶏小屋にのっているかもしれません。

私が願いますのは、造物主がやってきて、世界の運行に私も加わらせてくれること。ところが浮き雲はまるで振り返ってくれません。がらんとした大空に梯子を用意してくれる人もいないのです。

憂鬱な思いに胸をふたがれたまま夜も半ばを過ぎました。できるのはただ「井中の泥」の歌をうたうことだけです。

○大鈞　巨大な轆轤。造物の働きをたとえる。賈誼《かぎ》「鵩鳥《ふくちょう》の賦」(『文選』巻一三)に「大鈞、物を播《し》き、坱圠《おうあつ》として垠《かぎり》無し」、その応劭《おうしょう》の注に「陰陽造化は、鈞の器を造るが如し」。**○群有**　万物。**○冥冥**　深遠な天空。**○此事一句**　「此事」は万物が変化し続けることと解する。「云為」は言動。『周易』繫辞伝下に「是《こ》の故に変化云為、吉事には祥有り」、その疏に「乾坤の変化、云う有り為す有り。云とは言なり。為とは動なり」。一句の意味は世界が変化し続けていって、さまざまな奇異な現象を生じることか。次の四句はその極端な例。**○猛虎二句**　もともと獰猛な虎に翼や角が加わってさらに獰猛になる変化。『韓非子』難勢篇に権勢をかさに非道を働くものが多いことを説いて「故に周書に曰く、虎の為に翼を傅《つ》くる毋《な》かれ。将に飛びて邑に入り、人を択びて之を食わんとすと」。虎に角をつけることについては揚雄『法言』淵騫篇に酷吏とは何か問われて、

「虎なるかな虎なるかな、角ありて翼ある者なり」。○鳳凰二句　神聖な鳳凰が凡庸な鳥になってしまう変化。『山海経《せんがいきょう》』南山経に「丹穴の山……鳥有り、其の状は鶏の如し。五采にして文《あや》あり、名は鳳皇と曰《い》う」。「鶏棲」はにわとり小屋。『詩経』王風・君子于役《えき》に「鶏は塒《ねぐら》に棲む」とあるのにもとづく。○秉鈞者　造物主。○掲来　去来する。ここでは来の意味。自分も造物主と一緒になって世界の運行に参与したいの意。○寥泬　からっぽでひっそりしているありさま。○悒怏　悶々としたさまをいう双声の語。○夜参半　夜の半ば。王粲「登楼の賦」(『文選』巻一一)に「夜参半にして寐《い》ねられず」。○詩型・押韻　五言古詩。上平五支(陲《すい》・枝《し》・斯《し》・危《き》・児《じ》・為《い》)、六脂(姿《し》・資《し》・師《し》・誰《すい》)、七之(滋《じ》・疑《ぎ》・姫《き》・之《し》)、八微(扉《ひ》・韋《い》・衣《い》・飛《ひ》)、十二斉(泥《でい》・斉《せい》・堤《てい》・西《せい》・萋《せい》・蹄《てい》・携《けい》・氐《てい》・妻《さい》・啼《てい》・棲《せい》・梯《てい》・泥《でい》)、十四皆(斎《さい》・乖《かい》・懐《かい》・偕《かい》)、十五灰(迴《かい》・推《たい》)、十六咍(開《かい》・来《らい》・哉《さい》)の通押。平水韻、上平四支、五微、八斉、九佳、十灰。

李商隠の詩のなかでもとりわけ長い作品の一つ、五言八十句にのぼる。地中から運び出された泥が美しい庭園に身を置く境遇の変化をうたいながら、そこに寓意をこめる。それが何を寓意しているのか、解釈は定まらず、難解さにおいても屈指の作。井戸のなかの泥を不遇の比喩に用いた先例はあるが(注に引く「箜篌謡」)、ここでは単に比喩に終わるものでなく、寓話的な展開を見せ、不遇の嗟嘆よりも世界の転変の捉え難さに拡げていく。一韻で貫かれているが、ここでは全体を五段に分けた。第一段では井戸の開鑿によって泥土が地表に出てきた突然の変化を井泥の立場から述べる。地底に対して別れの言葉を記すように、井泥は擬人化されている。第二段は一転、その庭を訪れた旅人である「余」に話者が変わる。庭園の美しさを享受しながら、万物の理へと思いを馳せる。第三段は流転してやまない世界の例として、堯舜から五胡十六国の乱まで、歴代の支配者が卑賤から身を起こした史実が列挙される。地底の泥が地表に飛び出すような上昇が人間世界にもあるというわけだ。第四段は転変の例を帝王から臣下に移して、ここでも史実を挙げていく。上昇の変化が続くが、最後には男から女への転換、人から鳥への転換、家畜の昇仙にまで及ぶ。以上は過去における転変の例であり、またおおむね上昇の例であったが、第五段ではその変化が未来においてどのようになりゆくか、凶悪なものはより凶悪に、神聖なものは神聖さを喪失するなど、悲観的な予測を語る。変転極まりないこの世界を主宰する造物主に対するとまどいを記し、井泥の歌をうたうほかないと絶望のなかで結ばれる。地底の泥が地表に出たその変化から発して、世界全体の絶え間ない変転へと拡げられるが、李商隠にとって変転は決して好ましい変化ではなく、また変転を主持する存在も信じられない。そうした世界観を寓話的な語り口でうたった形而上詩といえよう。

無　題

萬里風波一葉舟
憶歸初罷更夷猶
碧江地沒元相引
黃鶴沙邊亦少留
益德冤魂終報主
阿童高義鎭橫秋
人生豈得長無謂
懷古思鄕共白頭

無《む》　題《だい》

万里《ばんり》の風波《ふうは》　一葉《いちよう》の舟《ふね》
帰《かえ》るを憶《おも》い　初《はじ》めて罷《や》むも更《さら》に夷猶《いゆう》
碧江《へきこう》　地《ち》に没《ぼっ》して元《も》と相《あ》い引《ひ》き
黄鶴《こうかく》　沙《さ》辺《へん》　亦《ま》た少《すこ》しく留《とど》む
益徳《えきとく》の冤魂《えんこん》　終《つい》に主《しゅ》に報《むく》い
阿《あ》童《どう》の高義《こうぎ》　鎮《つね》に秋《あき》に横《よこ》たわる
人生《じんせい》　豈《あ》に長《とこしえ》に謂《い》われ無《な》きを得《え》んや
古《いにしえ》を懐《おも》い郷《きょう》を思《おも》いて共《とも》に白頭《はくとう》

万里のかなたから吹き寄せる風と波、それに弄ばれる一枚の木の葉のような舟。ふるさとに帰りたいあまりに職を辞したとたん、また迷いの気持ちに揺れる。

青く流れる長江は大地の果てに没するまで流れ行き、否応なくこの小舟を引き寄せる。色鮮やかな鶴の群が水辺に戯れ、しばしわたしを引き留める。

長江のほとりで非業の死を遂げた張飛《ちょうひ》は、死んでなお君主の恩に報いたのだった。呉の天敵阿童《あどう》の名を持つ王濬《おうえい》は、長江を下って呉を攻め、その気高い正義はとこしえに凛とした秋の気のなかに在り続ける。

人生、いつまでも無意味であってよいものか。いにしえの英傑を慕い、ふるさとをなつかしむ、その二つの思いが私の髪を白くする。

○万里一句　厳しい風波に弄ばれる小舟。「万里」と「一葉」の数の対比によって心細さを際立たせる。**○夷猶**　躊躇することをいう双声の語。『楚辞』九歌・湘君に「君行かずして夷猶」。**○黄鶴一句**　岸辺の砂浜に自在に遊ぶ黄鶴。碧江が抗しがたい水の流れを言うのに対して、一時的な停止。**○益徳**　三国・蜀の張飛の字《あざな》。「冤魂」は非業の死を遂げた者の魂。張飛は配下の武将の手によって業半ばで殺されたのでいう。死んだのちに劉備に報いた話は、もとづく所未詳。**○阿童**　晋の将軍王濬の幼名。呉の国で「阿童復《ま》た阿童、刀を銜《ふく》みて浮きて江を渡る。岸上の獣を畏れざるも、水中の龍を畏る」という童謡が流れた。呉にとって恐ろしいのは阿童という名の人物と龍であると知った晋では、阿童を幼名とする王濬を龍驤《りゅうじょう》将軍に任じ、呉の討伐を命じた(『晋書』五行志、また羊祜伝)。**○鎮**　永遠に。**○横秋**　秋の空に張りつめる。南斉・孔稚《こうち》珪《けい》「北山移文」(『文選』巻四三)に「風の情は日に張り、霜の気は秋に横たわる」。**○無謂**　無意味。
○詩型・押韻　七言律詩。下平十八尤(舟《しゅう》・猶《ゆう》・留《りゅう》・秋《しゅう》)と十九侯(頭《とう》)の同用。平水韻、下平十一尤。

官に未練をのこしつつ郷里に向かう舟の中で逡巡する思いをうたう。「無題」詩のなかでもこれは明らかに異質。詩題を失したために編纂の時点で「無題」とされたとする説がある。長江を下りながらその地にまつわる過去の英雄に思いを馳せ、何の功績を挙げることもできなかった不如意な思い、官を辞して郷里へ帰りたい思い——相い反する気持ちの間で迷い悩むのは、李商隠の心情表現によく見える。

解　説

詩を書く人を詩人と呼ぶならば、中国の士大夫はすべて詩人ということになる。わたしたちが漠然と抱いている詩人の姿とはずいぶんずれてしまう。しかしそのことが中国における詩というものの性格をあらわしている。すなわち詩は古典の素養をもつ士人のたしなみであり、余技であった。それゆえ、日々の暮らしのなかで社交の道具として作られた詩が圧倒的な多数を占める。集団の場であれ、個人どうしであれ、人と人とを結びつける手だての一つとして、詩は世の仕組みのなかに位置づけられていたのである。

士大夫の日常生活のなかだけではない。詩はそもそも『詩経』を祖として「美刺《びし》」(政治に対する賞賛と批判)を表明する手だてと考えられた。官僚は即、文学者であり、政策の提議、公的文書も修辞を凝らした文体で書かれた。皇帝を中心にした詩の応酬はいつの時代にも当然のこととして行われた。中国の詩が政権の内部に組み込まれていたことは、西洋の目から見たらはなはだ特異なものに映ったようだ。ヴァレリーはこう記している。

中国人種は最も文学的な種族である。あるいは種族であった。即ち、昔は統治の配慮を文学者に委ねた唯一の種族であり、その統御者たちは彼等の王笏よりも彼等の筆を一層誇りとし、また詩を彼等の財宝に数えたのであった。

（河盛好蔵訳「中国の詩」、『ヴァレリー全集』八、筑摩書房、一九七八増補版）

とはいっても、詩はやはり詩であって、社交や政治の道具でない、言葉によって一つの世界が現出する詩、狭い意味に限定して「詩」と呼びうる作品も確かに存在する。そして李商隠の詩こそ、わたしたちが今いう「詩」に最も近いのではないか。視点を変えれば、彼の詩は中国の詩のなかにあって、はなはだ異質である、ということになる。にもかかわらず六百首前後の詩が今日までのこり、注釈が引きも切らず書かれるほど読まれてきたのは、その詩が中国古典詩の可能性を極限まで追求した精粋であることが、どの時代の人々にもしかと感取されたからにほかならない。

李商隠は唐代の文学を四つの時期に分けた最後、晩唐の人である。漢文唐詩宋詞元曲と大づかみされる中国の文学の、詩が最も高みに達した唐代、そのなかにあっても、詩の技法がすべて出そろい、磨き上げられたのが晩唐であった。南朝から唐代に移行する混沌とした活力をもった初唐、雄渾と称される詩風を築き上げた盛唐、規範を逸脱して宋詩を開く端緒となった中唐、そうした流れを吸収しながらも晩唐ではいくらか位相を異にしたところで独自の詩が開花し、その極みに位置したのが李商隠である。

形式の流れをたどれば、六朝後期から声調の配置が意識されるようになり、平仄《ひょうそく》を初めとする声律を整えた近体詩が盛唐に至って完成する。以後、近体詩と声律の規則をもたない古体詩とが併行するが、中唐では文において古文が唱えられたこととも連動してか、古体詩が優勢であるかに見える。しかし晩唐では近体詩が盛り返し、李商隠も最も李商隠らしさを発揮したのは近体詩、それもとりわけ七言律詩であった。五言が荘重な響きを伴うのに対して、七言は流麗であり、繊細で優美な情感をうたうにはまことにふさわしい。李商隠の詩は形式と内容とがみごとに合致しているかのようだ。彼が近体詩をよくしたことは、一方で傑出した駢文《べんぶん》作家であったこととも関わっている。平仄の規則的な配置など、様々な規則を伴う駢文は、近体詩と通じるところがある。古文の学習から始めた李商隠はすでに十五、六歳の時に古文家として名を知られるに至ったが、令《れい》狐楚《こそ》のもとで改めて駢文を学び、のちに節度使の幕下で職務として厖大な駢文を起草し、『樊南甲集《はんなん》』『樊南乙集』を自ら編んでいる。

内容の面で晩唐に顕著なのは艶詩《えんし》的な要素が濃厚になることで、李商隠とともに晩唐を代表する杜牧《とぼく》、温庭筠《おんていいん》、それぞれに個性をもつ詩風のなかにも、共通してうかがわれる。それは唐代を飛び越して南朝の文学に連なっている。宮廷を場に王族や貴顕の人々が綺靡を競った南朝の美文学は、礼教に悖《もと》るものとして唐代に入って否定されたのだが、晩唐に至ると南朝への回帰ともいうべき傾向がみられる。李商隠にはそのうえ南朝民間の情歌への関心も強い。彼の詩の中心をなす恋愛をうたった詩は、南朝宮体詩や民間楽府の延長上に研ぎ澄まされたものだ。

もともと恋愛は士大夫が担う中国の古典文学では抑制されるものであった。道徳教化の具たるべき文学になじまないのである。とりわけ作者が自分自身の恋愛体験を文学によって語ることは、まずないといってよい。男女にまつわる内容を書くことができるジャンルは楽府《がふ》、閨怨詩《けいえん》、悼亡詩《とうぼう》のたぐいに限られた。楽府はもともと歌謡を表記したものであって、作者と作品上の発語者とは区別されるものであるし、閨怨詩は孤閨に悩む女の立場でうたうものであって、これも作者と詩の主体は別である。楽府、閨怨詩が虚構の枠組みをもっているのに対し、悼亡詩は逆に作者の妻の死を悼むという実際の出来事にもとづいて発せられる。しかし夫婦の和合は世界の秩序の根幹とみなされたゆえに、実事であっても許容される。これ以外に男女に関わるのは艶詩であるが、艶詩は大雅の堂に登るにはふさわしくない遊びの詩とみなされた。中晩唐の艶詩を集めた五代・後蜀韋穀《いこく》『才調集』に李商隠より多く収められた元稹《げんじん》の艶詩は、作者自編の詩集からは排除されていることがそれを示す。李商隠の恋の詩も伝統的な分類では艶詩の範疇に入るにしても、彼の詩を艶詩と呼ぶのは落ち着きがよくない。もともとの中国の語ではないが、恋愛詩と呼ぶべきだろうか。艶詩か恋愛詩か、このとまどいを生むところに彼の詩の特質がある。すなわち従来の艶詩のように、男女の情愛を「興じる」対象としてうたっているというには、あまりにも切実な情感が籠められているのだ。それはいかにも作者の個人的体験をうたっているかのようにさえ見える。旧来の注釈が背後の事柄を熱心に求めたゆえんである。しかし個人的であるかに見えるのは、恋の思いが集団の場で享受されるものでなく、代替できない一人の男、あるいは女の真率な心情の表出になっているからだ。

艶詩とはどのような質的差異があるのか、一世代遅れて李商隠に追随した韓偓《かんあく》の『香《こう》奩集《れんしゅう》』巻頭の詩「幽窓《ゆうそう》」と較べてみよう。

刺繡非無暇　　刺繡《ししゅう》　暇無《いとまな》きに非《あら》ざるも
幽窓自尠歡　　幽窓《ゆうそう》　自《おのずか》ら歓《よろこ》び尠《すくな》し
手香江橘嫩　　手《て》に香《かお》りて江橘《こうきつ》嫩《やわらか》く
齒冷越梅酸　　歯《は》に冷《つめ》たくして越梅酸《えつばいさん》たり
密約臨行怯　　密約《みつやく》　行《ゆ》くに臨《のぞ》みて怯《おび》え
私書欲報難　　私書《ししょ》　報《ほう》ぜんと欲《ほっ》するも難《かた》し
無憑諳鶻語　　憑《よ》る無《な》くして鶻語《じゃくご》を諳《そら》んず
猶得暫心寛　　猶《な》お得《え》たり　暫《しばら》く心《こころ》の寛《かん》なるを

刺繡を楽しむ時もないわけではないけれど、深窓にこもった暮らしはつまらない。手に香しいのは江東のやわらかなみかん。歯に冷たいのは越の国の酸っぱい梅。秘密の約束もいざ行こうとするとひるんでしまう。内緒の手紙を返したくてもどうして届けたものか。

せんかたなく、よい知らせの前触れとかいう鵲《かささぎ》の鳴き声を口まねしてみれば、しばし気持ちが安らげる。

詩中の二字を題とするところをはじめとして、「密約」の句は「無題(情を含みて)」(一二二頁)の「楼響きて将に登らんとして怯じ」を、「私書」の句は同じく「無題(来たるとは是れ空言)」(一一四頁)の「書は成すを催されて墨未だ濃からず」を模倣する。さらに「歯に冷たくして」の句は、「柳枝五首」其の三(二五八頁)の、東陵五色の瓜も「牙《が》香《こう》に値《あ》うに忍《しの》びず」、歯に当てるには忍びないとうたう官能的な表現を思わせるなど、李商隠恋愛詩の複製品であることは明らかである。しかしここには深窓の令嬢の姿態、そして心情が外側から、それも男性の目から描かれているのであって、この女性の胸中には入り込んでいない。秘かな恋心も、そこに鬱々とする姿を若い女性の姿態の一部として形象化されているにすぎない。「密約」「私書」といったあからさまな語は李商隠なら用いないだろう。韓偓のこのような艶詩は、晩唐に始まって五代、宋に盛んになっていく「詞」の文学につながるものであった。宋代の「詩」が情より知に傾き、散文に接近するのを相い補うかのように、「詞」は纏綿たる情緒を感傷をこめてうたう、もう一つの韻文学であった。

李商隠の恋愛詩は韓偓の艶詩とは明らかに異質である。韓偓が外から女性を見るのに対し、李商隠は恋する人の心のなかから声を発する。

昨夜星辰昨夜風　昨夜《さくや》の星辰《せいしん》　昨夜《さくや》の風《かぜ》
畫樓西畔桂堂東　画楼《がろう》の西畔《せいはん》　桂堂《けいどう》の東《ひがし》

「無題(昨夜の星辰)」(一〇八頁)

発語者自身の現在から思い起こされる「昨夜」、その特別の思い入れのこもる「時」を繰り返し、続いて発語者にとって忘れがたい「場」が提示される。

また次の詩にも当事者ならではの嘆きが発せられている。

相見時難別亦難　相《あ》い見《み》る時《とき》は難《かた》く別《わか》るるは亦《ま》た難《かた》し
東風無力百花殘　東風《とうふう》　力無《ちからな》く　百花《ひゃっか》残《くず》る

「無題(相い見る時は難く)」(一四六頁)

魏・曹丕《そうひ》「燕歌行」詩の「別るる日は何ぞ易く会う日は難し」、曹植《そうしょく》「来日大《らいじつ》いに難しに当《あ》つ」詩の「別るるは易く会うは難し」、さらには『万葉集』にも「この別るることの易きを嗟《なげ》き、彼《か》の会ふことの難きを歎く」(巻五)とみえるなど、人の出会いの困難をいう慣用表現となっていた「会うのはむずかしい―別れるのはたやすい」、それをふまえながら一字を換えて李商隠は「会うのはむずかしい―別れるのはもっとむずかしい」とうたう。「会難別易」の場合には出会いと別れの全体を外から捉えているのに対し、李商隠「会難別難」の場合は、会っているその時点のなかから発するからこそ、別れがたいと言うのだ。

韓偓の「幽窓」詩は女性自身が語る詩として読むこともできるが、たとえそうしてみたところで、男性の側から捉えた女性であることに変わりはない。しかし李商隠の場合、発語者が男性か女性かすら不分明な恋愛詩が往々にして見られる。男から女を見るという艶詩の一方的な視線はもはや解消されているのである。

あるいはまた、恋に苦しむ発語者を自身の内部から客体化することもある。右に引いた「無題(昨夜の星辰)」の末二句、

嗟余聽鼓應官去　　嗟《あ》あ余《よ》　鼓《こ》を聴《き》きて官《かん》に応《おう》じて去《さ》り
走馬蘭臺類斷蓬　　馬《うま》を蘭台《らんだい》に走《はし》らせて断蓬《だんぽう》に類《るい》す

一夜の恋から立ち去らねばならない己れの姿を客体化することによって、心情がかえって鮮明に描き出される。
さらには恋する人の立場から、「恋とは……」と一般化して語ることもある。

直道相思了無益　　直《たと》え相思《そうし》　了《つい》に益無《えきな》しと道《い》うも
未妨惆悵是清狂　　未《いま》だ妨《さまた》げず　惆悵《ちゅうちょう》は是《こ》れ清狂《せいきょう》なるを

「無題（重幃　深く下ろす）」（二一七頁）

春心莫共花爭發　　春心《しゅんしん》　花《はな》と共《とも》に発《はっ》するを争《あらそ》うこと莫《な》かれ
一寸相思一寸灰　　一寸《いっすん》の相思《そうし》　一寸《いっすん》の灰《はい》

「無題（颯颯たる東風）」（二一七頁）

こうした様々な相からうたわれる李商隠の恋愛詩、そこに流れる抒情は個別的ではあっても、個人的、具体的事象を切り離して普遍的抒情にまで昇華した高みに達している。その背後に作者個人の体験があったか否かはわからないし、問う必要もない。

恋愛詩ではないが、作者の個人的体験を具象的に書きながら、それが普遍に通じている作品もある。「驕児の詩」(二九一頁)に生き生きと描き出された男の子のありさまは、李商隠自身の子供を対象としながらいつの時代にも変わることのない子供の姿を活写している。文学が個別を表現することによって普遍に到達し、それによって人々の共感を引き起こすものであることが改めて理解される。

李商隠の表現を特徴づける一つは、典故とか用事とかいわれる手法の過剰なまでの使用である。彼の詩作は宋代の頃から「獺祭魚《だっさいぎょ》」と称されてきた。カワウソが捕った魚を祭るかのように並べる、それと同じようにまわりに書物を敷き広げて典故を駆使するというのだ(「獺祭魚」については、「異俗二首」其の二の詩注二八頁参照)。しかもその典故が正統ならざる稗史《はいし》小説のたぐい、道教に関わる書物など、「僻典《へきてん》」――ふつうは用いられないような事柄――を用いている。出処をたどれない典故も稀ではない。典故の使用はもともと中国の言語表現に顕著な手法ではある。先行する書物のなかの語を用いることによって過去の事象が重なり、言葉は奥行きのある重いものとなる。そのためには書き手にも読み手にも言葉の背景が共有される文学共同体がなければならない。慣用化された典故は文学共同体のなかで固定されているために、何を言わんとするかの理解を助けるものともなる。ところが李商隠の場合、典故は複雑な事象を単純化せず、複雑なまま表現するための手段として使われる。一つの意味に還元されず、茫漠とした意味の拡がりがそのまま響き合うのだ。さらには詩が指し示すはずの事柄は置き去りにされ、本来の意味系列から離れてしまうこともある。そして多義的、重層的な意味の錯綜のなかに曖昧模糊とした世界が立ちあらわれるに至る。文革後の一時期、李商隠の詩が「朦朧美」と称されたことがあったのも納得できる。朦朧たることは確かに独特の雰囲気をもって魅するものではあるが、絡み合う意味を解きほぐすのは容易でない。

このような典故の手法からもうかがわれるように、李商隠は詩と現実との結びつきを故意に曖昧にする。一般に中国の詩は現実の場から生まれ、そこで生起する事々を因襲的な言い回しを用いて言葉にするものである。詩は現実の報告ということすらできる。それに対して李商隠の詩はもとになる出来事を塗りつぶし、現実との接点をうやむやにする。詩が現実の説明であることの拒絶は、「無題」という題の付け方に端的にあらわれている。「無題」と題された詩は李商隠以前には見られず、晩唐の韓偓、唐彦謙《とうげんけん》、そして宋初の「西崑体《せいこんたい》」——いずれも李商隠を模倣した詩に使われていることから、明らかに李商隠が創始したものとわかる。ふつう中国の詩の題は、その詩が作られた状況やその詩の内容を説明するものである。それを「題知らず」と言ってしまうのは、詩と詩が作られた実際の場とのつながりを断ち切ることにほかならない。一方、「借題《しゃくだい》」と呼ばれる、詩中の二字、しばしば冒頭の二字を借りて題とするものも少なくない。「借題」詩の場合も、詩の状況、内容を明かさないところ、「無題」詩に通じる。ただ「借題」には、「有るが為に」詩(一四四頁)のように無造作に二字を取っただけのものと、「錦瑟」詩(一五頁)のようにその二字が詩全体のなかで主題としての意味をもつものとがある。「無題」にせよ「借題」にせよ、どんな事柄を書いているかを作者が意図的に隠すために、そこには公然と語ることができない内容が秘められているかに読み手は思ってしまう。そこで注釈者たちは詩に隠された実事を捜そうと奔走した。確かに李商隠の詩には常に影が伴うものであるにしても、現実の切り離しは日常を隠蔽するためよりも、日常から遊離したもう一つの世界を現出させるためではなかったか。

李商隠詩集の本来の編次では巻頭に置かれた「錦瑟」詩、彼の代表作とみなされるそれは従来、悼亡詩と解されてきた。しかし亡き妻をしのんだ詩であるならば、その事実を隠す必要はない。にもかかわらず、詩はかくも模糊としている。

錦瑟無端五十絃　　錦瑟《きんしつ》　端無《はしな》くも五十絃《ごじゅうげん》
一絃一柱思華年　　一絃《いちげん》一柱《いっちゅう》　華年《かねん》を思《おも》う

この詩の主題をなす「錦瑟」は、別の詩「房中曲」(二一三頁)にも、

歸來已不見　　帰《かえ》り来《き》たれば已《すで》に見《み》えず
錦瑟長於人　　錦瑟《きんしつ》　人《ひと》よりも長《なが》し

遠い旅から帰ってきたら、その人の姿はもう見えない、代わりに背丈ほどの長さの錦瑟が横たわるだけ、と亡き人に代わる物としてうたわれている。併せ読めば、「錦瑟」詩の錦瑟も永遠に帰らぬ人の遺品であろうと理解できる。が、詩はそれ以上の具体性はま

るで語ってくれない。わずかに現実と結びつく「錦瑟」もいきなり「端無くも」、なぜかわけもなく、二十五絃の実際の瑟から、あまりに悲しい調べを奏でるために絃を半分に減らされたと神話が語る元の「五十絃」の瑟にすり替わってしまう。そして続く四句は現実と切り離されたイメージだけが並ぶ。

荘生暁夢迷蝴蝶　　荘生《そうせい》の暁夢《ぎょうむ》　蝴蝶《こちょう》に迷《まよ》い
望帝春心託杜鵑　　望帝《ぼうてい》の春心《しゅんしん》　杜《と》鵑《けん》に託《たく》す
滄海月明珠有涙　　滄海《そうかい》　月明《つきあき》らかにして珠《しゅ》に涙有《なみだあ》り
藍田日暖玉生煙　　藍田《らんでん》　日《ひ》暖《あたた》かにして玉《ぎょく》　煙《けむり》を生《しょう》ず

現実と夢が判然としない境地に漂う荘子、発語者も過去と現在のはざまに浮かび、蝶となって舞っていた追憶にたゆたう。悲恋に死んだ蜀の王望帝は杜鵑《ほととぎす》に化して悲痛な叫びをやめない。取り戻せない愛に苛まれる苦しみが発語者につながるのだろうか。荘子と望帝の典故を用いたこの二句は、李商隠の技法を端的にあらわしている。すなわち指している元になるものが消えて、典故だけが独立したイメージを創り出しているのである。

続く二句はさらに現実から乖離する。蒼《あお》い海原を照らす月光、真珠は人魚の涙、そこに小さな月が映っている。藍《あお》い畑地に暖かく降り注ぐ日の光、玉《ぎょく》の産地でもある藍田《らんでん》、その玉から煙が立ち上る。冷たく透明な風景、暖かで明るい風景、対比的な映像はそれぞれに追憶に耽る心象を語るものであろう。モザイクのように映像を敷き拡げるのも李商隠の修辞の特色である。「涙」詩(二〇七頁)が人の悲しみを次々典故を用いて並べているように。

中の四句はこのように脈絡がつかみにくいために、瑟の演奏の情調をあらわすという説もある。黄朝英《こうちょうえい》『緗素雑記《しょうそざっき》』に引く蘇軾《そしょく》の言によると、瑟には「適、怨、清、和」の四種の情調があり、「荘生」の句は「適」、「望帝」の句は「怨」、「滄海」の句は「清」、「藍田」の句は「和」をそれぞれ表出したものであるという。そうであるとしてももちろんそこに追憶の様々な心象を伴ってもいる。ちなみに「藍田」の句が溶け込んだ無名氏の詩句が『太平記』のなかに挿入されている。楊貴妃《ようきひ》の驪山宮《りざんきゅう》入湯の場面を描いて、

貴妃ノ御衣ヲヌギ給ヘル貌《カタチ》ヲ御覧ズルニ、白ク妙《タヘ》ナル御ハダヘニ、蘭膏《ランカウ》ノ御湯ヲ引

カセケレバ、藍田《ランデン》日暖《アタタカニシテ》玉低《タレ》レ涙《ヲ》、庾嶺《ユレイ》雪融《トホリテ》梅吐《ハク》レ香《カヲ》カトアヤシマル、程也。

（巻第三七。日本古典文学大系新装版、岩波書店、一九九三、による）

「藍田　日暖かにして玉　涙を低《た》れ、庾嶺　雪融りて梅　香を吐く」――後の句の出処はわからないが、李商隠が日本でどのように流布したかを探るのに、一つの資を供するものであろう。

さて最後の聯、

此情可待成追憶　　此《こ》の情《じょう》　追憶《ついおく》を成《な》すを待《ま》つ可《べ》けんや
只是當時已惘然　　只《た》だ是《こ》れ当時《とうじ》　已《すで》に惘然《ぼうぜん》

ここに至って再び現在に引き戻される。今のこの思い、それはいつの日か追憶になると望むことができるのだろうか。その時すでに確かなものではなかったこの思いを。従来この二句は、過去の幸福な愛を今から追憶することができない、過去においてすでに定かでなかったのだから、と解されてきた。しかし「此の情」を今現在の思いと捉えれば、それについて「追憶を成すを待つ」というのは、今の感情が追憶の対象というかたちあるものにやがていつの日かなると期待できようか、という不確かな思いを述べているのではないか。自分が意志的、主体的に振り返るのではない。自分の心にさえ確信を抱くことができない。そう読むことができるならば、ここには過去－現在－未来が行きつ戻りつ、からみあうことになる。そういえば「夜雨　北に寄す」詩(五四頁)にも、これより明快なかたちで過去－現在－未来が錯綜する手法が展開されていた。「当時」は過去とも現在とも読むことができるが、かつての思いであれ今の思いであれ、自分の思いは「惘然」たるものであった。それに未来の要素を加えることによって、過去の愛を喪失した現在の悲しみをうたうと単純に対比できなくなり、過去－現在、想念－現実という二項対立は溶解し、無化されてしまう。「潭州」詩(三三頁)の現在の光景に過去がだぶる描出、「七月二十八日……」詩(七一頁)の夢とうつつが交錯する叙述、いずれも今、現在という確かなものをあやふやなものに変えてしまう。現実を隠すというより、現実も非現実も、現在も過去も未来も、いっさいが渾然と溶け込んだなかに不可思議で美しい様相が立ち上がる、それが李商隠の詩の世界であった。

一見するとまるで事実を隠蔽せんとするかに見えるために、これは悼亡詩ではなく、令狐楚の愛姫への公言できない愛情をうたったものとする説もある。そうした憶測を誘うほどに、李商隠の詩は往々にして秘められた恋の様相を帯びている。背徳の危うさとでもいった翳りが伴うのだ。李商隠の詩は多くの追随者を生むほどに好まれたが、この陰翳はエピゴーネンたちには見られないものである。翳りがなければ光にも乏しい、平板な模倣といわざるをえない。

翳り、揺らぎは恋愛詩だけに見られるものではない。李商隠には中国士大夫が共有する安定感が欠如しているような面がある。士大夫は伝統的な文化、社会の枠組みによってその存在が保障され、そのために揺らぐことなく自己を保持している。自分という存在に疑義を抱かない。ところが李商隠は自分自身をも信じ切ることができないかのようだ。「錦瑟」詩では自分の思いも自分の思うままにはできず、それが追憶できるものになるだろうかと揺らいでいた。またたとえば「蟬」の詩(三〇頁)は、高潔であるがために不遇を余儀なくされる士大夫が露しか口にしない清らかな蟬に己れをなぞらえる後漢以来の型に沿った詩であるけれど、それだけでは掬いとれない自己表出がうかがわれる。従来のパターンでは不遇を歎く主体は不遇である自己の正当性をつゆ疑うことなく、己れを不遇たらしめた周囲に憤懣を発するのだが、李商隠の場合は我が身を嘆きながらもその自分にすら安住できない、さらなる危うさがつきまとうかに思われる。

自分に対してだけではない。世界全体に対しても、変転してやまぬそれを統べる存在を希求しながら信じられずにいる当惑が「井泥四十韻」詩(三〇六頁)にはうたわれている。中国の強固な文化的伝統は、一般に世界に対する懐疑が乏しい。今の世への不満や批判はあっても、世界全体に関しては確固たる理念が疑われることはない。それに対して李商隠に見られるこの揺らぎ、危うさこそ、彼の特質であり魅力なのではないか。

このような不安定をもたらしているのは、李商隠の透徹した目であろう。人が信じて疑わないものに対しても透視してしまうがために、この世の何も信じることができない。既存の枠組みに安住しない、あるいは安住できない李商隠が、現実を超えた言葉の世界に向かったのも必然というべきか。囚われないその目は恋愛とは対局にある政治にも向けられ、中国古典詩には稀な鋭い発言を呈した政治詩がある。「感有り二首」「重ねて感有り」(一八三頁)は例によって修辞を駆使しながらも、当時朝廷を揺るがした政変、甘露の変に正面から向き合い、同時代には類を見ない批判性を発揮している。甘露の変において最も重要な要素であった宦官のことは、そこでは触れていないが、しかし「劉司戸を哭す二首」(三八頁)——宦官のこと怨みをかって死んだ劉蕡《りゅうふん》への慟哭——は、宦官への怒りを含まずにはいられない。同時代の情況を見抜くまなざし、それを敢えて表現する精神の強靱さ、そして何より重く鋭く緊張をはらんだ言葉そのものの力、それらが相い俟って比類ない政治批判が展開されたことも特記しなければならない。

＊

李商隠、字《あざな》は義山《ぎざん》、号は玉谿生《ぎょくけいせい》、また樊南生《はんなんせい》。玉谿とは一時期、懐州《かいしゅう》の玉谿山の道観で学んだことがあるのにより、樊南とは長安南の樊川《はんせん》の南に住んだことがあるのによる。懐州河内《かだい》(河南省沁陽《しんよう》県)の人とみずから称しているが、それは原籍であり、実際には祖父の李傅《りふ》の時に鄭州滎陽《けいよう》(河南省滎陽県)に移住していた。

生まれた年は徳宗の貞元一一年(七九五)から憲宗の元和八年(八一三)まで、諸説にかなりの開きがあったが、近年は元和六年(八一一)、ないし七年の説に絞られてはいる。はっきりしないのは生年のみでなく、一生の経歴も漠としているが、それは官位の低い李商隠は史書に事跡が記されず、自身の書いた詩文に手がかりを探って推し量るほかないためである。しかも杜甫や白居易と違って己れの日常をそのまま詩に書くことをしないために、伝記のかなりの部分は本来模糊とした作品を一つの方向に読み解いて、そこから臆断したものである。

父の李嗣《りし》は地方を転々とした下級官吏、親族のなかにも中央の官僚は見られない。中下級士大夫層から世に出た文人は、韓愈、白居易など中唐以後、珍しくないが、そこから高級官僚の地位を得ることは晩唐では再び困難になっていたようだ。彼の一生はそうした出自の者がなんとか地位を得るために次々と実力者の庇護にすがり続け、しかし何ら満足する結果を得られなかった不本意な思いから免れることはない。上昇への志向を抱きながらそれが実現されないための葛藤は、終生暗い通奏低音として響き続ける。

官界に入るために必要な科挙の試験——礼部が主催する進士科、続けて吏部が主催する書判抜萃科、李商隠はいずれも登第を果たしている。ところが彼が中央官庁の官に就いたのは、秘書省校書郎、弘農県尉(河南省霊宝県)、盩厔《ちゅうちつ》県尉(陝西省盩厔県)ぐらいしかない。地方の県尉は官位は低くてもキャリアのプロセスとして朝廷に戻り昇進していくステップになったはずなのに、いずれも短期間で辞し、一生のほとんどを、節度使の幕下で過ごしたのである。それは節度使自身による私的な雇用であって、何の保証もない。中唐以後、正規の官に就けない者が一時しのぎに身を寄せたものであった。実際、節度使の任期が切れたり在任中に死亡したりして、李商隠はたびたび職を失っている。

なぜかくも稚拙な生涯を送ったのか――かつては牛李《ぎゅうり》の党争にからむ李商隠の背信行為が官人としての不遇を招いたと説かれてきた。中唐から晩唐にかけての数十年、朝臣の間では二つの党派が激しい角逐を続けていた。発端は穆宗《ぼくそう》の長慶元年(八二一)、進士試験の不公平をめぐって対立が生じ、以後、保守官僚層を代表する李徳裕《りとくゆう》、進士を経て官界に入った牛僧孺《ぎゅうそうじゅ》、李宗閔《りそうびん》、両者はどちらかが朝廷に入れば他方は地方に出るという権力闘争を繰り返してきた。そして李商隠の最初の庇護者である令狐楚《れいこそ》は牛僧孺、李宗閔の党派、次の庇護者である王茂元《おうもげん》は李徳裕の党派、それぞれの中心的存在だったのである。令狐楚の愛顧を受けながら敵対する王茂元の幕下に迎えられ、そのうえむすめの王氏を娶ったという李商隠は両派の敵対関係のなかで寝返ったとしていずれの派からも排除され行き場を失った、という説は明快でわかりやすい。しかし近年は二つの党派は単純に色分けされるものではなく人の行き来もあったこと、また末端の李商隠にとってさほど大きな影響は及ばなかったであろうこと、そうした点から見直されている。ただ先に記した李商隠の自己認識にみられる翳りは、いかにもこのような後ろめたさと結びつけたくなるものではある。

李商隠が不遇のまま終わったのは、科挙出身だけでは昇進がかなわなくなっていた時代の変化、複雑きわまる官界の人間関係、そうした外的要素のほかに、李商隠自身の性格も関わっていたのではないか。「中路にして因循《いんじゅん》するは我の長ずる所、古来 才と命とは両《ふた》つながら相い妨《さまた》ぐ」(「感有り」詩)――道の半ばでぐずぐずするのは私の得意とするところ、才能と運命はもともと邪魔し合うもの――、詩人の資質と現実の場での有能さはもともと相い容れぬものであった。四十八歳の生を終えるまで、次々と庇護者を求めながら、めまぐるしいまでに職を換え、各地を転々としている。なんともうだつのあがらない官人人生であった。李商隠の詩が深いつながりをもつ中唐の詩人李賀《りが》、二十七歳の短い生の間に色鮮やかな幻想世界を顕現する詩をのこした「鬼才」について、晩唐の陸亀蒙《りくきもう》はこう記している。

獣や魚をむやみに捕りまくることを「天物を暴《あら》す」というそうだ(『礼記』王制)。天物は暴すべきでない以上、えぐり出したり削り取ったりして、その様相をさらけ出してよいものであろうか。芽生えから死ぬまで何もかもあらわにしてしまったら、天は罰を与えはしないだろうか。長吉(李賀)は夭折し、東野(孟郊《もうこう》)は困窮し、玉谿生(李商隠)は朝廷に官を得られないまま死んだ。まさにその罰を受けたのではないか。その罰ではなかったか。

（「「李賀小伝」の後に書す」）

李賀、孟郊、李商隠、彼らの表現は人としての分を超えて万物を白日のもとに露呈したがために、実人生においてかくも不幸を与えられたというのである。この読後の感が記された元の文「李賀小伝」とは、ほかならぬ李商隠の手になるものである。句を得るたびに書きつけては「錦嚢《きんのう》」(錦の袋)に投げ入れた話、「白玉楼」から使者が来て李賀を連れ去った臨終の話など、詩人李賀の姿をありありと描き出す叙述には、李賀への愛着が籠められている。梁・劉勰《りゅうきょう》『文心雕龍』は「蚌《ぼう》病《や》みて珠を成す」、貝の苦痛から真珠が生まれると詩人と詩の関係を美しく比喩したが、李賀、孟郊、李商隠いずれもみずからの痛みと引き替えに稀有の表現を生み出した詩人であった。日常生活の安定をうち捨ててまで表現にのめり込むところも三者に共通している。そのなかでもとりわけ美しい詩的世界を創り出した李商隠の詩は、病める貝から生まれた珠玉そのものであった。

＊

李商隠の詩の主な注釈には、清人の著として朱鶴齢《しゅかくれい》箋注、程夢星《ていぼうせい》刪補『李義山詩集箋注』、屈復《くっぷく》『玉谿生詩意』、馮浩《ふうこう》『玉谿生詩詳注』などがある。近年の注釈、論評は枚挙に暇がないが、全詩を注解しているものに劉学鍇《りゅうがくかい》・余恕誠《よじょせい》『李商隠詩歌集解』(五冊、中華書局、一九八八)、鄧中龍《とうちゅうりゅう》『李商隠訳注』(上中下、岳麓書社、二〇〇〇)の二書がある。

日本では森槐南《もりかいなん》が馮浩注の編年部分だけを講義した『李義山詩講義』(上中下、東京文会堂、一九一四—一七)が早い。高橋和巳『李商隠』(岩波書店、中国詩人選集、一九五八)は六十首ほどを選んで懇切な訳注を施している。荒井健教授を中心とする京都大学人文科学研究所の李商隠研究班による注解は、内外を通して最も高いレベルの成果であり、本書も大いに助けられた。『東方学報』(一九七八—九六)に七律、七絶の約百首が掲載されている。

年譜も清朝以来種々あるが、張采田《ちょうさいでん》『玉谿生年譜会箋』、それを補う岑仲勉《しんちゅうべん》『玉谿生年譜会箋平質』が一冊にまとめられている(上海古籍出版社、一九八三)。

評伝としては、高橋和巳『詩人の運命——李商隠詩論』(河出書房新社、一九七二)、董《とう》乃斌《だいひん》『李商隠伝』(陝西人民出版社、一九八五)、劉学鍇『李商隠伝論』(上下、安徽大学出版社、二〇〇二)が主なものであろう。本書巻末の年譜は主にこの三書を、また地図は高橋和巳『李商隠』をもとに作製した。

解しがたきをもって知られる李商隠の詩を読み解き、それを日本語に訳すという試みは、手をつけるにつれて一層そのむずかしさが痛感された。とりあえずの方向を示すために、各篇の末尾に補釈を付してみたが、それは一つの解釈に過ぎず、いかように読むかは読者一人ひとりに委ねられている。本書を契機として李商隠の真髄に迫る読解が展開されることを願うのみである。

*

この本は岩波文庫編集部の清水愛理さんがいなかったら、今のかたちにはならなかった。その言語感覚に圧倒されながら、意見がびっしり書き込まれた原稿を挟んで激しいやりとりを繰り返して成ったもので、実際には共著というのが正しい。辛い行程ではあったが、李商隠を語り合う愉悦に満たされてもいた。校正の佐藤敦子さんには少なからぬ疎漏を正していただいた。お二人に深く感謝の意を捧げたい。

二〇〇八年九月

川合康三

李商隠年譜

皇帝　紀年(西暦)　年齢

憲宗　元和六(八一一)　1歳　懐州獲嘉《かくか》県(河南省獲嘉県)に生まる。元和七年生の説もあり。父の李《り》嗣《し》は時に獲嘉県令。母の姓は不明。名門ならざるためか。上に姉三人、長姉はすでに嫁ぐ。

元和七(八一二)　2歳　弟の羲叟《ぎそう》生まる。ほかに少なくとも三人の弟、一人の妹がいたとおぼしいが名は不明。

元和九(八一四)　4歳　父、獲嘉県令をやめ、浙江の某節度使の幕下に移る。父に従ってこののち数年を浙江に過ごす。

元和十(八一五)　5歳　この頃、経書の勉強を開始。

穆宗　長慶元(八二一)　11歳　この頃、父卒す。母に従って鄭州滎陽《けいよう》県(河南省滎陽県)の家に帰る。弟の李羲叟、従弟の李宣岳《せんがく》とともに従叔の李某から経書、古文を学ぶ。

長慶三(八二三)　13歳　父の喪明けて洛陽に居を移す。

敬宗　宝暦二(八二六)　16歳　「才論」「聖論」(ともに佚)を著し、古文によって名を知らる。

文宗　大和三(八二九)　19歳　三月、令狐楚《れいこそ》、東都留守として洛陽に赴任。その知遇を得て、息子の令狐綯《れいことう》とともに駢文を学ぶ。令狐楚は唐初の重臣令狐《れいこ》徳棻《とくふん》の後裔。この時六十四歳、宰相も歴任した官界の重鎮で、洛陽では白居易、劉禹錫《りゅううしゃく》らと名士の交わりを結ぶ。李商隠にとって最初の庇護者となり、以後の人生においてことに令狐綯とは複雑に関わる。十一月、令狐楚、天平軍節度使として鄆州《うんしゅう》(山東省東平県)に移り、その巡官として従う。

大和四(八三〇) 20歳 都に赴き、初めて進士科に応じるも落第。令狐綯は登第し、弘文館校書郎となる。

大和六(八三二) 22歳 二月、令狐楚、河東節度使として太原(山西省太原市)に移る。引き続きその幕下に入る。

大和七(八三三) 23歳 六月、令狐楚が吏部尚書として朝廷に戻ったため、太原の幕府を辞して鄭州滎陽へ帰る。鄭州刺史蕭澣《しょうかん》の知遇を得て華州刺史崔戎《さいじゅう》を紹介さる。

大和八(八三四) 24歳 五月、崔戎が兗海《えんかい》観察使となり兗州(山東省兗州県)に移るのに招かれてその幕下に入る。崔戎の息子の崔雍《さいよう》、崔袞《さいこん》らを知る。六月、崔戎卒す。兗州を離れて鄭州滎陽の家に戻る。

大和九(八三五) 25歳 十一月二十一日、甘露の変起こる。朝臣が宦官を誅滅しようと企てたのが事前に察知されて宦官の逆襲に会い、多くの高官が殺される。この年から翌年にかけて「感有り二首」「重ねて感有り」詩(一八三頁)。

開成元(八三六) 26歳 母を伴って済源《さいげん》(河南省済源県)に移る。済源の玉陽山の道観に学ぶ。そこで女道士と恋愛関係になったとの説あり。

開成二(八三七)　27歳　春、令狐綯が暗に推挙したことも功を奏し、五回目の応挙で礼部侍郎高鍇《こうかい》のもと進士科登第。同年の進士四十人のなかには韓偓《かんあく》の父、韓瞻《かんせん》がいた。秋、興元《こうげん》節度使令狐楚の招きに応じて興元府(陝西省南鄭県)の幕下へ赴く。劉蕡《りゅうふん》も幕下にあり。令狐楚はすでに病い篤く、「遺表」を代筆。十一月十二日、令狐楚卒す。十二月、令狐綯らとともに柩を都に搬送。

開成三(八三八)　28歳　吏部の博学宏詞科に応じ、試験官の周墀《しゅうち》・李回《りかい》は推すも、中書省の某高官が反対して落とされる。涇原《けいげん》節度使王茂元《おうもげん》の招きに応じて涇州(甘粛省涇川県)に赴く。王茂元のむすめと結婚。涇州在任中の作に「安定城楼」詩(二〇二頁)。

開成四(八三九)　29歳　吏部の書判抜萃科に応じ、登第。秘書省校書郎を授けらる。ほどなく虢州《かくしゅう》弘農県(河南省霊宝県)の県尉に移る。弘農は県のランクも高く都にも近く、吏部試—校書郎—主要な県の尉というコースは、将来朝廷の中枢に昇るために順当なステップであったが、県尉の任にあった時、獄囚の死罪を免じたために陝虢《せんかく》観察使孫簡《そんかん》の譴責を受けて、辞表を提出。孫簡に代わって陝虢観察使に着任した姚合《ようごう》から引き留められるも、辞任して長安に戻る。

開成五(八四〇)　30歳　済源から長安郊外、樊川《はんせん》の南に家を移す。秋冬にかけて、洞庭湖、湘江一帯に赴く(馮浩・張采田の説。岑仲勉は否定)。

武宗　会昌元(八四一)　31歳　(南遊したとすれば)劉蕡に再会し、湘江が洞庭湖に注ぐ黄陵廟で別れる。正月末、長安に帰る。華州刺史(陝西省華県)周墀のもとにしばし滞在。忠武軍節度使兼陳許観察使として朝廷を出た岳父の王茂元の掌書記として、許州(河南省許昌市)に赴く。

会昌二(八四二)　32歳　幕僚を辞して都に赴き、書判抜萃科に合格して秘書省正字を授けらる。資料の混乱でないとすれば吏部試験に二度応じたことになる。朝廷の官を求めんがために出直しを計ったか。しかし冬、母が長安郊外、樊南の居宅で亡くなったために職を辞して喪に服す。この年、劉蕡、柳州で没す。「劉司戸を哭す二首」詩(三八頁)。

会昌三(八四三)　33歳　岳父の王茂元、河陽節度使に移り、その地、懐州(河南省沁陽県)で病死。

会昌四(八四四)　34歳　蒲州《ほしゅう》永楽県(山西省芮城県)に家を移す。

会昌五(八四五)　35歳　鄭州刺史李褒《りほう》の招きに応じて鄭州(河南省鄭州市)に赴く。洛陽を経て長安に戻り、母の喪明けて、再び秘書省正字に就く。

会昌六(八四六)　36歳　子の袞師《こんし》生まる。

宣宗

大中元(八四七)　37歳　桂管観察使鄭亜《ていあ》に判官として招かれ、三月七日、都を立ち、荊州(湖北省江陵県)、潭州《たんしゅう》(湖南省長沙市)を経て、五月九日、桂州(広西壮族自治区桂林市)に至る。十月、荊州江陵(湖北省江陵県)に出張。舟中で『樊南甲集《はんなんこうしゅう》』を編む。節度使の幕下で起草した公用文をまとめた駢文文集。この春、弟羲叟、進士登第。

大中二(八四八)　38歳　正月、桂州に戻る。昭州(広西壮族自治区平楽県)に出張。桂州在任中の作に「異俗二首」詩(二五頁)。鄭亜が左遷されたために、桂州を離れ、潭州に立ち寄って湖南節度使李回《りかい》のもとにしばし逗留。長安に帰り、盩厔《ちゅうちつ》県尉（陝西省盩厔県）を授けらる。

大中三（八四九）　39歳　京兆尹《けいちょういん》の属僚となる。ほどなく、武寧軍節度使盧弘止《ろこうし》（『旧唐書』は盧弘正とするが、『新唐書』『資治通鑑』が盧弘止とするのに従う）に判官として招かれ、徐州（江蘇省徐州市）に赴く。弟義叟、秘書省校書郎に任官、次いで河南府参軍に移る。

大中四（八五〇）　40歳　徐州に着任。

大中五（八五一）　41歳　盧弘止の病死により、徐州から都へ戻る。妻の王氏、死去。令狐綯、宰相となる。その力で補太学博士の任に就く。東川節度使の柳仲郢《りゅうちゅうえい》の招きに応じて梓州《ししゅう》（四川省三台県）に赴き、十月着任。冬、成都（四川省成都市）に出張。

大中六（八五二）　42歳　成都滞在中に武侯祠を訪れる。「武侯廟の古柏」詩（一〇一頁）。春、梓州に戻る。判官に加えて掌書記の職務も兼ねる。

大中七（八五三）　43歳　『樊南乙集』を編む。

大中九（八五五）　45歳　柳仲郢は任期満ちて吏部侍郎として朝廷に戻り、ともに梓州を発つ。

大中十（八五六）　46歳　正月、長安に戻り、柳仲郢、諸道塩鉄転運使を兼任し、その推挙で塩《えん》鉄推官《てっすいかん》に任ぜらる。

大中十一（八五七）　47歳　塩鉄推官として江南に赴く。

大中十二（八五八）　48歳　柳仲郢が塩鉄転運使から刑部尚書に移ったため、塩鉄推官を辞し、鄭州の家に帰る。ほどなく病没。

李商隠関係地図

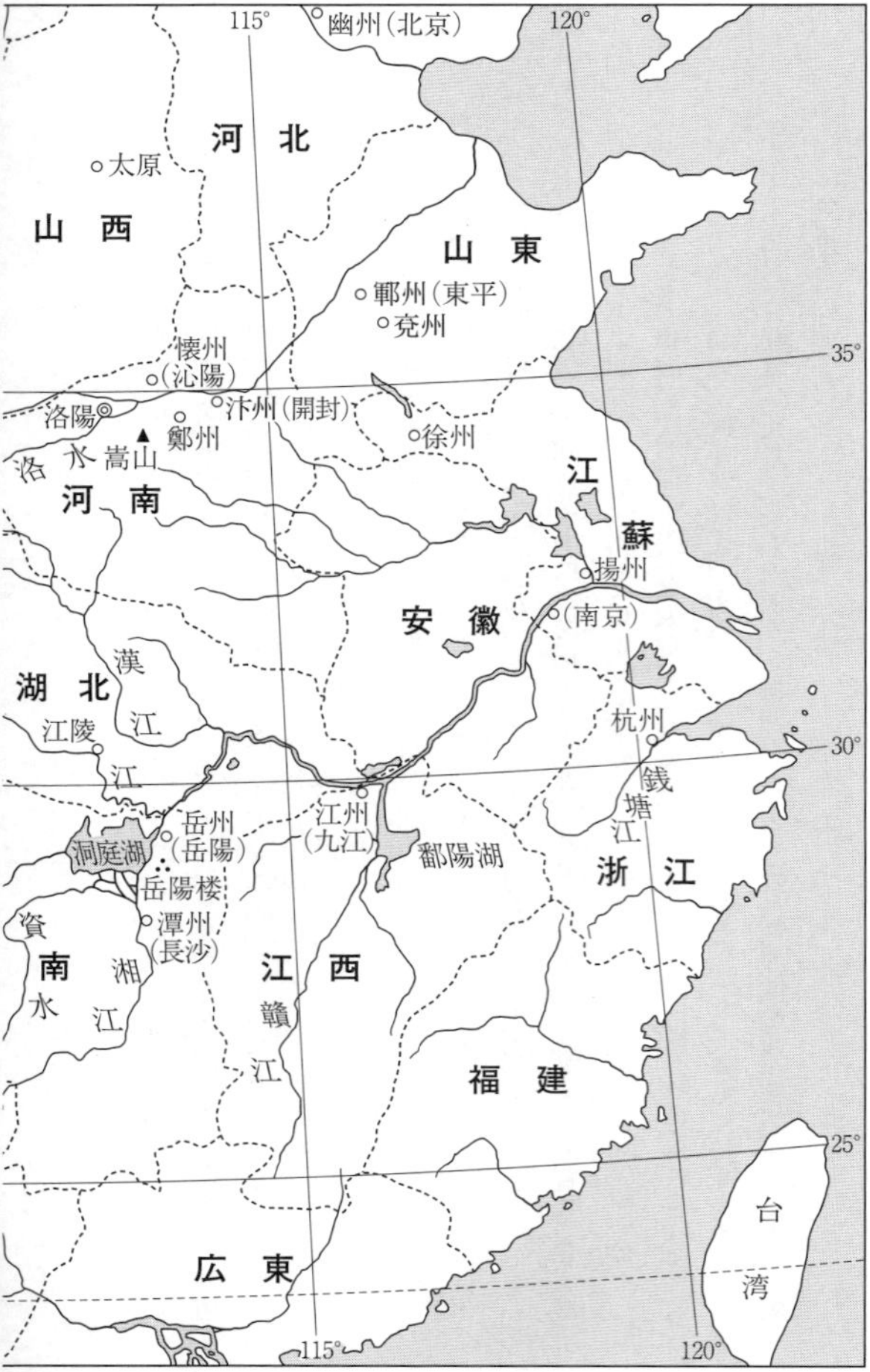

地名は唐代のもの。その後変更された地名は、現在の名称を（ ）内に記す。太字は現在の省名。

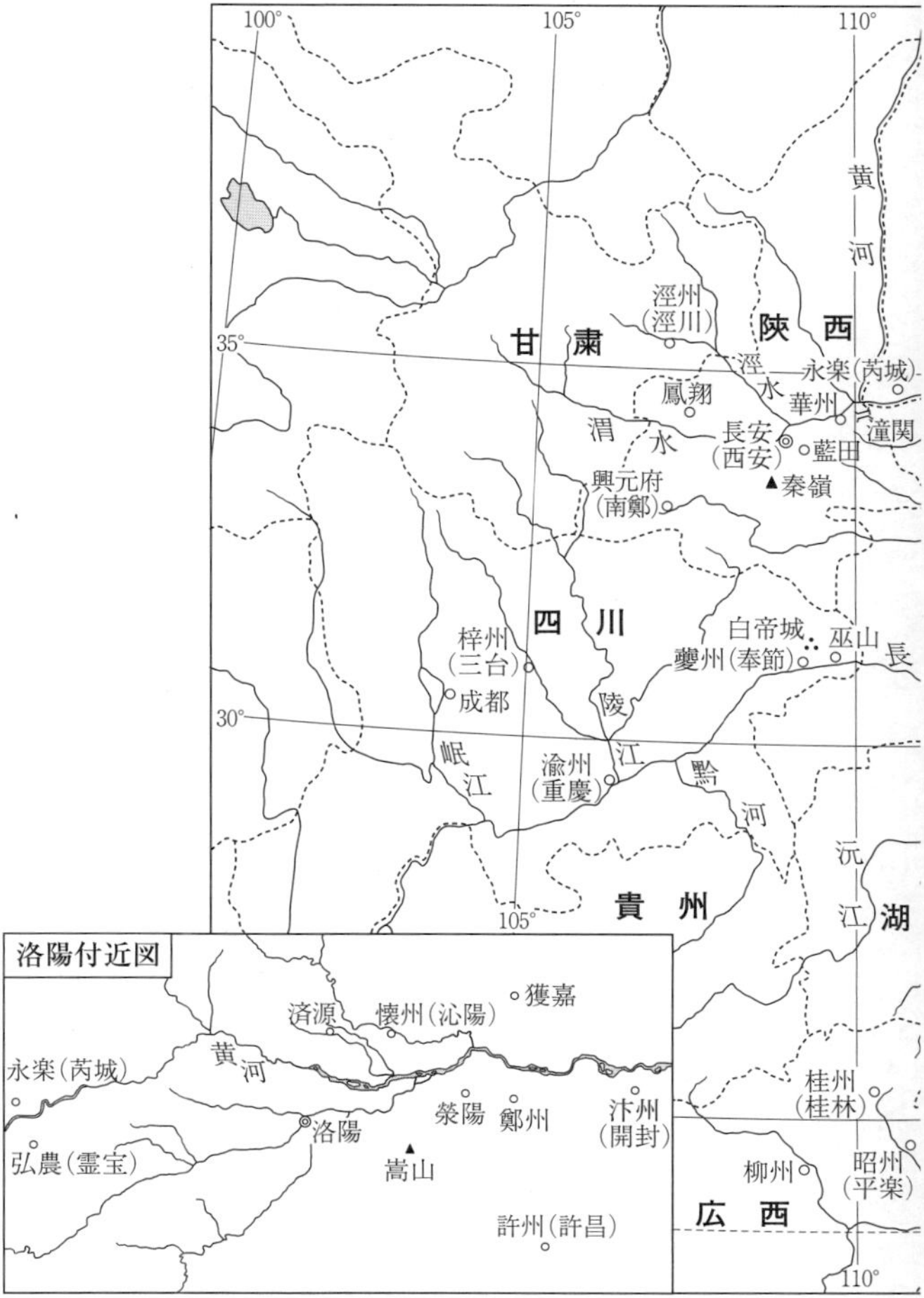

100°
105°
110°
黄河
甘粛
陝西
涇州(涇川)
35°
涇水
永楽(芮城)
鳳翔
華州
渭水
長安(西安)
藍田
潼関
興元府(南鄭)
秦嶺
四川
白帝城
巫山
梓州(三台)
夔州(奉節)
長
成都
陵江
30°
岷江
渝州(重慶)
黔河
沅江
貴州
湖
105°
洛陽付近図
獲嘉
済源
懐州(沁陽)
永楽(芮城)
黄河
滎陽
鄭州
汴州(開封)
洛陽
弘農(霊宝)
嵩山
許州(許昌)
桂州(桂林)
昭州(平楽)
柳州
広西
110°

詩題索引

あ

か

さ

た

な

李商隠詩選《りしょういんしせん》

2008年12月16日　第1刷発行

選訳者　川合康三《かわいこうぞう》

発行者　山口昭男

発行所　株式会社 岩波書店
〒101-8002 東京都千代田区一ツ橋 2-5-5
案内 03-5210-4000　販売部 03-5210-4111
文庫編集部 03-5210-4051
http://www.iwanami.co.jp/

印刷 製本・法令印刷　カバー・精興社

ISBN 978-4-00-320421-4　　Printed in Japan